U0711544

SUMMER HOUSE WITH SWIMMING POOL

HERMAN KOCH

［荷］荷曼·柯赫——著 尹岩松——译

CNS PUBLISHING & MEDIA

湖南文艺出版社 HUNAN LITERATURE AND ART PUBLISHING HOUSE

博集天卷 CS-BOOKY

目录

Contents

Part One

第一部分：家庭医生 _001

Part Two

第二部分：海岸真相 _233

Part One

第一部分：家庭医生

1

我是家庭医生。早上八点半到中午一点是我的应诊时间。我工作时可气定神闲了。单单给一位病人看病就用二十分钟的时间，这是我的个人风格。现在还有哪位医生会为一个病人花费这么长时间——人们口口相传。他们说，他从不接纳太多病人。他为每个患者都耐心诊治。但是很多人都心甘情愿地排队等着我为他们治疗。如果有病人去世或者搬离此地，只要一个电话，马上就会有五个病人前来预约。

患者们分不清时间与专注的区别。他们误以为从我这儿得到了比其他家庭医生更为认真细致的诊治。然而我给予他们的不过是时间而已。事实上，我在一分钟之内就找到了症结所在。剩下的十九分钟我就用我的专注，更准确地说是用我佯装的专注来打发的他们。我同患者谈论他们的子女。话题不外是孩子们是否睡得好、吃得好之类的日常寒暄。我把听诊器放到患者的胸口，然后又放到背上。我对患者说，先深吸一口气，然后慢慢呼气。我并没有仔细去听。我也不想仔细去听。人体内部的声音听起来都一样。首先要听的当然是心脏。心脏什么都不知道。它只是在跳动。它宛如一个机电室，让轮船运转，航线则由别的器官来确定。然后再听内脏和其他器官的声音。一颗超负荷运转的心脏听起来与健康的心脏大不相同。它会呻吟——它呻吟着，哀求着，恳求休息一天。只要休息一天，它就可以清除所有的垃圾。它一直是在废料堆里工作。一颗超负荷的心脏就如同一个永无间歇的厨房。碗碟堆积，洗碗机转个不停。用脏了的碗碟和烧煳了的灶具越积越多。这颗超负荷的心脏期待能休息一天，但这一天却从未出现。每天傍晚时分（有时候还早一点），这个梦想就被击得粉碎。如果人们只是喝啤酒，那么心脏算是走运了。因为它可以把大部分的工作都推给肾脏。但总有不少人，光啤酒是无法让他们满足的。他们还要来点别的：一杯杜松子酒、一杯伏特加、一杯威士忌，诸如此类，可以一饮而尽的东西。心脏于是被刺激得像要撕裂一般。它开始变硬，如同一个被充得过鼓的轮胎，小小的坑洼之处就会让它爆裂。

我用听诊器对这颗心脏进行检查。我用手指按压皮肤下的硬处：“这儿疼吗？”如果我再用一点力，这颗心脏就会在诊所里破裂开来。我可不会这么做。我坚决不干这种傻事，否则血会喷涌而出。没有家庭医生想要患者死在他的诊室里。在家里想怎么做是他们的事。在他们自己家里，在午夜时分，在他们自己的床上。肝脏一旦破裂，他们多半已经没有力气爬到电话边上了。救护车也许会来，但到达时也许已经太迟。

每隔二十分钟就会有一名患者进入我的诊室。我的诊所在一楼。患者来时如果拄着拐杖，坐着轮椅，步履沉重，呼吸急促，连迈上台阶都做不到，这种种迹象预示着这样的患者必定时日不多。而另外一些人不过是自我臆想：仿佛迈进门槛的第一步就踏入了鬼门关。这种病人并不在少数。事实上，他们根本没生病。他们时而叹息，时而呻吟，发出各种痛苦的声音，好像马上要面对死亡之神一般。他们唉声叹气地坐到我桌子对面的椅子上——但他们真的什么问题都没有。我聆听着他们诉说病痛。这里疼，那里也疼，有时候疼痛还会一直辐射到下面……我做出一副认真倾听的表情，不时地在纸上写写画画。我请他们跟随我进入诊疗室。只有在极个别的情况下，我才会要求患者到屏风后脱去衣物。在我看来，穿着衣服的人类躯体已经够糟了。如果可以，我真的不愿意多看那些从不见天日的地方一眼。在那过于温暖的皮肤褶皱之间，细菌正在肆意繁殖；脚趾间的真菌与炎症丛现；指甲挠过的地方已经开始渗血……这里，医生，这里痒得最厉害……免了吧，谢谢！我表现得专心致志，似乎在认真检查，而我的思绪已经飘远了。我的脑海里浮现出游艺场里“8”字形的回旋滑道，过山车的最前端飞舞着一个绿色的龙头，人们将手臂伸向空中，拼命地高声尖叫。我从眼角瞥见簇簇潮湿的阴毛，红色发炎的地方光秃秃的，不可能再生出一根毛发。我想到了一架飞机，它在空中爆炸，乘客则被安全带牢牢地拴在座位上，从万米高空一头栽向无底深渊。周遭寒气逼人，空气稀薄，大海在深处静候。小便的时候火辣辣的，医生，那感觉就像针刺一样……一列火车在到达车站之前爆炸了；哥伦比亚航天飞机炸裂成了无数碎片；第二架飞机一头扎进了南塔楼。这儿刺疼，医生，这儿……

您可以把衣服穿上了，我说道。我给您开点药。有些患者的失望之情溢于言表：一个药方？他们会一动不动地站在那里犹豫片刻，甚至内裤都还挂在膝盖处。他们拿出了整整一上午的时间，希望物有所值，即使他们的钱其实是花费在并无疾患之处。他们期望医生至少能摸一摸他们；能戴上橡胶手套用内行人士的手指按按他们身体的某个部位；能用手指随便插插哪里。他们渴望被“检查”，他们不满足于医生凭多年的经验与专业的洞察力就一下子写下他们的病因。因为他已经历过无数次，经验告诉他，他不必在千百次之后突然需要戴上他的橡胶手套。

有些时候事情是无法避免的。有些时候必须得来一次插入。大多数的情况是用一两根手指，偶尔需要用整只手。我戴上橡胶手套。请您侧卧。对患者而言，这是一个转折点。他终于得到认真对待，一次深入的检查开始了，然而从这一刻起他的目光不再关注我，而是投向了我的双手。那双包裹在橡胶手套里的手。他心中暗自揣度，怎么会到这种地步。这真的是他想要的吗？在我戴上手套之前，我要先洗手。盥洗盆在诊疗台的对面，洗手时我背对着患者。我从容不迫地将衣袖高高卷起。我知道，此时此刻患者正目不转睛地盯着我。我让水流过手腕，先仔细地清洗双手，然后是前臂，最后直至肘部。因为流水声我无法听见其他声响，但是我知道，当我清洗到手肘时，患者的呼吸在加快。他呼吸或是急促或是凝固。一次体内的检查马上要开始了，而这一切都是患者有意或无意促成的。因为这一次他不希望被一个药方就打发了事。但是现在他忍不住心生疑惑：为什么医生要对手臂与肘部都进行清洗消毒？患者的身体内部不禁一阵痉挛。而他现在要做的恰恰应该是放松。要想让体内检查没有痛楚，放松就是关键。

我转过身，擦干手、前臂还有肘部。然后从抽屉里拿出一副包装在塑料袋里的手套，这期间我不会看患者一眼。我撕开塑料包装，将它丢进垃圾桶。直到戴手套时，我才凝视患者。他的目光——应该怎么说呢——反正已经同我转身前、洗手前不一样了。在他说出他的疑虑之前，我说道，请您躺好。脸对着墙。当裤子和内裤还挂在脚踝上时，人们的羞耻感比起光溜溜地躺着更为强烈。人们会觉得茫然无措。包裹在鞋袜里的双腿会在踝骨处被裤子和内裤紧紧捆住，就如同一个戴着镣铐的犯人。一个裤子还挂在脚踝上的人是无法逃跑的。人们可以给他做一个体内检查，也可以用拳头打他个满脸开花。或者人们可以拿着手枪朝天花板一顿乱射，直到弹匣被打空。我又该死地花了足够的时间把所有的这些谎言仔细倾听了一遍。我在心中默数：一……二……三。请您试着放松，我重复道。我把指间与手腕上的橡胶手套再次拉紧。橡胶伸缩的声音总是让我想起气球。过生日用的气球，人们在夜里将它们吹鼓，为的是给寿星带来惊喜。这会儿可能会有点不舒服，我说道。请您继续保持呼吸平稳就可以了。患者这个时候可以清楚地感觉到我就站在他半裸的身体背后，但是他无法看到我。直到这个时候我才会抽出时间仔细地打量这名患者的身体，至少是裸露的部分。

这里我描绘的是一名男性患者遭遇的情况。在前面所举的例子里，一名男性患者拖着半褪下的裤子和内裤躺在诊疗台上。如果是一名女性患者，那么就是另外一个故事。我会马上和她攀谈。这名男性患者转了转头，但就如同我所说的那样，他无法真的看到我。请您躺好，我说道。请放松。在患者的视线之外，我将目光投向他背部裸露的下半部分。我之前已经和患者说过，这会儿可能会有点不舒服。在我提醒完到不舒服的感觉出现这段时间没有发生任何事情。这是一段空白的时刻。整个检查中最空白的时刻。时间在无声无息地流逝，就如同一台关闭了声音的节拍器在无声地敲打。无声电影里一架钢琴上的节拍器。我还没有触碰这名男性患者。在他赤裸的屁股上可以看到内裤的印迹。皮筋在皮肤上留下了细细的红色条纹。有时候还会有丘疹或者胎痣。因为很少接触阳光，所以那里的皮肤是一片苍白。越往下毛发越多。我是左撇子。我把右手放在那名患者的肩膀上。透过橡胶手套我可以感觉到他的身体是多么僵硬。他的肌肉紧绷。他想放松，但终拗不过身体的直觉反应，它在反抗，它在同即将到来的外部入侵相抗争。

然后我的左手伸进了它应该插进去的地方。当我把中指插进去的时候，这名患者不由自主地将嘴张开，嘴唇微启，喉咙里发出深深的喘息。介于叹息与呻吟之间的声音。保持平静，我说道。马上就好。我尝试着放空思想，但做起来总是不太容易。所以我努力去回忆曾经夜里如何在满是泥泞的足球场上寻找丢了的自行车钥匙。它可能在的位置至多有一半方米大。这儿疼吗？我问道。现在我的食指与中指会合到了一起，这样我们就可以更快地找到目标。有点疼？具体是哪里？这里，还是这里？

那时候足球场边上还闪烁着几盏路灯，但是真的想要清晰辨物，灯光还是显得过于昏暗。天空还飘着雨。一般是前列腺的问题，溃疡或者仅仅是有些肿大而已。在第一次检查的时候对此还不能讲得过于明了。我本应步行回家，白天再来寻找。但是我仍坚持在淤泥中挖掘，这会儿我可以继续这么做。噢！就是这儿，医生！他妈的！对不起……噢，该死的！就在这一刹那，我的手指在泥浆中触摸到一个硬物。小心，那也可能是一块玻璃碎片……我逆光端详着它，就在足球场边那微弱的路灯下，但我心中其实早已有数。它在发光，在闪烁。我不必步行回家了。我脱下了手套，把它们丢进了垃圾桶里。您可以把衣服穿上了。现在就下结论还有点为时过早，我说道。

拉尔夫·迈耶尔第一次突然出现在我的候诊室是一年半以前的事情了。当然我立刻认出了他。其间他是否迅速地……这都不重要了。他很快转入正题。这是否是真的——他从某些人那里听说——人们可以从我这儿相对容易地搞到某些……他偷偷地往四周瞄了瞄，似乎担心有人窃听我们的谈话。他说的那些人是我这儿的老病号，他们平时就口无遮拦，拉尔夫·迈耶尔就这样到了我这里。那得看情况，我说道。我必须先针对您的整体健康状况提几个问题，以免以后出现什么意外。那么然后呢？他急切地问道。如果一切正常，您又真的准备……我点了点头说，是的。那么我们就可以操作了。

现在一年半过去了，拉尔夫·迈耶尔去世了。明天早晨我必须去趟医师公会。并不是因为我那时候为他搞到的东西，而是因为半年多后发生的事情：因为一些被人们称之为“医疗事故”的事情。医师公会方面我并不太担心，我们这个行业的人都相互认识，大家常常一起学习。在美国，律师会凭借一次误诊就断送一名医生的职业生涯。而这种情况在我们这儿是不可想象的。在我们国家，人们处理这种事情已经很活泛了。不过是一个警告或是几个月的停业整顿。无须担心更多。

对我而言，这个公会唯一的作用就是确定这是一次医疗失误。我必须聚精会神。我自己必须百分之百继续坚持这种想法——坚信这是一次医疗事故。

葬礼在几天前举行。就在河流转弯处一座风景秀丽的乡村公墓。高耸的古树在风中簌簌作响，小鸟在啁啾鸣啭。我悄悄躲到一边，在我看来这才是明智之举。但后来发生的事情却完全出乎我的意料。

“你竟然敢到这儿来！”

周遭悄然无声，甚至是风也似乎停息了一般。鸟也在瞬间沉寂。

“你这个畜生。你怎么敢这么大胆！”

尤蒂特·迈耶尔就如同一名训练有素的歌唱家，她的声音即使坐在音乐厅的最后一排也能听得清清楚楚。所有人都转向我。她站在灵车敞开的后门那里，墓葬人员刚把她丈夫的灵柩抬到肩膀上。

观礼的亲友向两旁避让，她穿过拥挤的送葬队伍径直朝我走来。在长达半分钟的死寂之中，只有她的高跟鞋在引道的砾石上发出的声音。

她就站在我的面前。我本以为她会一巴掌扇到我的脸上，或者用拳头捶击我的胸口，或者干脆把我骂个狗血淋头，因为她更擅长这个。

然而她并没有诸如此类的举动。

她只是死盯着我，眼睛血红。

“你这个畜生！”她又重复了一遍，这次声音却低沉得多。

然后她将一口唾沫啐到了我的脸上。

2

家庭医生的工作并不复杂。他不需要治愈患者，而只是负责不要让太多的病人涌到专家和医院那里去。他的诊所就是一个前哨。他放行的患者越少，说明他越出色地履行了自己的职责。如果我们把每个身上稍微发痒、皮肤上长了点斑痕或者是有点轻微咳嗽的患者都送到专业医生那儿，那么这个系统就会失灵，就会彻底瘫痪。我们必须把整个国家的状况综合考虑。如果所有的家庭医生把超过三分之一的病人都送到专业医生那儿进行仔细检查，那么两天之后系统就会濒于瓦解，一周之后就会彻底崩盘。家庭医生就是那前沿哨兵。他会说，这就是个一般常见的小感冒。您一周就会恢复健康的。如果那时还不见好，您就再来一趟。三天之后，这位病人却在夜里因痰重窒息而死。这种事情是可能发生的。我们认为，这是罕见的多种不利因素的综合作用，发生的概率至多万分之一。

病人一到我这儿就失去了他们所拥有的各种优势。他们一个个被唤进我的诊室。我有二十分钟的时间足以令他们相信自己并没有什么问题。会诊时间是从八点半到下午一点，每小时三个病人，一天是十二到十三个。从系统运作来看，我是位理想的医生。那些只花我一半时间的医生一天要接诊大约二十四个病人。这样一来，他们承担的风险就更大，因为某些病人就可能会冲破这道封锁线。这纯粹是感觉上的事情。如果只花十分钟来倾听，病人会觉得只是被随便应付了事。他会认为自己的病痛并没有被认真对待，因而迫切要求一个更为深入的检查。

我们当然会犯错。没有失误这个系统就不可能运作。系统的存在甚至是依赖于失误。即使是误诊也可能达到预期的结果。当然误诊的出现常常是完全没有必要的。我们家庭医生手中最强有力的防御武器是等候名单。大多数的情况下只要提提它就足以应付一切。我往往会说，如果想要检查就必须在等候名单中排队，而这可能要持续半年乃至八个月。进一步的检查可能会令您的健康状况稍微有所改善，但是等待的时间实在太长了……其中一半的病人会立刻打消等待的念头。他们的脸上会闪现出一丝轻松。他们会想，推迟就是取消。没有人愿意让一根直径如同浇灌花园的橡皮管一样的探管挤过喉头。我会趁热打铁说，这检查真的是令人极不舒服。当然他们也可能会怀疑通过静养与药物的综合作用会不会真的有效。但那已经是半年之后的事了。

有人也许会问，为什么在我们这么发达的国家里竟然有等候名单的存在，这时候我总会联想到我们丰富的天然气资源。当我和同事们坐到一起的时候，我就会提到这一点。我问他们，我们要卖多少立方天然气才能在一周之内缩短臀部手术的等候名单？有人在到达等候名单的真正终点之前就在我们手里丧命，这真的是很荒诞的事吗？我的同事们认为，这着实荒谬，我不应该把我们的天然气蕴藏和推迟的臀部手术做对比。

我们的天然气蕴藏量非常丰富，按照预先估计至少未来六十年是足够用了。六十年！这甚至比波斯湾的石油资源还要丰富。我们的国家非常富饶，我们像沙特阿拉伯、科威特、卡塔尔一样富裕。尽管如此，在我们国家仍然会有人因为长时间等不到肾源而死去。新生儿会因为救护车陷入交通阻塞而死去。女性会因为听从了我们家庭医生的建议而冒着生命危险在家里分娩。而事实上真正的原因就在于这样会更便宜——同样，这也是出于系统维护的考虑，如果每个母亲都想去医院分娩的话，那么系统在一周之内就会瘫痪。因为在家中分娩无法供氧，所以人们不得不承受孩子夭折或者大脑受损的风险。荷兰的新生儿死亡率在整个欧洲乃至其他西方国家中是最高的。对此医学杂志中极少谈论，日常生活报纸中更是鲜有提及。迄今为止也没有什么切实可行的对策。

家庭医生对这一切都无能为力。他只能对病人好言相劝。他至少可以保证他们不会去浪费专家们的时间。他可以使一位女士深信，在家中分娩是完全没有风险的，甚至是更为“自然的”。而事实上，那只不过是某种意义上的自然，就如同死亡是自然而然的事情一样。我们可以开开药膏或者安眠药；我们可以用酸剂将胎痣烧掉；我们可以把长到肉里的指甲拔除。这常常是些令人不快的工作。而您可能只会做用锅刷把炉火间烧焦的残渣清除这种安逸的活计！

夜里有时候我无法安睡，然后我就会想到我们脚下的天然气。天然气的特征之一就是如同一个肥皂水中产生的气泡一样。它就藏在地壳下面，人们只需要打个窟窿，它就会冒出来——或者爆炸。它会蔓延在一大片区域。无色无臭的气粒子会和土壤融合。人们划亮一根火柴，腾然而起的火舌就会在几秒钟之内点燃几百平方千米的面积。这一切首先发生在地下。地表塌陷，桥梁和建筑物失去支撑，整个城市都会陷入一片火海。所有的这一切都是我在暗夜中的想象。有时候大地塌陷的画面会像纪录片一样展现在我的面前，就如同一档用版画和电脑动画制作的国家地理节目。这种类型的纪录片电视台都很熟悉，比如有关溃坝、海啸、火山爆发和泥石流灾难的节目。村庄被瞬间吞噬。从一座小岛喷发而出的岩浆，越过火山岩壁，冲向大海。八小时后在几千公里之外的地方就会因此而形成高达一千二百米的洪峰。《消失的国家》，明天晚上九点三十分本频道播放。我们的国家。我们的这个因为自己的矿产资源而走向毁灭的国家。

我睡不着的时候偶尔也会想到拉尔夫·迈耶尔，比如会想到他在同名电视节目中扮演的奥古斯都大帝。这个角色亦正亦邪，对他来说如同量身定做。一方面当然是因为他经年累月所造就出来的那副身板。那体形必然是经常规律性地到米其林星级酒店去大吃大喝方能实现的。他经常在花园里大摆宴席：德国的香肠，保加利亚的火腿，烤架上不停翻转着荷兰特塞尔岛烤全羊。对于这种聚会我记忆犹新：烟雾腾腾的炉火旁矗立着他高大的身躯。烤汉堡、牛排、鸡大腿之类的活计他都自己动手。他一手握着烤叉，另一手端着 Jupiler[1] 啤酒，炉火映红了那胡子拉碴的面庞。当油轮和货船将近遥远的海湾或者陌生的港口的时候，可以根据雾笛来辨别方位。而他的声音就如雾笛一般总是响彻整个草坪。最后一次烧烤聚会距今并不遥远，似乎是五个月前的事。那个时候他已经染病。但他一如既往地亲自动手烤肉，只不过让人放了一张塑料椅，他必

…………

[1] 朱皮尔，比利时的一种啤酒品牌。

须坐在那里操作。这也是一部引人入胜的戏剧。人们可以看到他所得的这种疾病如何发作，如何一步步慢慢蚕食整个身体。这就是一场战争，一场病毒细胞攻击健康细胞的战争。它们首先从侧翼对身体展开进攻。这其实只是挑衅，其目的不过是分散大部队的注意力。人们误以为已经取得胜利，但敌人其实已经潜藏到 X 光、超声波以及核磁共振检查都无法探知的躯体深处。它会耐心地潜伏下去，直至强大到不可战胜的时候方才出击。

昨天晚上播放了第三期节目。屋大维加冕成为奥古斯都大帝，他架空了元老院，巩固了自己的统治。整个节目还有十期。由于主角的逝世，这个节目可能会被取消或者被推迟，这种事情没人会谈起。拉尔夫·迈耶尔很适合这个角色，他是除了意大利人、美国人和英国人之外的唯一一位荷兰演员，他成功地将所有的注意力都吸引到了自己身上。对于昨天的节目我当然是以和普通观众不一样的眼光去观看的，以一个医生的视角。

“我还可以继续工作吗？”他曾经问过我，“现在还有两个月的拍摄期。如果我现在半途而废，那么对所有人来说都将是一场灾难。”

“当然可以。”我回答说，“不要太过忧虑。一般来说没什么问题。我们只是要看看检查结果，之后完全有足够的时间。”

奥古斯都大帝在元老院前发表了一次演讲。美国和意大利的联合制作单位对成本以及投入毫不担心。整个罗马军团成千上万的士兵站在帝国的各个山巅挥舞着刀剑店中振臂欢呼。海军的无数舰船簇拥在亚历山大港。还有盛大的战车比赛、角斗士表演、狂怒的雄狮以及被撕成碎片的基督徒。拉尔夫·迈耶尔得的是最严重的恶性病。只有极端的治疗方法才可能成功：一次毁灭性打击，用全方位覆盖的狂轰滥炸将病毒细胞一鼓作气地消灭。我看着他如何在尝试了各种可能之后最终体内的主力部队丧失了展开进攻的能力。

“元老们！”他喊道，“从今天起我就是你们的皇帝。奥古斯都皇帝……”

他的声音一如既往地响彻云霄——那时候还依然如此。如果即使有什么不正常的话，他也会掩饰得滴水不漏。拉尔夫·迈耶尔熟知他的专业。如果需要的话，他可以让所有别的演员都相形见绌。面对致命的疾病也是如此。

3

随着时间的推移，那些正常人逐渐从我的诊所里消失了。我说的正常人指的是那些朝九晚五的上班族。我的病人当中有几位律师和一位健身房的老板，除此之外大部分从事的都是所谓的艺术性职业。再有的就是寡妇了。我的患者当中有太多的寡妇。说是寡妇扎堆也不为过。艺术家们的遗孀，作家的、画家的……女性总是比男性活得要久，她们是由另外一块更硬实的木头雕刻出来的。总是生活在阴暗处就很容易变老。一辈子总在煮咖啡，频繁地出入红酒批发行，为的就是让天才们在他们工作时不会渴着。挪威产的鲑鱼堆满了作家们的斗室，以至于人们必须踮着脚尖才能勉强通过。情况听起来似乎比事实更为不易。寡妇们变老了，变得人老珠黄了。她们的老公刚一入土，她们常常就很快焕发出勃勃生机。她们坐在我的诊室里，一边唉声叹气，一边涂脂抹粉，其实却流露出相当惬意的模样。神色轻松是一种很难掩饰的情绪。我用医生的眼光去观察她们。我学会了看穿眼泪背后的东西。久病卧床可不轻松。肝硬化会把人折磨得痛苦不堪。常常病人会反应不及，他本想抓向床畔的垃圾桶，但血止不住已经喷涌而出。每天要不停地更换沾满呕吐物和粪便的床单，这比煮咖啡和置备杜松子酒更耗费心力。“这种生活还要持续多久？”这位未来的寡妇暗自忖度，“我还能坚持到他的葬礼吗？”

然而这一天终究还是来了。天气晴好，蔚蓝的天空上飘着几朵恹恹欲睡的云彩，小鸟在枝头欢唱，空气中散发着新鲜花朵的芬芳。这位寡妇生命中第一次成了全场的焦点。她戴着太阳镜，为的是人们不会看到她的眼泪——至少大家是这样认为的。但其实那深色的镜片可能是为了掩盖她的轻松。棺木被最好的朋友运往墓地。人们会致辞，会喝酒，很多人都会开怀畅饮。大家喝的不是淡咖啡，而是白葡萄酒、伏特加和杜松子酒；吃的不是干松饼和杏仁小蛋糕，而是牡蛎、熏鲭鱼和炸肉丸。然后所有人会转战常去的酒馆。“兄弟，一路走好啊！他妈的！你个老东西怎么就这么走了！”接着就是交杯碰盏，伏特加喝得很快。那位寡妇把太阳镜别进头发里。她在开怀大笑。她满面春光。吐脏的床单都还在洗衣篮里，明天它们将最后一次被丢进洗衣机。她以为她的生活会一直这样持续下去。朋友们还会隔三岔五地来喝一杯。为了她，以她为中心来庆祝。她在这一刻还没有意识到，将来只不过偶尔有人会出于礼节而来访。而随后则是永远的沉寂，就如同一个生命入土之后随之而来的是永久的死寂。

我这里说的是一般情况。当然还是会有例外情况。愤怒会使寡妇们变得丑陋。今天一大早在我的诊室门前就发生了一阵骚动。那时我才刚把第一位病人唤进诊室。“医生，”我听见我的助手在喊，“医生！”我听见了椅子倒地的砰砰声，紧接着传来另外一个声音：“你在哪儿，你这个畜生？”那个声音尖叫道，“你给我滚出来，你这个胆小鬼！”

我对我的病人笑笑说：“请等一下。”大门和诊室之间有一条过道，我必须先经过一把椅子，那里是我助手的位置。然后就会来到候诊室，因为没有门，所以其实用候诊区来称呼可能更为贴切。我向旁边瞥了一眼。像我刚才所说的那样，时间尚早，但那儿已经坐着三位患者，他们在翻看着过期的《嘉人》和《国家地理》杂志。他们把杂志放在膝间，抬头打量着尤蒂特·迈耶尔。客气地说，尤蒂特在她丈夫去世之后并没有变漂亮。她面有红光，但是红得并不均匀，皮肤上花斑遍布。我的助手在她身后向我示意致歉。在我助手背后的门口躺着一把翻倒的椅子。

“啊，尤蒂特！”我边喊边向她伸开双臂，就好像我很高兴见到她一样，“我有什么可以为你效劳的？”

片刻之间我的欢迎姿态似乎令她哑口无言，但事实上这也不过是几秒钟的事。

“凶手！”她喊道。

我瞟了一眼候诊室里的人，一个患了痔疮的电影导演、一个有阴茎勃起问题的艺术品收藏家和一个已经风华不再的女演员，她怀着她的第一个孩子。她七个月前和一位满头金发、体格强健，却总是胡子拉碴的男演员在托斯卡纳的一个宫殿里举行了婚礼——所有的费用都由一家商业电视台的社会节目承担，电视台全权现场转播婚礼庆典和随后的派对。但这男演员并不是孩子的父亲。我无可奈何地耸耸肩对他们眨眼示意。这属于意外状况。典型的歇斯底里症状突发，酗酒或是服用了毒品——要么是两者并用。他们也赞同我的观点，我再次向他们眨了眨眼睛。

“尤蒂特，”我尽可能放缓语气，“随我来，让我看看，我能为你做点什么。”

在她回答之前，我就转身大步走向我的诊室。

我把双手放到我病人的肩膀上，恳切地说：“可以请您到候诊室稍候片刻吗？我的护士会为您开药。”

4

我的目光越过写字台落在了尤蒂特·迈耶尔的脸上。近看她脸上仍是花斑遍布，很难分清到底是白脸上的红斑，还是红脸上布满了白斑。

“你可以打包收拾了。”她第二次说道，“这家破诊所你就等着关门吧。”她转过头朝门口望去，在那扇门后是病人们所处的候诊室。

我把双肘撑在桌子上，指尖交叉，身体微微前倾。“尤蒂特，”我开口道，但是好一会儿却不知道该说点什么，“尤蒂特，现在就下这种结论是不是还为时过早啊？我承认，我在刚开始时对拉尔夫的病情可能做出了错误的诊断。这一点明天医师公会会进行调查。但是我从来没有蓄意为之……”

“我们走着瞧，等我向医师公会把来龙去脉都说清楚，看他们会怎么决定。”

我紧盯着她。我试图挤出一丝微笑，然而嘴巴就像当初骑自行车摔碎了下颌骨的感觉一样。马路上施工留下的一个窟窿，本来已经被围上了栅栏，然而哪个捣蛋鬼把栅栏给偷走了。在紧急救护站，我的上下颌被缝合到了一起，六周内我都无法开口说话，进食也只能通过吸管。

“你要去哪儿？”我尽可能地保持镇静，“这不符合常……”

“是的，他们也这么说。但是他们觉得这件事值得破例。”

这会儿我笑了笑。其实我不过是把嘴唇摆出一个让人看起来是微笑的样子。那感觉就好像我在多日的沉默之后第一次又开始张嘴说话。

“我和我的助手稍微交代一下。”我说道，“我最好还是把医疗档案拿过来。”

尤蒂特作势起身：“你省省吧！话已至此，我明天在医师公会那儿等着你。”

“等等，我马上就找到了。我有些你感兴趣的东西，一些你不知道的东西。”

她几乎已经站了起来，抬头看了我一眼。我努力使自己镇静。她又坐了回去。

“稍等。”我说道。

这一次我来不及再看一眼等候的病人，径直走向我的助手。她正在忙着打电话。

“只有油膏和软霜？”她问道。

“莉丝贝特，你能等会儿……”

“请稍等。”她对着话筒说道。

“把所有的病人都打发回家吧。”我低声说，“取消其他预约。你找个借口吧，随便编个什么理由。然后你也回家吧。今天剩下的时间都是你自己的了。这会儿我必须和尤蒂特……最好我能和她多聊会儿……”

“你听见她怎么骂你吗？这事你不能——”

“我没聋，莉丝贝特。”我打断了她。

“尤蒂特现在情绪相当混乱，她不清楚自己说了什么。也许之前我低估了拉尔夫病情的严重性。这已经够糟的了。我得先……我先和她聊聊，和她到外面去喝杯咖啡。她需要些安慰。这其实是理所当然的事情。但是我不希望其他病人看到我同她一起出去。所以，让他们尽快离开吧。”

当我回到诊室时，尤蒂特・迈耶尔仍然端坐在写字台前的椅子上。她转头发现我两手空空，脸上露出了疑惑的表情。

“那医疗档案肯定在这里什么地方放着。”我说道。

5

像我开的这种家庭诊所总是会有些令人头疼的事情。人们会不断收到邀请。有人会觉得你多多少少是属于某个圈子的——重点就在于这“多少”。艺术展览会的开幕式、新书的推介会、电影和戏剧的首映式，只要收到邀请就无法推辞。不参加是绝无可能的事情。如果是关于新书的，那么还可以以只读到一半为借口推搪，毕竟没有读完全书就没法做出评价。但是戏剧首映式就是戏剧首映式。结束后人们必须说点什么。总有一部分人期待有人会说点什么。我倒是竭力奉劝大家什么都不要做。永远不要。如果有人能做到这一点，那就是再明智不过了。我曾经一段时间里尝试说些套话，比如像“有些场景确实不错”或是“你们觉得挺不错吧”之类的空话。但他们并不买账。人们必须说，他觉得好极了，他觉得能参加如此历史性的首映式真是莫大的荣幸。电影的首映式大多在周一晚上举行，但是结束之后也别想能简单开溜。大家必须露露脸儿。谁都不想太晚回家，毕竟第二天还得准时上班。但大家还得到主演或者导演面前站站，得称赞这影片真是太棒了。至少得说这影片“很是激动人心”。这种评价得谈论影片的结尾时才说。手里端着香槟，直视着主演或者导演的眼睛。尽管已经忘记影片结尾是什么，或者更确切地说，虽然成功做到将结尾从脑海中清除干净，但还是得郑重其事地说：“我觉得结尾真是太激动人心了。”这样人们才算完成任务，才终于可以回家了。

我还真说不清哪一样更糟糕：电影或是戏剧演出本身，还是之后的闲聊。就我个人经验来说，看电影时比看戏剧演出更容易走神。在观看戏剧演出的时候，人们会意识到自己的存在，意识到自己的存在和时间的流逝，意识到手表指针的跳动。为了参加戏剧首映式，我专门准备了一个带夜光指针的手表。戏剧演出的时间对我来说总是感觉有些难以捉摸。时间，它不是停止了，不，它是停顿了。人们跟随着演员的活动，听着从他们嘴里蹦出的台词，那感觉就好像是用一把勺子在搅拌一堆越来越黏稠的物质。那勺子随时有可能被黏住。我第一次看向手表。当然是尽可能做到不露声色。毕竟没人希望在戏剧演出中被发现他在偷看时间。我慢慢地把西装的袖子给稍微推高一点，挠一挠手腕，就好像在挠痒，然后瞟一眼表盘。每次我都会发现，真实的时间和戏剧演出的时间总是相差甚远。或者更确切地说，它们发生在并列存在而又截然不同的两个维度。人们以为（希望，祈祷）已经过去了半小时，然而手表的指针却显示戏剧其实才刚开始不过十几分钟的时间。人们不可以唉声叹气或者露出失望的表情。人们大可不必引人注目，尽可神游物外。但是要想不叹气、不失望也着实不易。这和看电影还是有很大差别的：人们不能起身离去。在电影院里大家还可以趁黑悄悄溜之大吉，即使是在电影首映式上也不例外。他只需直接冲向厕所，可能有人会有所察觉，但也会很快将其抛诸脑后。这样即便不返回座位也不会太过引人注意。这一点完全可以想象，也是切实可行的。我在电影首映式上就常常这么做。开始几次我确实是去了厕所——在电影的后半段去让自己放松一下。什么都比那电影好。后来我练就了一套开溜的熟练技巧。双手插在口袋里，漫不经心地溜达到出口。如果在路上碰到别人，我就会说自己需要呼吸一下新鲜空气。然后我就溜到了外面。外面车水马龙，人声鼎沸，一片热闹。正常面孔、正常声音的人，大家相互都聊些正常点的事情。“我们再喝点什么，还是现在就回家？”而不是什么“我们得千万小心不要让父亲的遗产落入他人之手，玛莎”。总是这种话谁可以忍受一个半小时啊？“我的女儿不会像个荡妇一样到处游逛！否则她就不是我的女儿！”音乐是电影的一部分，但每年的音乐变得越来越吵闹。人们可以随心所欲地叹气，而不会有人发觉。但真正做起来其实还是痛苦不堪。人们的呼吸会越来越快，越来越重。就如同一条病重的老狗，舌头伸出嘴巴，急促地喘息。氧气。人们会努力将尽可能多的氧气引至痛处。氧气总是治愈痛患的最佳良药。我站在大街上。我看着过往行人。我将新鲜的空气深深地吸入体内。而这一切在观看戏剧演出时就无法做到。实在是难以找到突破口。在戏剧开始之前，人们就一定得站到门前。毫无疑问——这不是没有风险的。因为一旦走到外面，人们就会被诱惑所征服。不再返回剧场就成了最诱人的想法。回家，脱鞋，懒洋洋地躺坐到沙发里，把电视里看了几百遍的肥皂剧重温一遍。随便什么都比这戏剧演出有趣。

这也和我的工作性质有关。对我的工作而言，时常彻底放松是非常必要的。我整天有太多的东西要听要看，到了晚上我就必须把这些烂事抛诸脑后——霉菌、流血的疣子、烧得发烫的皮肤。一个一百三十多公斤重的胖女人正等着我给她做检查，真的希望以后再不要见到她。但是观看戏剧演出人们是无法得到放松的。灯光几乎从不熄灭，各种令人不安的东西都在蠢蠢欲动。它们在想，灯光昏暗，我们的机会来了。现在我们逮到他了！现在唯一的灯光就是舞台上的灯光。再有就是我手表上露出微光的指针。无尽的时间，最大的休止符揭开了序幕。白天工作时我总在期待夜晚的来临，那时我可以什么都不用做。一杯啤酒或者一杯红酒。看看电视新闻、肥皂剧或者足球比赛。这是辛劳一天开始的动力。这样一天的辛苦才有了盼头。更确切地说是，有了远景。一道延伸到地平线的风景，矮丘掩映着波光粼粼的大海。而以观看戏剧演出作为结束的一天就如同一个宾馆房间，推窗可见的不过是一道碍眼的围墙。这样的一天毫无生机。空气也让人窒息，门窗紧闭，无法开启。当早上八点半第一次想到这一点，我就忍不住要叹息、沮丧。通常情况下，我对病人的话是左耳朵进右耳朵出。而在晚上有戏剧表演的工作日里我更是神游物外。我头脑中浮现出各种逃脱的借口——生病、流感、食物中毒或是一个亲戚扑向了飞驰的火车。我想起了电影《危情十日》里面凯茜·贝茨用大锤打断了詹姆斯·凯恩的双腿。我也可以这样对自己下手。斯大林格勒战役时双方军队中都有士兵把自己的腿脚射穿，为的是逃脱被送往前线的命运。而那些不幸被抓现行的人是要吃枪子儿的。我的病人还在漫无边际地絮叨他背部下方不确定的疼痛感，我只能让思绪继续飘往枪伤。在墨西哥贩毒集团的亡命之徒把子弹刻上凹痕，为的是让子弹旋转的速度放慢。缓慢旋转的子弹会给身体造成更多的伤害。但另一方面这种做法也可能导致子弹无法射出。我得来点彻底的，似是而非的事绝对不行。手指即使断了一小节，也并不妨碍参加戏剧首映式。三十九摄氏度高烧也不是什么高明的借口。不行，我得想点别的招数。我想到了牡蛎刀，它从我的手中滑脱，贯穿了整个手掌，刀尖从另一端冒出。当人们将刀拔出的时候，鲜血就开始喷涌而出。

“即兴而作”的戏剧更是一场灾难。整部剧作充斥着大量含混不清的内容。人们不得不忍受支离破碎的句子与对话，而这些据说是“根植于现实”的。演员们穿着自己裁剪的服装。基于即兴之作的演出通常不会比采用普通剧本的演出更长。但是它给人的感受就如同我们对温度的感觉一样，感觉到的温度总比温度计上显示的温度要高一些或者低一些。人们的目光会呆落在演员自己裁剪的戏服上。感觉上已经过去了半小时，然而手表的指针是不会撒谎的。这会儿你会把手表放到耳边。你会想它是不是停了。但锂电池的寿命有一年半呢。时光在悄然流逝。人们必须数到六十，然后再望一眼表盘。如果人们用牡蛎刀刺伤自己就会有得败血症的危险，所以最好马上去看医生。破伤风、黄热病、甲型肝炎。但是我这儿还有些别的东西。我这儿放着许多瓶瓶罐罐，服用其中一滴就足以让人至少半天之内远离这尘嚣世界。如果再来一滴，人们就可以永远长眠不醒了。猫猫狗狗之类的得用注射剂。人类可以自己拿起毒药一饮而尽。不需要太多，一酒杯就足够。百分之九十的水加上毒药。人们可以体面地同亲人和爱人告别。大多数的人包括那些生平从不开玩笑的人都常常会在弥留之际幽默一把。人们可以感觉到逝者对此思考良久。似乎他们是想借此让人们永远记住他。最后一句。随意的最后一句。他们认为临近死亡的时刻需要点从容不迫。但其实这时候不需要任何东西。死神来将逝者带走。死神希望逝者能服从他，最好是不要有任何抵抗。“你也来一杯吧。”他们边说边将整杯毒酒一饮而尽。一分钟之后他们就会在这最后一杯的滋润之下合上双眼。我从来没见过一个将死之人会对他的妻子说：“我永远爱你。我会想你的。你可能也会想念我吧。”坚决不说这些。要谈笑从容，要来个笑话。下葬的时候也要如此。葬礼首要的是欢快。大家要欢笑、大醉、咒骂。否则就是一个庸俗的葬礼。庸俗的葬礼对一个艺术家来说是场彻头彻尾的噩梦。“这正是亨克所期望的。”他们边说边将威士忌瓶摔碎在棺木上，“一定要开开心心地走。去你妈的红尘往事！”在我的印象当中似乎是十五年前开始有这种诙谐式的葬礼。紫红色的棺材、未经加工的棺材、画有巨龙和鲨鱼牙齿的棺材、宜家卖的棺材、塑料的棺材或是用垃圾袋包裹的棺材。这对孩子们来说最要命。让孩子们参加葬礼本来就够糟糕了，如果一个艺术家去世了，还逼着孩子们把整件事情当成乐子来看，那更是糟糕透顶。爸爸的棺材被贴画和蹩脚诗装扮得不伦不类。他最心爱的酒杯被题上了“fuck you”，然后放进了棺材。为了以后，为了在那里，在漫漫人生之路的尽头，为了他能在那儿也用上那题有“fuck you”的杯子来喝点咖啡。最重要的是孩子们不能哭。大人们把他们的脸蛋涂抹得五颜六色，他们戴着纸帽，牵着气球，吹着小喇叭浩浩荡荡地奔赴墓地。因为爸爸最大的愿望就是：孩子们在他的葬礼上要快快乐乐的；他们能开心地在墓碑间玩玩捉迷藏；葬礼之后要有汽水、糕点和满桶的太妃糖、士力架、巧克力。

所有的人都想埋在同一个公墓。河道拐弯处的那所公墓。大家趋之若骛，纷纷抢购。对朝九晚五的上班族来说，这完全是遥不可及的事情。因为这所公墓位于河道的拐弯处，所以每年至少会有四次葬礼中的逝者是通过水路运至此处。这样大家第二天在报纸上看到照片的概率就会大大增加。小船从市中心起航，然后从桥下穿行而过，这样拍出来的照片保证一流。船上堆满了鲜花与花圈，男男女女都穿着五颜六色的礼服，戴着尖顶帽。女人的后背装饰着蝴蝶翅膀，男人们则把胡了染成花花绿绿的颜色。前面的甲板上“幸福与欢乐”乐团的四个乐手穿着小丑服用小号吹奏着诙谐的曲调。运送棺木的船上和送葬船上的所有人都已经酩酊大醉。大家从岸上围观着河中游弋的送葬队伍，送葬亲朋自顾把自己喝得酒气熏天，而绝不会看围观者一眼。

人们应该让拉尔夫·迈耶尔——或者说其实是该让他的妻子尤蒂特——安生些了。至少可以把他的葬礼搞得普通一点。不用小船，而是用个常见的运尸车。到场的肯定有上千人了。几家电视台的摄制组也赶来凑热闹。当载着棺材的车子拐入砾石路的时候，我只要后退几步就不会引起身旁到场亲属的注意。尤蒂特戴着一副大大的太阳镜和一个带有黑白点的挽纱。可能是这个面纱使我不由得想起了那天，想起了杰奎琳·肯尼迪，尽管我不认为杰奎琳·肯尼迪会在葬礼上当着众人的面啐一个不受欢迎的来宾一脸。

被啐了一脸之后我没有马上离开，而是又在河岸上站了一会儿。一只桨船飞速划过水面，岸上一个骑在自行车上的男人用扩音喇叭对桨手发出指令。水面上还有两只天鹅，它们后面还晃悠着两只幼崽。这更让人觉得就像人们常说的那样：“生活还会继续。”几分钟之后我又转身回到了墓地。

因为灵堂容纳不了那么多人，所以悼词在室外宣读。市长甚至是文化和旅游部也都发表了致辞。演艺界同人和导演挖空心思地翻腾些陈年逸事并大肆渲染。众人开怀大笑。我站在最后面离砾石路几米远的地方，将身体半掩于灌木丛中。一个喜剧演员发表了一段演讲，内容主要是关于他自己的。与其说这是一段悼词，不如说它更像是下次正式演出前的一次彩排。几个人发出几声干笑，听起来更像是出于尴尬而不是源自开心。我不禁想起了拉尔夫·迈耶尔弥留之际的情景，那是在医院里，也不过是不到一周前的事。装着毒鸡尾酒的杯子放在床边的滑轮桌上。旁边是一杯喝了一半的酸奶，水果酸奶，勺子还插在杯子里，还有一份早报和一本他最后几周读的《莎士比亚传》。从书签来看，他还没有读到一半。他让尤蒂特带两个儿子离开房间一会儿。

他们离开后，他招手示意我到他的床头。

“马克。”他开口道，然后他用双手握紧了我的右手。

“我想对你说，我感到很抱歉。”

我打量着他的脸庞。这本来更像是一张很健康的脸，只是有些消瘦。只有那些见过这张脸几个月前是多么浑圆的人才明白，他是生病了。他的目光依然炯炯有神。这说起来又是怪事一件。这种情况我已经见过多次。有些人会选择一个特定的日子来结束自己的生命。这一天他会突然活跃起来，他会比平时笑得更多。这种举动更像是希望有人能制止他，有人能对他说就这样离开人世简直是愚蠢至极。

“我多么希望没有……我多么希望从没有……”拉尔夫·迈耶尔说

道，“对不起，我只想对你说我真的很抱歉。”

我没有搭腔。如果采用正确的药物和一些非常的治疗手段，他的生命可能还能延长一个月。然而他选择了那杯毒酒，选择了以一种体面的方式告别尘世。这杯毒酒能保证让活着的人不会有太多难以磨灭的沉痛回忆。

尽管如此，这还是极其独特的。自己选择的死法。自己选择的死期。这就像玩丢手绢游戏。为什么不是明天？为什么不是一周后？为什么不是昨天？

“她……还好吧？”他问道。在最后一刻他没有说出她的名字。我不知道我还能做点什么。

我耸了耸肩不置可否。我想起了一年多前的那次旅行。在度假屋的那次旅行。

“马克。”他说道。我能感觉到他手上传过来的力量。他已经没有太多力气了：“你能告诉她……你能替我把刚才对你说的话转达给她吗？”

我将目光转向了别处，没费多大力气我就将手从他的双手中挣脱了出来——同样是这双手，曾经是那样强健有力，可以强迫他人去做本不愿接受的事情。

“不行。”我回答道。

6

这是半小时后的事情。我站在过道里，两个孩子吵着饿了所以去了食堂。尤蒂特·迈耶尔刚从洗手间回来，她明显在那儿补了口红和眼影。

“我很高兴你能过来。”她说道。

我点了点头。“他去得很平静。”我说道。这种事情人们总在片刻之间就会脱口而出。完全是机械性的自然反应。这就如同人们评价一部戏剧演出时会说，“这真是激动人心”。或者评价一部电影的结尾“真是令人印象深刻”。

一个穿着医院工作服的男人走到我们的面前，然后向尤蒂特伸出了手。

“您是迈耶尔女士吗？”

“是的，您是……？”她边握手边问道。

“默兹兰。我是默兹兰医生。我能耽误您一会儿吗？”

他腋下夹着一个棕色的文件袋，在右上角的一个标签上用彩笔写着“拉尔夫·迈耶尔先生”，那下面的小字印着的是医院的名字。

“您是……？”默兹兰问道，“您是他们的亲戚？”

“我是他们的家庭医生。”我边说边向他伸出了手，“马克·施洛瑟。”

默兹兰对我伸出的手视而不见。

“施洛瑟，”他说道，“这真是……这真是太好了。有几件事情……”他打开了文件袋开始翻找，“在哪儿呢？这儿。”

默兹兰的言谈举止告诉我，我得留点神。就像所有的专业医生一样，他丝毫不掩饰他对家庭医生的满脸不屑。无论是外科、妇科、内科还是精神科的医生，他们都是同样的表情。这个表情像是在说，那时候怎么就没有继续学下去？就没那毅力再苦学四年了？或者可能是害怕实践操作的工作？我们会把人体切开，我们会深入器官，深入人体的中枢——大脑，我们熟知人体，就如同机械师熟悉汽车的发动机一样。而家庭医生能做的不过是打开发动机的顶盖——然后面对着技术的这一神奇造物就只能惊叹摇头。

“我们昨天同迈耶尔先生仔细谈论了一下他的病史。”他说道，“这在实施安乐死过程中是常见的例行程序。施洛瑟先生，不是您把迈耶尔先生转诊到我们医院的吧？”

我假装思索了一会儿回答说：“是的，不是我。”

默兹兰继续用手指翻看着文件。“我这样问您，是因为这写着……对，这里。”他的手指停在一处说道，“昨天迈耶尔先生对我们说，他去年十月曾经到您那儿就诊过。”

“这有可能，非常有可能。他只是偶尔到我那儿去。大部分时候都是些小问题。或者是来向我咨询的。我是……我是他们家的一位朋友。”

“所以他十月找的您，施洛瑟先生？”

“这点我现在记不太清了。我得回去查一下。”

默兹兰瞟了尤蒂特一眼，然后又转向我。

“据迈耶尔先生说，尽管去年十月他已经感觉到了疾病的前兆，但您还是让他不必太在意。”

“这一点我现在也不好说。可能他当时向我提到过这一点。也许他是觉察到了些什么，但可能只是想寻求些安慰。”

“他到您那儿时，您提取过他的病理标本吗，施洛瑟先生？您把病理标本寄给我们检查了吗？”

“这我还真得好好回忆一下了。”

“我觉得您是得好好想想。因为提取病理标本不是没有风险的。严重的情况下这甚至会加速病情的恶化。我希望您是清楚这一点的，对吗，施洛瑟先生？”

发动机的顶盖。虽然我得打开发动机的顶盖，但不允许我动里面的管线。

“奇怪的是，迈耶尔先生对这一切都记得清清楚楚。”默兹兰继续说道，“他记得您说要把病理标本送检，还说他应该晚些时候打电话向您询问检查结果。”

拉尔夫·迈耶尔去世了。这会儿他可能已经冰冷的尸体就在离我们几米远的绿门后，那门上还挂着写有“安静”二字的牌子。我们无法向他求证，他昨天是不是可能记错了日期。“这会儿我确实想不起来了。”我说道，“非常抱歉。

“即使提取过，那病理标本也绝对没有送到我们这儿来。”

那看吧，我几乎脱口而出。拉尔夫·迈耶尔在死前一天已经陷入混乱，分不清事实了。因为药物的作用。因为他虚弱的身体状况。然而我并没有说出来。

“十月。”尤蒂特·迈耶尔突然开口道。

我们把目光都落在了她身上。

“拉尔夫十分焦虑。”她注视着我继续说道，“因为拍摄工作，他必须去意大利待两个月。几天后他就该出发了。他对我说，你通知他说没什么问题。但为了保险起见还是会把什么东西寄给医院实验室检查。这样他就能彻底安心了。”

“我们什么都没有收到。”默兹兰插话道。

“事实上这确实很奇怪。”我回应说，“我肯定不会忘寄了，我印象中似乎是这样的。”

“所以我想跟您好好谈谈，迈耶尔女士。”默兹兰又开口说，“这在我们看来至关重要，除非我们对这件事情置之不理。我们想把这件事彻底调查清楚。所以我们请求您允许我们进行尸体解剖。”

“哦，天哪！”尤蒂特惊呼道，“尸体解剖？这真的有必要吗？”

“这能帮助我们——特别是您，迈耶尔女士——搞清事情的真相。这样一来尸体解剖就非常关键。比如我们可以知道，之前什么时候是不是真的采集了病理标本。近年来这项技术已经相当完善。如果采集过病理标本，我们就可以确定是什么时候进行的，甚至可以精确到具体日期。”

7

拉尔夫·迈耶尔一年半以前突然造访我的诊所之后又过了大约三周，我信箱里收到一封《理查二世》首映式的邀请函。当我打开信封的时候，我的身体反应就像收到所有邀请函一样：嘴唇发干、血压升高、指尖冒汗、眼睛发涩，那感觉就如同我正在经历一场噩梦。人们在新建的住宅群里不停地兜圈子，怎么也找不到出口。

“拉尔夫·迈耶尔？”卡洛琳问道，“真的吗？我从来不知道他是你的病人。”

卡洛琳是我妻子。她从来不愿意和我一起去参加首映式，也从来不去参加新书推介会、艺术展会开幕式或是电影艺术节的电影周。在那种场合她觉得比我还痛苦。我也就很少强迫她。只有当我感觉特别难受时，我才会跪着求她陪我。这种时候她明白我是认真的，也就会毫不反对地跟着我一起去。但是下跪只是我在紧急情况下的保留招数。

“《理查二世》，”她打开邀请函对我说道，“莎士比亚……哎呀，为什么不去呢？我和你一起去。”

我们坐在厨房的早餐桌旁。我们的两个女儿已经在上学的路上。小女儿利萨在街角的小学读书，尤利娅自己骑车去中学。十分钟后我的第一个病人就要到了。

“莎士比亚。这意味着至少是三小时啊。”我开口说道。

“是呀，但是那是拉尔夫·迈耶尔演的啊，我还从来没有亲眼看到舞台上的他。”

当说出这名演员的名字时，我的妻子流露出一副沉醉的表情。

“你为什么这么看着我？”她问道，“坦白地说，对大多女性而言，拉尔夫·迈耶尔确实是个魅力十足的男人。这样三小时也就不算太长了。”

就这样，我们两周后去参加了在阿姆斯特丹城市剧院举行的《理查二世》首映式。这不是我看过的第一部莎士比亚的剧目了。我之前已经看过十多部：所有男性角色都由女性扮演的《驯悍记》；所有男演员都裹着尿布，女演员都身穿垃圾袋、头顶塑料袋的《威尼斯商人》；由一群唐氏综合征患者加上风机和一只在舞台上被砍掉脑袋的（死）鹅堆砌起来的《哈姆雷特》；由一群以前的瘾君子和来自津巴布韦的孤儿表演的《李尔王》；在一条完工一半，墙上仍然污水四溢并投射着集中营照片的地铁隧道里上演的《罗密欧与朱丽叶》；而《麦克白》里所有女性角色都由男性扮演，演员除了在屁股里夹着根鞋带，乳头上挂着手铐和杠铃之外全身赤裸。舞台音乐则由炮火声、电台司令乐队的乐曲和拉多万·卡拉季奇的诗歌组成。我几乎不敢去看那固定在乳头上的手铐和杠铃，但是如果我不看，那度日如年的感觉就会更加强烈。我脑海中想到了飞机晚点，半天或者更长时间，但那时间也过得比这演出快十倍。

但是在《理查二世》中所有的演员都穿着符合历史特点的戏服。舞台的布景——城堡的大厅——在风格方面也是恰到好处的。拉尔夫·迈耶尔的登台亮相真是令人印象深刻，他出场之前观众已经十分安静，现在整个剧院更是寂静无声。在理查开口说话前，大家都屏住了呼吸。我瞥了一眼卡洛琳，她紧盯着舞台，双颊兴奋得像烫红了一样。三小时后我们手持香槟站在了休息厅里。我们周围簇拥着的男人纷纷把自己挤进了蓝色西服里，女人则都身着晚礼服。大量的首饰：手镯、项链、耳环。一个小型的弦乐队在角落里演奏着乐曲。

“我们是不是应该……”我看了一眼手表。我突然发现，这竟然是我这一晚上第一次看时间。

“哎呀，伊西丝还可以再等一会儿。”卡洛琳回应道，“来，让我们再喝点什么。”

伊西丝是我们的保姆。她十六岁，她的父母不喜欢她回家太晚。尤利娅那时候十三岁，利萨十一岁。再过两年我们就肯定可以让我们的大女儿照顾她的妹妹，但现在谈这个还为时过早。

当我端着重新斟满的酒杯返回的时候，我发现拉尔夫·迈耶尔就在离我们大约十米远的地方，他比所有人要高一头。他不时地向左右点头示意，他脸上的招牌式笑容表明他对这种频频接受别人祝福的场合早已习以为常。

“那就是他，”我说道，“我介绍你们认识。”

“在哪儿呢？”我的妻子比我矮一头，所以她还没看到他。她迅速整理了一下别住的头发，又清理了一下胸前并不存在的面包屑或者绒线。

“马克。”他握了握我的手。那是男人强劲有力的手，那力道感觉似乎想让人知道，他还可以握得再紧些。

他转身面向卡洛琳："这是你的妻子？那好吧，你确实所言非虚。"他弯腰吻了一下她的手。然后他转向一边，一位女士隐身在他高大的身躯之后，他把手搭到了她的肩膀上。老实说，她的确是从他的身影里闪现出来的。然后她向我们伸出了手。

"尤蒂特。"她开口道。

当后来我第一次独自见到尤蒂特·迈耶尔的时候，我感觉她并没有那么瘦小。那时候她是站在她的丈夫身旁，就如同山脚的一座小村庄。但是那晚在戏剧休息厅里我反复打量着拉尔夫和尤蒂特，我想到的是我第一次见到一对儿夫妻时脑海里经常浮现的那些东西。

"怎么样，你们喜欢这戏剧吗？"尤蒂特·迈耶尔问道，但更多的是问卡洛琳而不是我。

"棒极了，"卡洛琳回答说，"这真是一次非常棒的经历。"

"也许我应该离开一会儿，"拉尔夫说道，"这样你们就可以直言不讳了。"他边说边开始纵声大笑，有几个人回头观望，然后也跟着一起笑起来。

我前面也提到过，有时候我不得不要求病人将衣服脱光。当然这只是迫不得已而为之。这种例外情况主要是发生在部分到我诊所的已婚人士身上。我打量着他们裸露的躯体，各种画面已经在我眼前重叠。不同的躯体在我眼中已经没什么区别。我看见一张嘴，双唇翕合，然后是双手，手指在摸索，指甲滑过裸露的皮肤。有时候是在黑暗中进行，但也常常不是。有些人并不忌讳把灯打开。我看见了他们的身体，我明白大多数情况下关着灯还好些。我打量着他们的脚，他们的踝骨，他们的膝盖，他们的大腿和肚脐周围的区域，胸部，还有脖颈。性器官我大多数是略过不看的。即使是要看，那对我来说也不过是如同一只大街上被碾死的小动物。我的目光最多停留一秒，就如同一根缝衣针松垮地悬在衣服的线头上——很快就会掉下来。说到这儿我还没有说到身体的背部。这本身就是一个故事。屁股会根据翘还是不翘让人有触摸的欲望或者狂躁不已。从屁股到背脊下方的无名之处、脊柱、肩胛骨、脖颈处的头发分界线。在人体的背部比正面存在着更多有待开发的地方。在月球的背面，宇宙飞船和探测器失去了与地面站的所有联系。我做出一副专心致志的表情。“当您侧躺着的时候也会感觉到疼痛吗？”我边问，脑海当中边想象着他们夫妻俩在灯光下或者黑暗中相互抚摸脊背的场景。其实我希望这一刻马上过去，然后让他们再穿上衣服，希望只需要面对他们的面孔就好。但是我总是无法忘记那些身体。我把一张面孔同其他的面孔联系到一起。我把不同的身体联系到了一起。我让他们拥抱。两张面孔伴随着沉重的呼吸贴到了一起，两个舌头在嘴里不停地缠绕翻转。在大城市里，道路交叉，高楼林立，难见天日。人行道的石板路之间长着苔藓和枯草。那里要么阴冷，要么湿热。到处飞舞着苍蝇和蚊虫。谢谢，您可以把衣服穿上了。我已经看够了。您丈夫没什么问题？您妻子怎么样？

我看了一眼拉尔夫·边那尔，然后又看了看尤蒂特。正如我所言，她并不瘦小，只是站在她丈夫身边她才显得瘦小。我想到了那些人在黑暗中一起做的事情。我打量着拉尔夫端着香槟酒杯的手。酒杯没有被捏碎，这真是个奇迹。

然后突然出现的一幕让我后来终生难忘——我本来就该提高警

惕的。

尤蒂特牵着卡洛琳的肘部，想要把她介绍给谁，一位女士，她的面孔我有点熟悉，毫无疑问是哪部戏剧里的女演员。这样一来，卡洛琳就背对着我们。

“我生怕错过了任何一秒钟。”我对拉尔夫说道，“这真是一次特别的经历。”

直到几秒钟之后我才发觉，拉尔夫·迈耶尔并没有在意我在说什么。他甚至就没有看我。不用看我都知道他在看什么。

他的目光变了。当他从头到脚打量着卡洛琳的后背时，他的眼中闪过一道光芒。这种眼神人们在自然风光片中的猛禽身上也会看到，它翱翔在蓝天中或者蹲守在一根树枝上，当它发现下方的一只老鼠或者别的什么可口的小东西时，它就会露出这种眼神。现在拉尔夫·迈耶尔就这样盯着我妻子的身体：就像在看一道大餐，一边看还一边流着口水。这会儿他的嘴巴也开始嚅动起来。双唇张开，颌骨嚼动，我恍惚间甚至听到了他牙齿吱吱作响的声音——他不由自主地叹了口气。拉尔夫·迈耶尔眼里看到的是一顿美食，他的嘴巴已经在期待这顿大餐。如果有机会的话，他肯定会咬下几口。

也许最离谱的是，他做这一切并没有一丝一毫的羞耻感，就好像当我是空气一样。他这样做感觉就好像是他可以随时解开裤子，肆无忌惮地对着我撒尿。这真的没有什么区别。

然后，时间一分一秒地流逝。就像是催眠师用一个响指把他从神游物外的状态中突然唤醒。

“马克，”他开口道，他直盯着我，就好像他初次见到我一样，他又看了一眼手中的空酒杯，“怎么样？我们再来一杯？”

后来当天晚上，在床上，我向卡洛琳说起这件事情。那时她刚把发胶从头发里取出、抖落。她的表情更多的是感觉有趣而不是震惊。“真的吗？”她回应道，“他是怎么看我的啊？快说说……”

“就好像你是他的一道大餐一样。”我说道。

“真的吗？是不是啊？我还是很迷人的。你不觉得吗？”

“卡洛琳，行了吧！我不知道我该怎么说……我……我觉得这真有点不知廉耻。”

“哦，亲爱的，男人怎么看女人或者女人怎么看男人才不是不知廉耻呢！我觉得，拉尔夫·迈耶尔完全就是个拈花惹草的浪荡子。这一点大家都看得出来。也许这对他的妻子而言确实不是什么好事，但是好吧，这是她自己的错。一个女人应该能一眼判断出来，她在同一个什么样的男人打交道。”

“我就站在他旁边！他对我来说什么都不是。”

卡洛琳偎依在我的身旁，把我的手按到了她的乳房上。

“你是不是有点吃醋啊？听起来像哦。”

“胡扯！我知道男人是怎么看女人的。但是他的眼神绝对不正常。那是……那就是不知廉耻。我真的找不到别的词来形容了。”

“亲爱的，你真是个爱吃醋的小男人哦！”卡洛琳戏谑道。

8

像我开的这种诊所对健康和医学方面认为合理的东西就不能太当回事。放纵对自由职业者而言更多的时候是常态而不是例外。我的病人每周轻轻松松就能喝光十箱酒。我是可以和他们说实话。我是可以对他们说，通常一天喝个两三杯就足够了。女人两杯，男人三杯。但是没人愿意听。我用指尖触摸着肝脏，检查它硬化的程度。您每天到底喝多少啊？我问道，您可不要对我有所隐瞒。用餐的时候一瓶啤酒，之后最多半瓶红酒，他们会这样回答。酒精会穿过毛孔，然后在皮肤上蒸发。我的鼻子很灵敏。我能嗅出这个人之前一晚到底喝了什么。他们身上会散发出酒臭味，画家和雕刻家身上是杜松子酒或者烧酒的气味，作家和演员则是啤酒和伏特加。他们的同事呼吸中弥漫着摇滚舞会上廉价的霞多丽葡萄酒的酸味。我当然可以义正词严地规劝他们。我也可以揭穿他们美丽的谎言。一瓶啤酒和半瓶红酒，真是好笑！但这样他们就会远离我这里。就像他们远离他们过去的家庭医生一样，那位医生像我一样检查了他们的肝脏，并做出了同样的判断——不过不同的是，他揭穿了他们的谎言。如果您再这样下去的话，您的肝脏一年之内就会破裂。那时候可不是一般地疼。肝脏无法继续处理体内的垃圾。它会蔓延到整个身体。它会聚集到脚踝上，心室里，眼睛中。眼白首先会变黄，然后变得灰白。部分肝脏会坏死。最后就会导致肝脏彻底破裂。那位家庭医生把这一切和盘托出，然后这些人离开了他，到了我这里。某个人——一个好朋友，一个同事——向他们提起了这位家庭医生，这位对人们每天喝多少酒不太较真的医生。我会说，哎呀，每天该喝多喝少这是相对的。人只活一次。追求健康的生活方式其实无形之中也是一种压力。回顾一下历史，一切就一目了然了。那么多过着放纵生活的艺术家不是照样能活到八十岁或者更长寿？我的新病人开始放松了。他的脸上露出了微笑。我会对我的病人说那些他们愿意听的。我列举了一个人。巴勃罗·毕加索，我说道。巴勃罗·毕加索就从来不反对喝点小酒。我这样做其实是一箭双雕。这位病人感觉这马屁拍得很舒服，因为我把他同一位大师相提并论。当然我也可以换种说法：您的才能远不及巴勃罗·毕加索的十分之一，但是您比他喝得多得多。这完全是酗酒，简直是酗酒成性。但是我没有这么说。所有那些醉死的艺术大师我也一点没有提及。当狄兰·托马斯生命中最后一次返回他居住的纽约切尔西宾馆时，他对他的恋人说：“我喝了足足十八杯威士忌，我想，这将是一项纪录。”然后他就陷入了昏迷。尸检的时候发现他的肝脏是健康人的四倍大。还有查尔斯·布可夫斯基、保罗·高更和贾尼斯·乔普林我都没有提到。我继续说道，关键在于人们怎么生活。懂得享受生活的人永远比那些只吃素食，只喝绿色酸奶而牢骚满腹的人要活得久。我会同他们讲，那些素食者得了致命的肠道疾病，那些禁欲者二十岁前就死于心肌梗死，那些狂热的禁烟者后来才发现身患肺癌。我还和他们说，地中海一些国家的人们几千年来就有喝红酒的习惯，整体上却比我们这儿的人要健康得多。俄罗斯人酷爱伏特加，对于他们的平均寿命我当然是闭口不谈。我会说，人生在世要的就是享受生活。您知道吗，为什么苏格兰人从不得流感？不知道？我跟您说……这样我就差不多和我的新病人完全打成了一片。我向他列举威士忌的种类：格兰菲迪、戈兰肯、格兰卡登——然后我打出了我最后一张王牌。我会向他暗示我也喜欢偶尔小酌一杯，我也是他们的同道中人。当然我并不是和所有人都打成一片。我很明白自己的身份。我不是艺术家，我只是一个简单的家庭医生。但对我来说，生活质量同样是要比健康的身体更为重要的。

一位前国务秘书也是我诊所的常客。她体重有一百三十多公斤。我们有时候会相互交换菜谱，当然我本不应该这么做。有时候我几乎喘不上气来，医生，她坐到了写字台对面的椅子上后气喘吁吁地对我说道。我让她解开上衣。我用听诊器对她的背部进行检查。一个肥胖身体里的声音和一个有足够空间来容纳所有器官的身体听起来是完全不一样的。所有的器官都需要更努力地拼搏。这是一场争取活动空间的战斗。这是一场从一开始就毫无胜算的战斗。到处都是脂肪，器官已经被彻底包围。我用听诊器对她的肺部进行检查，每呼吸一次它都得把脂肪挤到一旁。我对她说，请慢慢呼气。接着我就听到，脂肪重新占据了阵地。心脏不是在跳动而是在捶动。它一直在超负荷运作。它必须及时把血液输送到身体的各个角落。然而血管也是在脂肪的围堵下苦苦挣扎。现在请保持呼吸平稳，我说道。脂肪又在捣乱。当肺部想吸入氧气的时候，脂肪尽管也在一起运动，但是它拒绝归还已经占据的领地。这是肉眼无法看到的大约百分之一毫米间的斗争。脂肪准备发动最后的进攻。我把听诊器转向这位前国务秘书的身体正面。在她的乳房之间有一条纤细的汗迹在闪耀，就如同山坡上高悬的一道瀑布。我强迫自己不要去看。但我脑海里稀奇古怪的想法总是挥之不去。我想到了这位前国务秘书的丈夫，一位长年失业的“戏剧顾问”。谁在上面，谁在下面呢？开始他在上面。然后他怎么都找不到支撑点。他从她的身体上滑了下来，就如同是从一个半满的水床上或是一个没有吹起来的气垫床上滑落。或者他会深陷到她的身体里。他牢牢抓住了她的肥肉。其实他还需要绳索和钩子。我们这样不行，他的妻子喘息着把他从身上推了下来。现在他在下面了。我设想首先是她的胸部慢慢淹没了他的脸部。这是彻底的日食登场。他眼前绝对是一片漆黑。然后他就会缺氧。这位“戏剧顾问”喊了句什么，但是声音怎么也传不出去。那温暖而又微微湿润的乳房盖住了他整个脸庞。一个点心盘大小的淡紫色乳头封住了他的嘴巴和鼻孔。然后伴随着一声闷响，他的第一根肋骨在一百三十多公斤的重压下终于不堪重负。这位前国务秘书对自己的过失还一无所知。她抓住了他的阴茎，把它塞到了自己的阴道里。因为所有的器官都过于肥大，所以完成这一过程让她很是费了一番周折。这期间他又有几根肋骨断裂。这就如同处理一栋十层的大楼，建筑师只是草草研究了一下设计图，工人们就拆掉了一面承重墙。首先只是一些裂纹，然后整个建筑开始摇晃，最后大楼彻底坍塌。最后一刻他感觉到的是她的舌头在他的耳朵里舔舐。一头雪山救人犬的舌头塞满了他的整个外耳。再次呼气，我说道，您丈夫怎么样？他又有什么新的项目吗？我本可以对她说，她不该这样继续下去。肥胖不仅对她的器官造成了沉重的负担，而且让关节也饱受摧残，膝盖、脚踝还有髋骨无一幸免。这就如同一辆满载的牵引载重车。在大陆坡上刹车片的温度升高，连接处开始打滑，最后撞破安全护栏，冲进了深渊。然而我却还是打开了写字台的抽屉，从里面取出了一个菜谱。那是我从一个杂志上裁剪下来的，一道烤炉菜肴：猪脊背、李子和红酒。这位前国务秘书是一位狂热的厨师。她只对烹饪感兴趣，这是她唯一的爱好。她迟早要死在灶台前。身体前倾，一头栽倒在锅里咽下最后一口气。

拉尔夫·迈耶尔也太胖了，不同之处在于他可以说是胖得还比较自然吧。一开始人们总会搞错他真实的三围。他的肥胖让人误以为他是穿了件太过肥大的大衣。然而在他第一次到我的诊所时我用听诊器检查了他的背部，那时我发现他的身体也不是没有问题。他的呼吸很沉重，就如同是在用一只木桶艰难地从深井里汲取氧气。他心脏跳动时会听到像敲钟一样的回音。肠道里面会咕噜咕噜地作响。后来我发现拉尔夫·迈耶尔对甲壳类和禽类——鹌鹑、山鹑——情有独钟。他会津津有味地啃完每根骨头，他会用力把脊椎吸吮干净，为了能够吸干最后一滴脊髓，他甚至会用牙齿把尾椎嚼碎。“我必须每晚登台演出，”他说道，“每天下午还要排演新剧目。我不知道我还能不能坚持得住。”他从一个同事那儿知道了我的名字，那人多年前开始就一直是我的病人。他向拉尔夫·迈耶尔透露我在开某些药物方面——苯丙胺、安非他明、兴奋剂——比较通融。作为医生我该给他点什么建议呢？我一边诊断，一边苦苦思索这些药物会在他身体里造成什么后果。苯丙胺、安非他明、兴奋剂——其实是同一种药物的不同叫法。心脏跳动会加速，瞳孔和血管会扩张、放大。几小时内人体各方面的能力都会得到提高。

事实上，我开某些药确实比较通融。是的，确实如此。如果一个人服用一点劳拉西泮就可以美美地睡上一觉，干吗非要让他翻来覆去地折腾个大半夜？有些药物是可以提高生活质量的。我的有些个同事会告诫他们的病人小心药物依赖，他们只给病人临时开点安定，但是如果病人下次还想再要，他们就会露出一副满是忧虑的神情。对此我持有不同的看法。有些人是需要狠狠地踹他们屁股一脚提醒他们一下，但也有些人需要让大脑放空一下，不再去思考那些杂七杂八的乱事。所有这些药物的好处就在于它们简单有效。五毫克安定就能让人彻底安静下来，不足三毫克的苯丙胺就可以让一个人从早上五点一直在城里兴奋地蹦跳到午夜。一个小伙子到商店里买东西总是畏畏缩缩，也不敢和女孩子搭腔。服用两周的克忧果之后，他带回家十二件雨果博斯的衬衣、一盏阿兰·塞斯寇依设计的台灯和五条 G-STAR RAW 的牛仔裤。又过了一周，他已经和迪斯科厅里的所有女孩都搭讪过了。不是一两个，不！是所有的女孩子。对于嘲弄嬉笑或是断然拒绝，他都能坦然面对而毫不胆怯。他没有时间去理会嬉笑与拒绝。“夜晚还很漫长”，这是那些可怜的失败者的口号，这种人只会手里拿着一瓶啤酒在那儿傻站七小时，然后灰溜溜地独自回家。感谢克忧果让他明白了夜晚并不漫长。夜晚现在才刚刚开始。开始得越早，持续得才能越久。他想出了一条完美的计策，那就是他完全不去想自己该怎么开口。随便什么话都好。它好就好在人们三十秒后就忘记了刚才说的什么。它的简洁就博得了好感。他对一个漂亮女孩说，你真迷人。他问一个自称是艾丝特·穆乐德的女士，你找到你生命中的另一半了吗？这位克忧果的服食者说，以前这种话从来不会从他的嘴里冒出来。我们到我那儿还是去你那儿？你笑的时候眼睛真迷人。如果我们现在一起离开的话，我们会有个美妙的夜晚。我可以牵着你的手吗？你不会把我当成一个花花公子了吧？和你一起待五分钟，我就感觉我们好像已经认识多年了。能向你说出这些话真是——他突然卡壳不知道该说什么了——如释重负。这时候一定要简洁。简洁意味着对一个美女就说她漂亮。永远不要说什么：你知道吗，你真漂亮。一个美女当然知道自己漂亮。你知道吗，你真漂亮。这句话通常是只对一个丑女说的，对一个从来没听过这句话的女人，一个别人从没对她说过这句话的女人。这样她的感激之情就会迸发、决堤。我打赌，一个聚会上的男人绝不会对一个美女说，她真漂亮。没有人敢再这样做。美女们经常凑到一起抱怨：这种事原本就没有谈论的必要。这就像蒙娜丽莎、希腊卫城阿克波里斯或是从观景点看到的科罗拉多大峡谷风光，其本身的美是不言而喻的。面对美女，我们会哑口无言，我们会茫然无措，我们会绕着圈子来赞美她们的美貌。前段时间你新发现一家很棒的餐馆？男士问道。有什么新的度假计划吗？那位美女平平淡淡地做了回答。一开始被问到这些平常的问题，进行一次很普通的对话让她感觉精神放松而心情愉悦。这样平常，这样普通。就好像她压根儿不漂亮，而是像其他任何人一样平凡。然而过了一段时间之后，这种美好的感觉就会被打破。这本来就极不正常：这位美女天生丽质，就如同戴了一件华贵、亮丽的头饰等待他人观赏，然而所有人对此都好像视而不见。

但拉尔夫·迈耶尔总是能把握住最恰当的时机：“你拥有一位十分

可爱的妻子。”那是他第二次到我的诊所，大约是《理查二世》首映式一周后的事情。就像第一次一样，他是没有预约就突然出现了。“我能插个队吗？”他问我的助手莉丝贝特，“我待一分钟就走。”

我本以为他又想开点药，然而他却对此只字未提。“我刚刚在这附近，”他开口道，“我觉得还是亲口问你比较好。”

“什么事？”我努力让自己尽可能中立地去看他，然而却无法做到。一周前他从头到脚打量我的妻子时闪现的目光在我的脑海中挥之不去。

“下周六我们要举行个聚会，”他继续说道，“在我们家。天气好的话就在花园里。我想邀请你和你的妻子。”

我看着他，心里想：如果我娶的是另外一个女人，一个长得不怎么样的女人，你还会邀请我吗？

“聚会？”

“尤蒂特和我。下周六是我们结婚二十周年纪念日。”他摇了摇头，“难以置信。二十年！真是时光如梭啊！”

9

“他还真是开门见山，”我说道，“这个男人完全是恬不知耻。”

我们坐在厨桌旁。洗碗机在汩汩作响。利萨已经上床睡觉了。尤利娅还在她的房间里写作业。卡洛琳把剩下的一点红酒匀了一下。

“不要这样，马克！”她说道，“他只是觉得你很可爱吧。为什么你总把事情往坏的方面想呢？”

“可爱？他一点也不觉得我可爱，他是觉得你很可爱。这是他的原话：‘你拥有一位十分可爱的妻子，马克！’你总不会是要对我说，他那晚在剧院里看你的眼神是一个男人看一个可爱的女士的眼神吧。那就真是太可笑了！”

卡洛琳喝了一口红酒，然后斜着脑袋看着我。她的眼神出卖了她：名演员拉尔夫·迈耶尔明显对她感兴趣，这让她感觉很刺激。这件事我不能怪她。坦白地说，我自己其实也觉得很新鲜。我觉得，这无论如何都比一个名演员把你的妻子当空气要有趣些吧。但是我又马上想到了他那恶心的眼神。他那猛禽般的眼神。不，这样一想也不是那么有趣了。

“你说，他邀请我们去他家参加聚会是因为他想追求我，但这完全是胡扯。他也邀请我们去戏剧首映式了。那时候他还完全不认识我。”

这话确实不错。但是首映式和私人聚会的邀请完全是两码事。

“那让我们反过来设想一下，”我说道，“一个月后你过生日。你会邀请拉尔夫·迈耶尔吗？”

“这个嘛……”卡洛琳戏谑地看着我说，“好吧。不会。我觉得不会。你是对的。我只是想说，我们不见得总是要把所有的事情都往坏的方面想。也许他真的觉得我们很可爱。我是说我们俩。这也是可能的。在首映式上我和他的妻子聊过。我不知道，这是不是通常所说的一见如故。我和尤蒂特确实是这样的。谁知道呢，也许是她让拉尔夫邀请我们的呢。”

尤蒂特。我又忘记了她的名字。第一次发生在剧院休息厅里，那是她把手递给我之后一秒钟内的事情。第二次是今天早上，当拉尔夫·迈耶尔谈起聚会的时候。

尤蒂特，我在脑海中重复，尤蒂特。

坦诚地说，当她那晚把手递给我做自我介绍的时候，我看她的眼神和每个男人第一次见到一个女人的眼神没什么两样。

你想同她上床吗？我看着她的眼睛，心里在暗自忖度。是的，答案是肯定的。

尤蒂特回应了我的眼神。那是片刻之间的事情。人们双目相对需要多少时间呢？我们就那样望着对方，比通常“正派”概念范围内的时间要稍微长一点点。当我忘记她名字的时候，她正看着我笑。不是她的嘴角在笑，而更像是从眼睛里流露出一丝笑意。

那双眼睛在对我说，是的，我也想同你上床。

“正派”不是恰当的词。正派属于那种人们不愿意从自己嘴里吐出来的词。可能出现在这种情况："尊敬的先生们，请你们保持正派的作风。"不，正派这个词我不会轻易提到。我就是那样看女人的，因为我不知道除了这样该怎样去看她们。这对那些"可爱的"女人，那些"其实十分有魅力的"女人来说也许是有点遗憾，但是我总是会有意识地告诫自己不要盯着她们太久。我并不是不礼貌，如果实在躲不开的话，我还是会兴致高昂地和她们交谈，但是我的身体语言是很明确的。我不会同你上床，永远不会。这清晰地刻在了我的脑门上。只是想想而已！我绝不会那么做！可爱的女人会用先天或者后天学会的其他方面的技能去弥补自身魅力方面的缺憾。她们会在上百人的集会上把所有的面包都涂抹好；她们会给所有人订好聚会礼帽和面具；她们主动用自行车为所有火堆拖来的木头绰绰有余。所有人都会说："这个威尔玛真是太迷人了！谁还会做这种事呢？除了她谁还会想得这么周到呢？"尽管威尔玛看起来脸色苍白、身材瘦弱或者甚至是有点难看，但是她做了这么多事情，而且是完全无私的。如果这样，还有人取笑她，那真是太可耻了。最终在其中一个这种上百人的聚会上，有一个男人被威尔玛彻底吸引住了。就是那个男人，他整晚站在舞池的边缘。他虽然和跳舞的人一起移动，但是他自己却没有跳。他手中的啤酒随着音乐的节拍在舞动。但是这也是这个男人身上唯一随着旋律活动的地方。"你还记得那个男人吗？"后来有人问道，"那个聚会上的男人？他现在同威尔玛在一起了。"从那天开始，他就是那个从面包房买两百个小面包，为火堆劈柴的男人。威尔玛不需要再经年累月地劳累，不需要再扮演总是乐于助人的角色。她有权利这么做。然后他们有了孩子。长相丑陋的孩子，天资聪颖却不善交际。很好学的孩子，他们跳了很多级，但是还是一直被嘲笑。如果他们在以后的生活中只能在菜市场做做帮工，那主要的责任就在于社会了。威尔玛的闺密们怎么也想不通，她究竟是看中了这个笨拙的男人的哪一点。但是从某个角度说她们其实是明白的。只是她们明白的东西她们从不对威尔玛说，只是在私下议论："她至少找到了一个男人，这对她来说就已经很不错了。听起来可能是有点滑稽，但是不管怎么说他们俩还是挺般配的。"

你愿意同他/她上床吗？学习解剖课那会儿解剖台上摆放出一具新尸体时，我们总会相互这么问。有时是形容枯槁的老人，他自愿捐出自己的遗体用于科学研究；有时是交通事故的遇难者，在他的口袋里装着捐献证明。我们这样做为的是掩盖解剖前的紧张情绪。"你愿意同他/她上床吗？"我们在教授听不见的地方偷偷耳语，"一万欧元怎么样？一百万？不愿意？那五百万呢？"

那时候我们就开始对尸体进行分类。"可爱的"代表的是丑陋无比；"有魅力的"指的是那种容貌还说得过去的，但是在他/她的屁股上能砸开一瓶香槟；"漂亮的"通常意味着解剖台上躺着的是一个摄影模特。可惜的是，他/她现在已经四肢冰冷，无法再活动了。

卡洛琳盯着我说："我真觉得很好笑。"

"我想到了尤蒂特，"我说道，"想到了拉尔夫。想到了他是怎么看你的。尤蒂特可能还没有意识到，如果让你踏进她家的门槛，那是给她二十年的婚姻装上了一颗定时炸弹。"

"马克！我只是不想错过她的结婚纪念日而已！"

“是啊，我明白。但是你要向我保证，你一刻也不会离开我的身边。”

卡洛琳放声大笑：“哎呀，马克！有你这么个守护我、爱护我的丈夫真是太好了！”

现在轮到我斜着脑袋戏谑地看着她了。

“你打算穿什么衣服呢？”我问道。

10

所有当父亲的都喜欢男孩比喜欢女孩多一些。其实所有的母亲也是如此。我们跟着赫茨尔教授学习生物医学。第一年我们就开始研究本能。“本能是无法根除的，”他说道，“社会习俗可能会克制它。文化和法制迫使我们去约束我们的本能。但我们的本能不过是暗中潜伏下来了而已。如果人们一刻不注意，它就会突然出击。”

艾伦·赫茨尔教授，这个名字可能对有些人来说是多少有些熟悉的：事实上，他就是那个因为对犯罪分子的大脑进行研究而后来被大学开除的艾伦·赫茨尔。今天，赫茨尔的研究成果成了人类共有的财富，但是那个时候——在我读书那会儿——人们还只能私下谈论。那时候人们还相信人是有良知的，所有人都有良知。当时的普遍观念认为坏人是可以改过自新的。所有的坏人都可以。

“虽然我们不愿意承认，但《圣经》中的以眼还眼、以牙还牙其实更符合人性。”赫茨尔这样讲道，“我们想杀死害死我们兄弟的凶手；我们想阉掉强奸我们妻子的犯人；入室抢劫者闯进我们的房子，我们就会想要砍掉他的双手。司法审判会拖延经年之久，然而结果最终是一样的。把他们活埋，让他们见鬼去。我们要让这些凶手和强奸犯永远从大街上消失。父债子偿，他把那些侵入者赶出房子，杀死那些想强奸他亲人的野蛮人。当看到第一个孩子是男孩时，当父亲的和当母亲的都长舒了一口气。这是两千多年的人类文明历史无法抹杀的事实。我说的什么？两千年？就在前天还依然如此。在二三十年前。我们永远不能忘记，我们从何而来。爱情，可爱的、温柔的男人，好极了！但这些只是和平年代里才有的事情。在纳粹集中营里，爱情，可爱的、温柔的男人毫无用处。”

不要误会，我爱我的女儿。爱她胜过这世界上所有的东西或者所有人。我只是很坦诚。我想要个儿子。我简直是想得发狂。一个儿子。一个男孩。当我剪断脐带的时候，我想到了本能。尤利娅。从她出生后，她就是我的一切。我的女孩。这就是一见钟情。这种爱情让人热泪盈眶。但是本能会愈加强烈。下回就好了，一个声音在我耳边低语。肯定有下一次机会。随着利萨出生，一切都成了过去。要不要再生一个，这件事我们也谈过。但是如果还是一个女儿的话，那就不是什么好事了。事实上就是这么回事。第三个孩子还是女儿的概率比是儿子的概率要高上百倍。有三个或者更多女儿的男人只会成为大家的笑料。是面对现实的时候了。同她们一起生活。我列出了优缺点，就像比较应该生活在农村还是生活在城里一样。在农村，人们可以看到更多的星星，更安静，空气更干净。在城里，生活会很便利。那儿虽然比较吵，但是人们不需要为了买一张报纸而驱车跑上八公里。城里有影院，有饭馆。农村到处飞舞着昆虫，而城里则飞驰着公共汽车和出租车。不言而喻，对我而言农村代表着女孩，城市代表着男孩。生活在农村的人歪曲各种事实，为的是把缺点当成优点来兜售。只要开车一小时我就能到达城里，农村人这样说。我可以去影院、去饭馆，但是当我重返寂静的大自然时，我总是感到非常愉悦。

一小时去，一小时回：这是女孩和男孩之间差距的最好比喻。利萨出生后我就接受在农村生活的命运。我决定坦然面对缺点，享受优点。女孩压力就没那么大。女孩可爱些。女孩比男孩房间的味道闻起来舒服些。但是女孩要比男孩让人操更多的心，一生都是如此。学校庆祝会之后她们必须几点回家，这个问题在男孩身上就没有那么纠结。家和学校之间有许多漆黑的小路。另一方面，所有的女孩都喜欢父亲，这样母女之间的殊死之争就成为永恒。有时候卡洛琳的日子很不好过。“这次又怎么了？”当尤利娅把她拒之门外时她绝望地喊道。“有什么好笑的？”当利萨骨碌着眼睛向我使眼色时，她问我道：“你就永远都是对的。我做错什么了？你做了什么我没做的？”

“我是她们的爸爸。”我回答说。

“爸爸，他究竟演过什么片子啊？”当我们把车子停在离拉尔夫·迈耶尔家几条街道之外的地方时，利萨问道。刚刚我们经过他的房子，它位于我们这个城市一个比较僻静、雅致的地方，篱笆被新修剪过，花园里灌木丛生。透过灌木丛，人们可以看到客人们端着酒杯、餐盘站在草地上。烟雾在花园上方腾绕，可能是烧烤的缘故：烤肉的味道从开着的车窗向我们扑面涌来。

“他主要是作为戏剧演员而出名的，”我回答道，“他不怎么演电视。”对利萨而言，名演员应该是个电影明星或者至少是个肥皂剧的演员。要年轻，至少不会比布拉德·皮特老。而绝不会是拉尔夫·迈耶尔这个年纪的人，不会是一个因为和同一个女人结婚二十年而举行聚会庆祝的人。

“演戏剧也可以出名吗？”她惊异地问道。

“利萨！你不要表现得那么无知好不好！那当然可以啦。”尤利娅耳朵里戴着 iPod 的耳塞，但这并不影响她关注我们的谈话。

“那又怎么了，我只不过随便问问。”利萨说道，“是的，爸爸。演戏剧也可以出名吗？”

我们本来压根儿没打算带上她们。但是因为聚会是在周六下午，所以我们建议她们俩参加。一开始她们两个表现得毫无兴趣，但是在我们出发半小时前，她们又突然意外地宣布要一起去。“为什么呢？你们俩不必勉强。”我说道，“妈妈和我几小时就回来了。”

“尤利娅说那儿可能会有明星。”利萨说。

我看了一眼尤利娅。

“你为什么那么看着我？”她问道，“这是有可能的吧，不是吗？”当我们经过灌木丛，沿着树篱向房子溜达时，我尝试着给我小女儿一个满意的答案。嗯，现在演戏剧还是可以出名的，但是这种出名和五十年前是有天壤之别的。有不少人都试图让拉尔夫·迈耶尔在银幕上展现他的才能，但是效果都不太理想。我想起了之前的一个侦探系列剧播出了八集之后就停播了，因为当拉尔夫·迈耶尔满脸严肃地说出“你等到了警察局里再解释吧，你这个饭桶”这句话时，总是能让人忍俊不禁。《桥跨莱茵河》是荷兰有史以来投资最浩大的故事片，他在这部片子当中扮演了一个抵抗组织的头目，这一角色也不太成功。这部片子给人留下的记忆唯有袭击阿恩海姆户籍登记处的镜头和那句：“我们一定要让那个和德国兵上床的臭婊子尝尝枪子儿的味道！”拉尔夫·迈耶尔想要表现的是冷酷的眼神，但是他的目光中流露出的却主要是惊异。一个抵抗组织的英雄体重高达一百公斤，这会让人觉得不太合理，所以他那会儿严格控制饮食。可以看得出他确实减了几公斤。但是体重的下降没有使他看起来苗条些，而充其量不过是让他的身体显得空荡了些。影片结尾半小时前他站到了行刑队的面前，那时候他看起来确实是神色从容。也许让他真正感到高兴的是他终于又可以到餐车上去吃个小面包了。

“还是有不少人去剧院的。”我说道，“所以拉尔夫·迈耶尔还是小有名气的。”

利萨转头对我露出了她那可爱的笑容：“是的，爸爸。”

11

人们有时会回顾自己的人生，想去发现在人生的某个位置上是不是还有其他的选择。人们常说：“那个时候！就是那个时候！”我也想说，是的，就是那个时候，我本应该说：我们大概也会去那个地方。如果我们能到他们那里去坐坐，那就太好了。（“事实上就是如此。是啊，为什么不呢？谁知道啊？”）那是晚上聚会快要结束时的事情，太阳已经下山很久。当我们彼此告别时，拉尔夫和尤蒂特都第一次提到了关于度假屋的事情。

影片已经结束，人们再次一张张地重新欣赏其中的画面。其中一张是尤蒂特在拥抱卡洛琳，亲吻她双颊的镜头。“我们从七月中旬到八月中旬都在那里。”她说道，“如果你们也在那附近的话……”再往前回放，画面中出现了拉尔夫·迈耶尔，他正因为一件趣事而发笑。画面当中没有声音，那件趣事大家也早已忘却。他说：“今年夏天我们租了一个房子，房子带游泳池，而且离海边不远，如果你们有兴趣，欢迎来做客，地方足够大。”他拍了下一个人的肩膀，说道，“这样的话，我觉得阿历克斯肯定也会很开心的。”他向我的大女儿尤利娅眨了眨眼，而尤利娅转过身去，装作什么都没听见。

阿历克斯是拉尔夫的大儿子。当他们互相自我介绍的时候，我就站在旁边。那是我们刚到时发生在楼道里的事情。这种事情人们不常经历，但正因为如此，当这种事情真的发生时，人们很容易立刻觉察到火花。爱情的火花真的在他们之间迸发了。

“你们觉得怎么样？”在回程的路上，卡洛琳问我们的两个女儿，“我们度假时要不要去拜访一下他们？”

后座上一片沉默。从后视镜里我看到尤利娅正在若有所思地看着窗外，而利萨则在听着她的 MP3。

“尤利娅？利萨？”卡洛琳转过身说，“我问你们俩话呢。”

“嗯？你说什么？”尤利娅回应道。

我的妻子叹了口气：“如果我们度假时去拜访一下他们，你们觉得怎么样？”

“我随便。”尤利娅回答说。

“我感觉你挺喜欢那个男孩的。我们整个下午和晚上都没见到你。”

“妈妈……”

“哦，对不起。我只是以为你可能很想在度假时再见到他。”

尤利娅说：“我无所谓。”

“你呢，利萨？”我的妻子继续问道。利萨把耳机摘掉前她几乎是在吼着问她：“如果我们度假时去拜访一下他们，你觉得怎么样？他们在海边租了一幢房子。那房子还有游泳池。”

利萨带着阿历克斯的弟弟和其他几个孩子躲到了客厅的一个角落里。他们看了几部 DVD 影片，还在一个巨大的液晶显示屏上玩了 PS 游戏。托马斯！我能一下子想起托马斯的名字，这真是一件奇事。托马斯。托马斯和阿历克斯。托马斯看上去和利萨年龄相仿，但阿历克斯似乎要比尤利娅年长一岁或一岁半，十四五岁的样子。他是个英俊少年，披着一头金色鬈发，说话时总是一副深沉的口气，这与他的年龄实在不太相符。他所有的动作——比如走路、转头、观察别人——都那样刻意地缓慢，好像他在尝试着给自己制作一部慢动作的摄影集。托马斯则更像是个典型的小儿多动症患者，他总是吵闹个不停。从液晶显示屏前的那个客厅角落里不停传来玻璃杯、盘子被打碎的声音，其他的孩子被他的笑话逗得在地上直打滚。

“好呀，我喜欢游泳池！”利萨喊道。

见面寒暄过后，穿过客厅和厨房时我还有点犯迷糊，后来终于溜达到了花园里。那儿有许多人，有些人我模模糊糊有些印象，但我也不记得在哪儿见过他们。其中还有几个我的病人。他们大多数人很可能第一次在这种工作之外的场合见到我。我身着便装、蓬乱着头发的样子可能让他们感觉像是在哪里见过我，但这张脸却又实在对不上号。我没有给他们任何提示，而只是向他们点点头，然后继续向前走。

拉尔夫身上穿着“我爱纽约”那个牌子的围裙站在烧烤架旁。他捅了捅香肠，翻了翻汉堡，把鸡翅从烤叉上移到碟子里。“马克！”他弯下腰，从一个蓝色小冷柜里掏出了一瓶啤酒。

“你太太呢？但愿你把你那美丽迷人的太太带来了吧？”

他把那瓶冰镇啤酒递给了我。我看着他。我实在是有点不知所措，但我只能强颜欢笑。

“有什么好笑的吗？”他问，“你不会告诉我，你竟然是自己一个人来的吧？”我环顾了一下花园，装作我在找我的妻子，当然我其实是在找其他人。我一眼就看见了她，她站在露台的门旁，几分钟前我正是从那里走出来的。

她也看到了我，并向我微微点头示意。

“我去看看她到哪儿去了。”我开口道。

首先我必须谈谈我的外表。我不是乔治·克鲁尼。我的脸蛋也决定了我永远无法成为医院连续剧中的男主角。但是我还是有一定的魅力的，或者更恰当地说我还是比较有眼光的。这种眼光能帮助我把所有医生联系在一起，不论是小到家庭医生，还是大到收入颇丰的医学专家。我真的不知道如何表达更为贴切，总之它是一种辨识性的眼光。这是一种能看穿人体状况的眼光。对我们而言，人体没有任何秘密，这眼光说，随便你们把身体裹得如何严实，但在我面前你们仍与裸露无异。我们就是这样观察别人，我们并不是把所有人当病人来观察，而是把人当成躯体暂时的宿主来观察。如果对躯体不进行定期的维护，那么它就会彻底罢工。

我和尤蒂特站在折叠门前的露台上，花园里能听到房子里传来叮叮咚咚的音乐声。曲调是南美风格的，萨尔萨之类的舞曲，但没人跳舞，到处都是三三两两地凑成一个小圈子在聊天。我和尤蒂特并不引人注目，我们两个也算凑成了个小圈子。

我问她：“你们已经在这里住了很久了？”

我们两个人手里都端着纸盘子，里面盛满了从客厅的自助餐台上挑选的食物。我挑的是肉、香肠、法国奶酪和一些黄油奶油酱，她选的是番茄、金枪鱼和一些灰绿色的东西，看上去像朝鲜蓟片，也可能是其他什么东西。

尤蒂特回答说：“这是我父母的房子，拉尔夫和我之前几年一直住在船舍里。说起来那段时光真是令人开心而又浪漫无比。但孩子们出世后那地方就太狭小了。当然，我们也担心孩子们的安全。此外，我们也受够了船上一天到晚颠簸起伏的日子。”

我笑了笑，尽管她其实并没讲什么好笑的事，但我的经验告诉我：在男女对话中男人笑得越早越好。女人是不习惯男人嘲笑自己所做的评论的，她们不认为这有多好笑，而且她们大都认为自己的看法是正确的。

“你父母呢？”我用手里的塑料叉子在纸盘子上方画了一个圈，但没有越过盘子的边缘。我的这个动作别无他意，只是问她的父母是否还健在。

“我父亲已经过世了。这栋房子我母亲一人住就太大了，所以她搬到市中心的一处公寓里去了。我还有一个哥哥，他远在加拿大，所以他就把这栋房子留给了我们。”

“你不觉得奇怪吗？”我一边用叉子画了一个更大的圈（超过了盘子的边缘），一边问道，“住在自己从小长大的房子里你不觉得奇怪吗？我指的是这难道不是倒退回了以前的时光？就好像回到了你曾经还是个小女孩的时候？”

说到“小女孩”这个词时，我的目光微微下垂，落到了她的嘴巴上。她嘴里正嚼着一片菜叶。我的目光并无深意，就像通常情况下一个男人看一个女人的嘴巴那样。当然我同时是以一个医生的眼光在观察。这种医生的眼光在说：你可以通过你的嘴巴向我讲述许多事情，但对我们来说嘴巴也没有什么秘密。

“一开始是的，”尤蒂特说道，“一开始是感觉很奇怪。就好像我父母还依然生活在这栋房子里。就算真在浴室里、厨房里或者花园这里遇到他们也不会让我感到惊讶。我更多的时候是会想到我父亲而不是我母亲。我的意思是我母亲还会经常到这里来，但这就是另外一回事了。她现在就在呢，可能你已经看到她了。我们不久前刚把房子改建了：一些墙被拆掉了，把两个房间并成了一间，加了一个厨房，等等。然后就没有这种奇怪的感觉了。这种感觉并没有完全消失，但淡化了许多。”

嘴巴是一台机械、一台设备，它可以吸收氧气、摄取食物并向下吞咽。它可以品尝食物的味道，还可以感知东西的冷热温度。我又向尤蒂特的双眼望去。当我在沉思关于嘴巴的事情时，我一直盯着它们。百闻不如一见。虽然这只是一句陈词滥调，但其中的道理确实胜过千言万语。

“那你的房间呢？”我问道，“你还是个小女孩时的房间呢？你难道把那里面的墙也拆掉了？”

当我把“小女孩时的房间”这个词说出口那一刻，我眯起双眼，抬头向楼顶两层望去。这其实是一种要求，要求她向我展示她以前还是个小女孩时的房间。可以是现在，也可以是下午晚点的时候。我们将会在那个房间里欣赏些老照片，一些装在相册里的老照片。我们就坐在那张她儿时用过的单人床边欣赏各种照片：在秋千上，在游泳池里，和当年的同学在校园里面对着摄影师摆好姿势。在某个恰当的时候，我会把相册从她手中拿走，轻轻地把她推倒在床上。她可能会半推半就，咯咯地笑着用双手推搡我的胸脯。然而我脑海中充斥着另外一个更加强烈的遐想，一个古老的遐想，就像小女孩的房间一样古老。医生来了。医生量了一下体温。医生感受了一下额头的温度。医生把忧心忡忡的父母打发走后，又在床边待了一会儿。

“那倒没有，”尤蒂特回答说，“那里现在是托马斯的房间。他自己把墙涂成了红色和黑色。嗯，如果你想知道的话，之前的墙是紫罗兰和玫瑰红色的。”

“床上有很多紫罗兰和玫瑰红色的枕头，还有很多毛绒动物玩具，”我说道，“墙上还有一张海报，是……”——说是个明星或者演员实在有些冒险——“海豹，”我说道，“一只非常可爱的海豹。”

这里我必须提一下我的性格特点：我比绝大多数男人都要健谈。就像女性刊物当中得出的结论一样，“幽默感”是最受女性青睐的男性品质。我很长一段时间都把这看作一个童话：如果幽默感这么重要的话，为什么女人们还是更喜欢乔治·克鲁尼或布拉德·皮特？但这期间我的想法慢慢发生了变化。女人眼里的“幽默感”并不是说她们总是希望能被伴侣的笑话逗得打滚，而是指他应该健谈。所有女人内心都有一种恐惧，她们担心，即使是世界上最完美、最懂得欣赏她们的男人，她们终有一天也会心生厌倦。男人们不需要下太多功夫，因为女人总是多的是。新婚之夜过后两人之间的话题就越来越少，厌倦紧随而至。整天把男人当成一个围着自己极尽吹捧之能的影像，日复一日，这终究也会有疲惫的一天。生活就变成一条笔直的道路，路边会有优美的风景。但同时那也是无聊至极的风景，永无变化的风景。

“你猜得八九不离十了，”尤蒂特说道，“是一匹马。不，其实是匹小马驹儿。你读过关于马的书吧？”

“是的，我偶尔会读些关于马的书，但那些马不会跑到海报上去，也没有什么小马驹儿。”

“爸爸……”我感觉有只手抓住了我的肘部。我侧身看到了尤利娅和那个反应迟钝的年轻人站在一旁。我刚刚和他握过手。这会儿我又忘了他是叫阿历克斯。他们后面还站着两个男孩和两个女孩。“我们可以去买点冰激凌吗？”她问我，“就在这附近。”

他们出现的时机好坏参半。我们之前一直在谈论小女孩的房间、海豹海报、马的书籍之类充满童真的话题，这种热烈的气氛很可能会就此被打破。另一方面，我十三岁的女儿就站在旁边，这活生生地证明了这个诙谐风趣的人——我——是有生育能力的。而且我的女儿并不属于平庸之辈，而是个满头金发、令人神迷的美人坯子。看她一眼就可以让一个十五岁的男孩的激素水平骤然上升。坦白地说，我很享受和我女儿一起在人群中的感觉，不论是在咖啡露台上、商店里，还是在海边。他们会打量我们，我也会看着他们，我心里也清楚他们在想些什么。天哪，这两个孩子真是太完美了！他们在想：这两位姑娘真是太漂亮了！接下来他们会想到自己的孩子，自己那不太完美的孩子。我感觉到了他们那嫉妒的眼神，他们试图寻找美中不足的地方：不够整齐的牙齿、皮疹、刺耳的声音。当然他们总是徒劳无获。最后他们开始暗生闷气。他们对她们的父亲也是满腔怒火，因为他比他们更幸运。这种生物反应实在是强烈。人们也会全身心地去爱一个长相丑陋的孩子。但那完全是另外一回事。人们在背街房子的第三层拥有一套公寓就已经感到很快乐了，可他没想到会被一个拥有带泳池的花园洋房的人邀请吃饭。

“具体到底在哪儿啊？”我故作漫不经心地问道。我像每位父亲一样打量着那个想同他女儿一起去吃冰激凌的“迟钝儿”。如果你敢碰我女儿一根手指头，你就死定了。另外一个声音在我耳边低语：随他们去吧！总有一天，为了物种的存续，父亲需要后退一步的。这也是生物学的必然规律。

“冷饮店就在拐角处，”尤蒂特开口道，“只有交叉路口那儿的车稍微多点，但那儿有红绿灯。”

我看了她一眼，心里嘀咕：“我女儿已经十三了，亲爱的，她每天早晨都是自己骑车上学。”我故意做出一副沉思的样子。就好像我是下了很大的决心。一位时刻为女儿操心而又善解人意的父亲。最重要的是一位和蔼可亲的父亲。

“好吧。”我又转身叮嘱那个男孩，“我信任你，你一定要把她平安带回来。”

又只剩下我和尤蒂特两个人了，但之前的融洽气氛确实已然不在。如果现在重新谈论海豹海报、马的书籍或者小女孩的房间之类的话题就大错特错了。那样她就会失去对我的兴趣。她会认为我已经没什么谈资了，那样的话她就会撤身离开：“我得去厨房看一下蛋糕好了没有。”

我看着她。我锁住了她的眼神，这胜过千言万语。我看到了尤蒂特是以什么样的眼神看我女儿的。她的眼神像这个世界一样古老而深邃。

“不错的孩子。”她的眼神在说，“她和我儿子很般配。”现在我们彼此就是这样看着对方。我在搜寻恰当的言辞，但我是在用眼神向她传递这一切。你既不需要嫉妒也没必要对我发怒。你的儿子也很完美。我也觉得他和她很般配。我毫不犹豫地让尤利娅跟着他走了，这就是所有人都亲眼所见的明证。就像生物医学教授艾伦·赫茨尔所说的那样，百分之九十的女人都认为已婚男人比未婚男人更具吸引力。当男人找到自己的另一半时，或者已婚男士拥有自己的孩子时，他就已经证明了自己的价值、自己的能力。单身男子就像一栋长时间空置的房子。女人会想，这房子肯定是哪里有问题。半年之后它就还是空置在那里。

现在尤蒂特眼里看到的是一个已婚男人，这一点非常明确。我们的孩子们都很优秀。我们各自的优良基因通过我们出类拔萃的孩子得以保存。他们都是别人炙手可热的追求对象。我们的孩子以后绝不可能单身。

“他有女朋友了吗？”我问道。

尤蒂特脸红了，虽然不是满脸火红，但也是清清楚楚地泛红了。

“阿历克斯吗？还没有。”

她好像还想说些什么，但是没有开口。我们就这样彼此看着对方，大家心照不宣。

12

当尤利娅和利萨还小的时候，我们时常会去露营。这主要是因为卡洛琳在我们俩互相认识前就很喜欢露营，我不想让她失望。如果一个男人娶了一个喜欢听歌剧或者看芭蕾舞的妻子，那么他就该陪她去听歌剧、看芭蕾舞，事情就是这么简单。卡洛琳喜欢在帐篷里过夜。我也尝试着在帐篷里过夜。但是一开始我总是辗转难眠。我脑袋当中不断回旋着这样的念头：我是在野外——毫无防护的野外，我和外面的世界只隔着一层破布——黑暗当中正有什么东西睁大眼睛盯着我。不是帐篷上的落雨或是不停在我耳边轰鸣的雷声，也不是当我起得太晚时太阳把亚麻布烤焦而发出的那种类似更衣间里的臭味。不，这不是我无法安睡的原因。可能更多的是因为其他人：薄薄的帐篷外面的人类。我时刻保持着警觉的状态，尽可能地去倾听，倾听着其他人不想听到的东西。我失眠的原因并不在于帐篷，而更多的是由于宿营的地点——宿营地里并不是只有我们。

有一天早晨，我的情绪终于彻底失去了控制。我坐在帐篷前的矮折椅上，两腿舒展在草丛中。尤利娅在通往盥洗室的砾石路上来来回回地骑着三轮自行车。离我只有几米远的地方有棵栗子树，利萨正在树荫下的折叠围栏里玩耍。“爸爸，爸爸！”尤利娅边喊边向我挥手。我也向她挥了挥手。卡洛琳去野营商店里买牛奶了——昨天的牛奶里今天早上有两只肥硕的绿头蝇在表演游泳。

一个男人朝我们这个方向走来。他穿着一条红色的小短裤，不是一般的短裤或者七分裤，而是非常时髦的款式。这样一来，他雪白的大腿几乎裸露到私处。他穿着一双木底拖鞋，每走一步，他毫无疑问同样雪白的脚底都会发出轻快的吧嗒声。在众目睽睽之下，他的右手竟然相当随意地拿着一卷厕纸。

没有别的，那就是一种感觉，一种厌恶、令人作呕的感觉。一个男人这样从我女儿身边几步远的地方经过，我觉得很讨厌。我看到尤利娅停了下来，她抬头望着他。一想到这个惨白的、裸露的男人身体已经映入我三岁女儿的眼帘，这就令我愈加感到恶心。我不知道还能怎么形容，这完全是一种玷污。这个男人用他裸露的大腿、他的木拖鞋还有他那令人作呕的白脚板玷污了我女儿的目光——一个孩子的目光。当不由自主地从折叠椅上起身跟着那个男人去了盥洗室时，我还完全不知道自己打算做什么。当经过尤利娅身边时我对她说：“你乖乖待在这儿，小宝贝儿。”我又看了一眼折叠围栏里的利萨，然后进了盥洗室。要发现他并不难，我只要跟着声音就能很容易地找到他。厕所隔间的上面是敞开的，门离地有二十几厘米。一个人站在马桶座上的话就能看到另一个隔间里面的一切。我选择了跪在地上往里看。那男人红色的小短裤正挂在他脚踝上。我看到了木拖鞋里的脚，还有那大得离谱的白脚趾。其中一个大脚趾的趾甲被染成了黄色，就像是一个烟鬼的指甲——尼古丁的颜色。我的呼吸变得沉重起来。人们不应该对这种事情置之不理，穿成这样晃来晃去本来就毫无道理可言。只要有那么一点礼义廉耻的人就不会让他人看到这番景象。真是个浑蛋，一个麻木的、令人厌恶的浑蛋光着他患病的臭脚丫子。这种趿拉着拖鞋还专门引人注意的人绝对不能饶恕——紧急手术的时候坚决不能给他打麻药。

这会儿我还跪在那厕所的隔间前。我开始用医生的眼光来观察。我在思考该做些什么。这种趾甲毫无抵抗力，它们很容易就会脱落，只要随便往里面塞点什么镊子、棉签、舔剩的冰激凌甜筒之类的东西就能搞定。我看着那个大脚趾和那个即将面临灭顶之灾的趾甲。现在什么都无法阻止我。我想到了锤子。不是我和卡洛琳用来钉帐篷桩的那种锤子。那个锤子太过柔软。用那个太过仁慈。那种磨去棱角的橡胶锤完全造成不了什么伤害。不，必须是把真正的锤子。一把铁锤。要一下子就能把那颗恶心的趾甲砸得粉碎。成千上万的碎片。趾甲下面就会露出比较柔软的组织。可能已经是血肉模糊。趾甲的碎片会四处飞溅，飞到墙上和厕所门板上，就如同牙垢在牙医的钻头下迸溅。我的眼前开始变得模糊。就像人们常说的那样，我瞪红了眼睛，尽管我眼前其实是一片灰白，就好像眼前飘落了一场阵雨或者出现了一场突如其来的大雾。我可以抓着这个男人的脚踝把他从门下边拖出来。但是我心里还是喜欢用锤子。

“他妈的！”

听到声音我才意识到自己一不留神竟然在自言自语。

“喂，外面有人吗？”

一个同乡——一个荷兰人，这不难想象。老实说，从我第一眼看到他手里拿着厕纸那样吧嗒吧嗒地从我面前走过时我就猜到了这一点。

“你这个恶心的东西！”我高喊道。那个男人双手匆忙抓向他的红短裤，把它提了起来。我站了起来。“你这个脏鬼。你难道不感到羞耻吗？宿营地里那么多孩子。你那肮脏的鬼样子他们都看到了眼里。”

门里一片死寂。也许他还在犹豫不决，不知道是出来还是谨慎起见等我离开。我最终还是转身离开了。外面的阳光照得我睁不开眼，但是一出来我就立马发觉有什么不对头。我们的帐篷那边，利萨还在栗子树下的围栏里玩耍，但是尤利娅和她的自行车却不见了踪影。

“尤利娅？”我喊道，“尤利娅你在哪儿？”

这种感觉我并不陌生，因为我们的大女儿曾经走失过一回。在一个教堂落成典礼的纪念日上。我努力使自己保持冷静，但是心脏却因为恐慌而怦怦直跳，那声音几乎盖过了手摇风琴的乐声和过山车上人们的尖叫声。

“尤利娅！”

我沿着那条路一直跑到那丛高高的树篱背后的拐弯处，那边是另一片宿营地。

“尤利娅？”

在一个蓝色的小帐篷前，两个女人正蹲在草地里洗碗，她们停下了手中的活儿，满脸疑惑地看着我，但是我只是匆匆忙忙地从她们身边跑过。路的左边，几米远的下方，溪水正潺潺流过，下午时分我们常常到那里面游泳。

“尤利娅？”

我被一块圆圆的大石头绊了一跤，扭伤了脚踝。一根带刺的树枝戳到了我的脸颊，伤口就在眼睛下方。我跛着脚蹒跚着来到了河边。

那辆小三轮自行车的前轮就停在一个浅水处。

我继续往前跑，突然脚下一滑，摔到了水里，屁股上立马湿成了一片。

然后我看到了尤利娅，她正站在岸边往河里丢小石头。当她看到我四仰八叉地坐在水里时，她高兴地咯咯笑起来。

“爸爸！”她边喊边向我挥舞着胳膊，“爸爸！”

我立刻冲到了她的身边。

“该死的！”我生气地吼道，然后粗鲁地抓住了她的手腕。

“我刚才怎么跟你说的？我不是让你待在那条路上吗！我不是让你待在原地吗！”

我女儿就那样幸灾乐祸地看了我一秒钟，就好像一切都只不过是个玩笑——爸爸为了逗乐而摔到了水里，现在爸爸又为了逗乐而在故意生气——但是她的眼神突然一变，她的嘴巴开始扭曲，她试图摆脱我抓住她胳膊的手。

“爸爸……”

多年以后那眼神还是让我久久难以忘怀，每次想起来我都会忍不住热泪盈眶。

“马克！马克！你在干什么？”

卡洛琳手里拿着一瓶牛奶站在河岸上的树丛中，她的目光在我和尤利娅的身上反复打量。

“马克！”

“我受不了这里了。”半小时后我开口道。那会儿尤利娅已经平静下来了，就好像什么都没发生一样，她又骑着三轮自行车在那条路上来来回回地跑。

卡洛琳握着我的手，看着我说：“你还记得我们昨天在那个村庄里看到的那家小旅馆吗？在市场旁边那家，我们到那里住几天吧？”

从那天起我们就只在宾馆里过夜，或者是租一个假期屋。有的宾馆和假期屋也有泳池，有时候在那里也能看到半裸的身体，但是我们至少可以选择不去那里。这样眼睛可以少受几小时的煎熬。可以闭着眼睛在自己房间的床上静静躺上几小时。人们不需要整天二十四小时无助地去面对人类的污秽。有时候我们度假时会在中介的橱窗前待得久一点。在国外找一个度假屋也算是对卡洛琳放弃露营的一种补偿。我们算来也支付得起。只要不找那种紧挨海边的房子，大部分的其实也花不了什么钱。但是当我们看着院子里满是梨树的老磨坊的照片，让我们的想象力自由驰骋时，我们就想到了我们要面临的烦恼。我们想到了我们以后必须永远在这间房子度假了。我们在那张带着泳池的新建农庄的照片前久久驻足。需要有人打理那个游泳池、整理花园。否则的话人们度假时就要忙着割草，清除荨麻了。

在国外找个度假屋的梦想就这样摆在了我们面前。有时候我们会让当地的中介带我们四处转转。我们弓身通过低垂的大门；我们闻着泳池发出的臭味，那一片死水里满是鸭饲料和呱呱叫的青蛙；我们艰难地穿过废弃猪圈里的层层蛛网；我们看着远处的河湾在阳光下闪烁；我们跪着瞥了一眼陈旧的烤炉，我们看到了燕子在围着它们房梁下的鸟巢飞驰。

风太大，卡洛琳评价说。太冷，太热，视野不好，邻居住得太近，不太安全，太偏僻。

“我们再给您电话，”我对那个中介说，“我和我的妻子还会在这儿待几天。”

出发的清晨当我看到后备厢里的帐篷时我几乎不相信我的眼睛。为了不让我看到，它被放到了最里面，就在这会儿，卡洛琳拿着两个卷好的睡袋出现在我面前。

“嗯？”我说道，“你这是打算干什么？”

“没什么。我只是觉得，说不准我们会遇到个只适合露营的地方。我指的是可能恰好那里没有宾馆。”

“嗯？”我再次表示了我的怀疑。最好的处理方式就是我尽量放松点，就当她是在开玩笑，“然后我每天早晨从宾馆赶到露营地？”

卡洛琳把睡袋放到了后备厢里，并把它塞到了下面。

“马克，”她说道，“我知道你不喜欢露营。我也不想强迫你。但是有时候我就是觉得去宾馆太可惜了。我在网上看了看，有个地方有露营需要的所有东西，还有饭馆。那里离海边不到一百米。”

“大多数宾馆也都有饭馆。”我回答说。但是其实我明白，我不过是在做无谓的挣扎。卡洛琳渴望去露营。我还可以提出其他譬如帐篷和睡袋占了大半个空间之类的理由。但是这样我就忽视了一个简单的事实：我的妻子渴望回归到那种生活，那种把帐篷桩钉到土里，拉紧绳子，钻进睡袋，让清晨的露珠在头顶闪耀的生活。

我想起了其他的一些事情。花园聚会的那天晚上从拉尔夫和尤蒂特·迈耶尔那儿回去后，我问卡洛琳有没有和拉尔夫再说什么，他有没有再试图接近她。

“你说得很对。”她回答说。

“什么很对？”

“他确实让人感觉很不舒服。”

“是吧？”我们躺在床上，床头灯还在闪烁。我有意避开了她的目光，我不确定我的表情会不会出卖了我。

“是的。你上次说过这件事后，我也特别留意了一下。有一刹那我也发现了。他的眼神有点……他看着我的时候感觉好像在用舌头舔嘴唇，他在咽口水。就好像我是一个汉堡包一样。我们站在烤架旁边，他把叉子叉到肉里检查肉是否熟了。然后他突然垂下了目光。他看起来就像一个故事片里的蹩脚演员，那动作太滑稽了。当他盯着我的胸部时，他的眼珠子不停地在打转。我觉得，有时候这种举动是会让人觉得开心。有时候一个男人对一个女人身材的赞美会让她很开心。但是他的表现不是那么回事。他表现得，就像你说的……让人感觉很恶心。是的。就是这样。令人恶心的目光。我不知道自己该往哪里看。然后他就会讲个笑话。我现在想不起来了，但他讲的绝对是个令人恶心的笑话。他那不是幽默，他那简直就是下流。你绝对见过他那种表情！有些人讲笑话时笑得就好像那个笑话是他自己编出来的一样。他笑起来就是那种模样。”

“现在你可能再也没有兴趣到他们的度假屋里去玩几天了吧？”我问道。她犹豫了一会儿。

“不，最好不要。”然后她又说，“我本来就不喜欢度假时去拜访别人，这种情况就更不愿意了。如果这个拉尔夫在附近，我在游泳池边上肯定片刻都无法安宁。”

“但是晚上要离开那里时，你表现得好像是非常喜欢这个安排的。在我们离开那会儿，在车里你还满怀兴致地问尤利娅和利萨她们觉得怎么样。”

卡洛琳叹了一口气。

“唉，我们都喝得有点高了。我刚才不是说了吗，一想到要到他们的度假屋去拜访他们，我就觉得很不舒服。在车里时我考虑的主要是尤利娅，我想到了那个她那么喜欢的男孩，还好她也确实很开心。”

“这个嘛，我们还得观察，”我说道，“这事我们可不敢担保。”

而现在我们站在了敞开的汽车后备厢旁边。我闻着早晨清新的空气，但是我又不得不接受携带帐篷的事实。

而且是立马接受。

“你知道吗，”我开口道，“那事都过去好多年了。有时候我也会怀念露营的时光。我们就再试试吧。但是锅和煤气燃烧器就别费事带了！晚上我们找个地方好好吃一顿。”

我的妻子满脸疑惑地看着我，下一刻她便搂住了我的脖子欢呼雀跃起来。

“马克！你真的是太好了，我爱死你了！”

我把她紧紧抱在了怀里。我又不禁想起了那天花园聚会最后半小时的情景。我到处搜寻尤蒂特的身影。最后我在花园的一个墙角处发现了她，她正在那里收拾瓶瓶罐罐和吃剩的土豆片与果仁。

我握住了她的手腕，她吃惊地转过身，当发现是我时，她脸上露出了一丝令人沉醉的笑容。

“马克……”

“我一定要再见你一面。”我开口道。

13

我们是在一个星期六出发的。第一天我们在一家宾馆里过夜，第二天也是如此。像以往度假一样，我们没有什么固定的安排。其实我该怎么说呢：我们看起来好像是没有什么固定的安排。我们看起来就是个非常普通的家庭，带着两个小女儿向南方进发。事实上，我们几乎是不知不觉地在逐渐接近拉尔夫和尤蒂特逗留的那幢度假屋。

到了第三家宾馆时，我每天早上都会在床上翻阅我们出发前最后一刻带上的露营指南。那幢度假屋周围十公里范围内有三处露营地。

“你们觉得呢？”我问她们，“我们明天要不要找个地方打开我们的帐篷？”

“好！”尤利娅和利萨异口同声地欢呼道。

“除非天气好的话。”卡洛琳边说边向我眨眼睛。

这就是计划——我的计划。我们随便找个地方露营，我们可能在那儿待几天，如果必要的话待上一个星期。随便某个地方——在海边、在超市、在附近哪个小城市的露台上——我们就可能偶然碰上迈耶尔一家。出发前几个星期，我在一个卖旅行指南的书店里买了这个地方的一张地图，那张地图很详尽，那上面每栋房子的位置都记录得清清楚楚。花园聚会之后几天，尤蒂特给我们寄了一封电子邮件，根据那里面描述的地址我几乎可以百分之百确定那幢度假屋在地图上什么位置。我把那个地址输入了谷歌地图里，然后我把它放大，直到我可以看清游泳池的蓝色，甚至是池边的跳板。那三处露营地当中有一个和那幢度假屋都挨着一条通向海边的道路。但是令我心存疑惧的是那是一处“绿色露营地”。那儿有“农庄牲畜”“环保的卫生设施”以及“真正亲近自然的简朴设施”。我简直已经闻见了那熏天的恶臭。但是禁止使用洗洁精和除臭剂的露营地还有个好处，那就是这同度假屋的对比会更加鲜明。跳进水里一次，尤利娅和利萨就再也不愿意离开。

在电子邮件里，尤蒂特还把她的两个电话号码都给了我，花园聚会之后一星期，我给她手机打过几次电话，但每次都是连接到了语音信箱。她家里的电话也没人接，我一度想留下个口信，但最后还是没有那么做。

三天后我又打了一次电话，过了一会儿我正准备挂断时，电话另一端传来了一个陌生女人的声音。我和她通报了我的名字，然后问她，我能不能和拉尔夫或者尤蒂特通话。

“他们都在国外，”那个女声——我觉得是一个不太年轻的声音说道，“眼下我无法确定他们什么时候回来。”

我向她打听他们在国外的事情。

“您是哪位？”那个声音问道。

“我是他们的家庭医生。”

电话那边沉默了两秒钟。

“拉尔夫突然接到一个新工作，美国那边的，一个新电视剧里的角色。我女儿也一起去了，我在家照顾孩子们。”

这是尤蒂特的母亲。我模模糊糊地记起了一个七十岁左右的女人，花园聚会上她总是有些茫然无措地闲站在那里。所有上了年纪的人都是这种命运——同子女的朋友寒暄几句就尽快溜身。

“有什么……”尤蒂特的母亲说道，“有什么我可以为您转达的吗？”

我谢绝了她的好意，并声称这有违医生保守秘密的义务。我转口说道：“我刚才拿到了检查结果，您女儿几星期前来过我的诊所。没什么大问题，但如果方便的话，最好让她跟我联系一下。我打过几次她的手机，但她都没有接。”

“这不奇怪。尤蒂特给我打过电话说她把手机忘在了家里，我现在在厨房，手机就在这儿呢。”

第二天早晨，我接到了尤蒂特的电话。那时我刚开始上班，第一个病人正坐在我对面。这个男病人头发灰白而稀少，脸上布满了爆裂的毛细血管，他来我这儿是因为阴茎勃起障碍。

“我不能聊太久，”她说，“有什么事吗？”

“你具体在美国什么地方？”我一边问一边打量着我这位病人的脸。那张脸看起来就像一块闲置了的空地，但是那里再也长不出什么东西。

“我们在加利福尼亚的圣塔芭芭拉。这边现在已经过了午夜了，拉尔夫在浴室。我刚跟我母亲通过电话，她觉得事情有些蹊跷。她虽然年事已高，但是还是突然想起我的家庭医生是位女医生。我只好立马扯谎说，这事关另一位医生的第二意见，然而这让她更加不安了。”

我脑海里想象着浴室里拉尔夫·迈耶尔的样子。他一丝不挂的肥胖身体，花洒喷射的水珠迸溅到他的肩膀、胸部，和那像为他的生殖器撑起一个雨篷的肚子上。我想起了他第一次到我诊所时的情景，我请他解开上衣。我心里想，他往下看的时候能看见什么呢？他的肚子是不是遮住了他所有的视线？

“我也不能聊太久，”我说道，“我只想知道你还好吗，你们什么时候回来？”

我看了看那个得了阴茎勃起障碍的男病人，对此是有有效的药物。但问题来了——服用了这种药物之后阴茎随时可能硬起来：看到一匹病马的时候、看到一个空纸篓或是一个文具商店的橱窗的时候。如果我是女人的话，我坚决不会想知道，我的男人是不是什么时候服用了辅助药物。

“这我也不清楚，”尤蒂特回答说，“拉尔夫还要试几个镜头，如果能成功的话，那就太好了。这是一部HBO电视网公司的大制作电视剧，《黑道家族》和《火线》也是由他们公司制作的。这部剧作总共有十三集，讲述的是古罗马帝国奥古斯都大帝时期的事情，他们想让拉尔夫扮演主角——奥古斯都皇帝一角。”

“我收到了你的电子邮件，”我继续说道，“你们度假屋的地址。”

“马克，我得挂了。我们可能七月初就会过去，还得看这边进行得怎么样。也许我们会直接从这边出发，然后等假期开始后我母亲可以带着孩子们过去。”

我还想说点什么——一个暗示，一个挑逗。我得让尤蒂特回忆起我是一个多么可爱的人，但是因为面前这只“死老鼠”的出现，我只能说些客套话。

“我们会在附近，”我说道，“我的意思是，我们也会往那个方向去。如果我们——那就太好了。”

“再见，马克。”

我呆呆地坐在那里大约五秒钟，电话就那样放在我耳边。我只听到里面的嘟嘟声。当我想到了我即将面对的这一天时，我感觉它现在好像也被这嘟嘟声给塞满了。

“请您到旁边去，然后把裤子脱掉，”我对我的病人说道，然后我放下了电话，“我马上来。”

那处露营地超越了我恐惧的极限。正如之前所描述的那样，它位于一片松树林里一处四周风景如画、绿树成荫的林间空地上，透过树丛人们可以看到远处一线蓝色的大海。然而空气中飘荡着一股奇怪的味道，那是患病动物的气味。卡洛琳用鼻子深深地呼吸了几次。尤利娅和利萨也是满脸疑惑。我们站在道口杆前的入口处。我们现在回头还来得及。那个道口杆就是一棵简单的树干，因为是直接取自这片树林，所以它看起来甚至不太直。那旁边是一个封锁岗亭。我们犹豫不决地靠在车边。这处露营地尽管离他们的度假屋很近，但是这里所有的东西都是达到了忍耐的极限。那患病动物的气味已经让我暗生闷气。那气味闻起来有时候就像我诊所里的一样。我仿佛身处一群病人之中——一群自称回归自然的病人，一群茹毛饮血、抵制皮草的病人。他们更喜欢用井里或者水沟里的水来洗漱，他们“基本”不使用那些用于身体保健的化学产品或者化妆品。事实上，他们身上每一个毛孔都散发着死水的气味，就如同一个被污泥与树叶堵塞了的檐沟散发出的气味。如果他们脱光衣服的话，那气味就更加浓烈，那闻起来就好像人们揭开了一个久置于冰箱后面的罐子。我是医生，曾宣誓恪守医师准则，平等地看待每一位病人。这些所谓的自然人散发着对环境无害的臭味，但是没有什么东西、没有什么人比这更能让我感觉恼怒、作呕的了。

“你们觉得怎么样？”我问她们，“这附近还有别的露营地。”

“我不知道……”卡洛琳回应道。

尤利娅耸耸肩表示无所谓，利萨急切地想知道这里有没有游泳池。我正想说没有时，一个男人从封锁岗亭中走了出来。他看了一眼我的车牌，然后伸出手向我们走来。

“你们好。”他操着一口标准的荷兰语，他首先走到卡洛琳身边，他一直紧握着她的手，直到她把手抽回去。

一个荷兰人，身在异乡的荷兰人，准备在异乡开创一片事业的荷兰人。他们把一片废墟改建成旅馆或者小旅店，在海边的沙滩上或者树林里的露营地上开起了煎饼店。这种时候我脑袋当中总忍不住想，他们是不是抢走了本地人的某些东西。如果没有他们，那些本地人是不是可能也能像他们做得一样好。他们大多数人并没有坚持太久。他们被唾弃、被排挤。盖小旅馆的砖瓦总是迟迟运不到；建小型高尔夫球场的许可证在邮寄过程中莫名其妙地遗失；煎饼店排烟道的顶盖怎么也符合不了当地的安全条例。面对各种官僚主义的刁难，荷兰来的经营者感到苦不堪言。“他们到底想怎么样？”他们不禁问道，“这里之前就是一片废墟。这片小树林也无人打理。海滩上空无一人。我们荷兰人在这里埋头苦干，我们在这里勤劳打拼。他们为什么总是要妨碍我们？他们本地人没有一个人愿意吃苦。”他们总是不停地咒骂当地人、外国人和他们的懒惰。两三年后他们就只能收拾好随身的物品，一无所获地返回家乡。

当我握着这位露营地老板的手时，我尝试着从他脸上去观察他正处于哪一阶段。看起来似乎已经病入膏肓，开始还满怀希望，然后是自暴自弃，最终就只能听天由命。

“热烈欢迎。”这个男人说道。他握手的动作很夸张，明显是在努力让自己尽可能地保持清醒，但是从他的眼睛我可以看出慢性失眠的迹象：两眼布满血丝，那是夜里为债务和总是迟迟不到的货物而辗转难眠的结果。我猜他顶多能再坚持一年。等不到下一个夏天他可能就会杀光农庄里的牲畜，返回家乡。

在封锁岗亭里他故作姿态地打量着他这片露营地的草图，当他的食指在纸面上移动时，他总是无奈地摇摇头，不时地深深叹气，但是他的演技并不高明。

“请问你们是怎么找到我们这里的？”他问道。在他摸着下巴，故作思索地叹息了几次之后，他终于给我们分配了一块位置，“我们才开业两年，并不是所有的露营导游都知道我们这里。”

两年，我的嘴角不禁露出一丝冷笑。果然不出所料，自暴自弃之后必然是听天由命。倒计时。“在没有桌球、游戏机和白水漂流之类的无聊东西的野外。对于在哪里真正适合露营，我们很有判断力。”

14

有时候事情发生得太突然，突然得以至于让人来不及反应。我本打算先过几天平静的日子，没有什么特别事情的日子。读本书，打场羽毛球，一次近距离的漫游，一定要制造出一片真空，度假头几天保持空白。然后再去思考将会发生什么。这样人们才能准备好迎接新的邂逅、纷繁的变化和突如其来的陌生人。第一晚我们原本打算在海边宾馆的露台上吃晚餐，我和卡洛琳对鲜虾和鱿鱼圈都非常期待。旅途已经使我们感到疲倦，我们本想早点上床睡觉。我本以为自己又会翻来覆去几小时都头脑清醒，而只能无奈地倾听着我家人规律的呼吸声。但事实却出乎意料，一切都发生得太快。

当卡洛琳和孩子们搭建帐篷时，我到露营地四周闲逛了一圈。（“你去随便转转吧，你在这儿只会碍事。”）我随机踏上了树林间一条小径。那儿只有几顶帐篷。一辆房车也没有。我经过一处棚屋，里面就是那“环保的卫生设施”——露营对我来说最痛苦的莫过于夜里解手了。我总是一忍再忍，直到憋得实在难以忍受了，我才强迫自己把脚伸进湿冷的鞋里。午夜时分盥洗室的外灯上布满了烤焦了翅膀的飞蛾，那些从不入眠的昆虫会冷不丁地对着你裸露的皮肤咬上一口，十匹马都不能把我拉到那里去。我打开帐篷的拉链，只走了几步。有时候人们还能看到满天繁星，有时候是一轮满月。我必须老实坦白，说起来很难为情，但有时候我确实会站在树丛间听着我身体里喷射出来的水流溅到草地上或者荨麻上的滴答声。然后我会抬头仰望那些调皮地眨着眼睛的星星。我觉得这才是露营的真谛，这是唯一让露营变得有价值的东西，其他的都是扯淡。这一刻才是真正的前无古人，后无来者。

我们第一次到美国旅游时买的这顶帐篷——一顶四人帐篷。那时候我们还没有孩子，我们在被拉链连接到一块儿的睡袋里紧紧地相互偎依，我们旁边还有很多空间，留给未来的空间。小便之后我还在帐篷外待了一会儿，我看着月亮，看着洒满月光的草地。帐篷里这会儿我的妻子和两个女儿都在酣睡，直到背上泛起阵阵凉意时，我才重新钻进了温暖的睡袋里。

几块木板和一个窟窿就组成了那个环保的卫生设施，往里看什么都看不到，只是气味很浓郁。门板的里里外外都爬满了肥胖的蓝色苍蝇，任你怎么用力挥手它们都纹丝不动。我迅速地关上门，离开了那里。在一块围上了栅栏的地里，我遭遇了那些“农庄牲畜”：一只美洲驼、几只母鸡和一头驴子。地上一片泥泞，到处布满了粪便，周遭寸草不生。那只美洲驼深褐色的皮毛上也沾满了粪便和泥团。那头驴子看起来随时都会倒下。它站在栅栏旁，我可以数得清它所有的肋骨。它的整个身体都在打战，它不停地甩动着尾巴驱赶飞舞的苍蝇。那几只母鸡就蜷缩在角落里。

一阵怒火从我心头燃起。我已经准备回去向我的家人宣布，我们要马上离开这个鬼地方。这时候我感觉有人碰了下我的手。

“爸爸……”

“利萨。”

那可爱的小指头握住了我左手的食指和中指，我们就这样默默地在那儿站了好一会儿，静静地观察着栅栏后面的动物。

“爸爸？”

“什么事啊？”

“这头驴子生病了吗？”

我深深地吸了一口气：“我也不知道，小宝贝儿。可能只是因为苍蝇太多了吧，它们不停地在骚扰它，你看到了吗？”

我看着那头正在颤抖的驴子，它摇晃着朝我们走了两步，把头伸到了栅栏外面。

“我可以轻轻地摸摸它吗，爸爸？”

我没有反应，我必须清干净我哽住的喉咙。

利萨把她的手放到了驴子的脑袋上，那头驴子不停地眨着眼睛，我避开了它的目光。

“爸爸？”

“什么事啊，小宝贝儿？”

“我们可以去为它买点什么吗？胡萝卜或者别的什么？”

我把两只手都搭到了利萨的肩膀上，把她抱到了怀里。我只是轻轻咳了一下。毕竟我不想发出太大的声音吓到我的小女儿。

“真是个好主意，小宝贝儿。胡萝卜、生菜还有西红柿，你看吧，它一定会非常喜欢的。”

海滩上只有一家饭馆，桌椅就摆在沙子里。那里人满为患，但是幸运的是，我们还是找到了最后一张空桌。我给我和卡洛琳点了啤酒，给利萨点了一杯芬达，给尤利娅要了一杯轻怡可乐。太阳已经落山，但是天气依旧很炎热。

“我们可以到海边去玩会儿吗？”利萨问道。

“好的，”卡洛琳回答说，“但是你们先点些东西吧。等东西上来了，我们就喊你们。”

她们飞快地扫了一眼菜单。利萨想要通心粉加番茄汁，尤利娅只点了份沙拉。

“没有兴趣。”尤利娅说道。她站了起来，然后问她妹妹：“走吧？”

“一定注意安全，”卡洛琳叮嘱道，“我们不在身边时，不要到水里去。就待在沙滩上。”

尤利娅幽怨地翻了翻白眼，利萨已经跑了出去。尤利娅手里拿着拖鞋慢慢地跟在她后面。她只穿了一件 T 恤衫和一件红色的比基尼短裤，那是她假期前不久才买的。我看见隔我们几张桌子的两个男人在用目光尾随着她。

“她前段时间实在吃得太少了。”卡洛琳抱怨道，“这对她的身体不好。”

“哦。”我回应说，“这事也没那么严重。少点总比多点好。难道你更希望有一个隆着肥肚子的女儿？”

“你还真会开玩笑。有时候我确实很担心，在家也是如此，她只吃沙拉，还说她不饿。”

“这对她这个年纪的女孩来说很正常。她希望自己看起来像杂志里的模特，凯特·摩丝肯定吃得也不多。但是这样其实更好。我不是以你丈夫的身份说这话的，而是站在医生的角度来看的。”

我们又喝了一瓶啤酒，还点了一瓶白葡萄酒。太阳现在已经彻底落山了。饭馆的后面矗立着陡峭的山峰，山上坐落着几所别墅，那里已经闪烁着灯光。我听得到汹涌的波涛声，但是这片海滩构成了一个斜角，所以从我们的桌子这儿看不到我们的女儿。

“我是不是该去看看她们在哪里？”卡洛琳问道。

“哎呀，你就等到饭菜端上来再说吧，能有什么事呢？”

其实我总是和她一样担心，但是我们两个之间慢慢养成一种习惯：她表现出她的担忧，然后我佯作不以为然。如果是我自己带着女儿过来，这会儿我早跑到海边三次了。我其实还不是担心她们被海浪卷走……

卡洛琳牵住了我的手。

“马克，”她开口道，“在这儿露营是不是让你很难受啊？这确实有点太过原生态了。我们应该找家配套设施好点的地方。”

“我刚去看过那些动物，它们严重营养不良，真的病得很重。”

“要不我们明天再看看别的地方吧？”

“真该揭发那个不要脸的东西。但是那样他这个烂地方就要关门大吉了吧——那些动物肯定也会被屠宰。”

一个穿着 T 恤衫和牛仔裤的男孩拿来了红酒。他拔去了瓶塞，把酒放在了桌子上一个简易的冷却器里，他也没问问我们是否要尝一下。事实证明这确实是多余的，那酒喝起来冰冷，味道像是彻夜放在山涧里变软的葡萄一样。

“我们明天继续往前走吧。”卡洛琳说，“难道就因为几只生病的动物你就要去告发那个男人？”

“我把旅行药箱也带来了，那里面有些抗生素。我明天看看能做点什么吧。”

“马克，你是在度假，不要总是度假第一天你就立马忙活起来啦。这是值得夸奖，但是……”

卡洛琳经常这样批评我，其实这也是我们之间唯一的冲突：度假时我总得找点事做。而她可以拿着一本书在游泳池旁闲坐上几小时，或者就戴着太阳镜在海边的躺椅上懒洋洋地做白日梦。而这样待上半小时我就会觉得无聊透顶。在海边时我会堆沙墙，垒沙堡。在度假屋里我就会把从门旁到路边的杂草拔得干干净净。甚至是我的女儿们有时候也会觉得我这样太没必要了。一开始她们还会帮我清理沟渠，以免涨潮时海水倒灌，破坏了沙堡。但是一小时之后她们就会觉得索然无味了。“我们休息一下吧，爸爸。”卡洛琳这时就会喊：“马克，你歇歇吧，我在旁边看着都累了！”

我刚想反驳说，为这些可怜的动物做点什么是我身为医生的职责，这肯定要不了多少时间。这时候我们听见了尤利娅的喊声。

“爸爸！妈妈！”

卡洛琳砰的一声把杯子撞到了桌子上，紧接着蹦了起来。

“尤利娅！”她喊道，“怎么啦？”

但其实什么事也没有，尤利娅神情自若地朝我们晃悠过来。她向我们挥了挥手，她不是一个人，和她一起的还有一个男孩。尽管我只见过一次，但我立马认出了那是谁。他那头金黄色的鬈发，还有他走路的姿势：步履沉重，就好像他走起来很吃力的样子。

“你们肯定不会相信我们遇到了谁。”尤利娅远远地就对我们欢呼道。

15

有时候事情发生得太突然。

“你先前知道这件事吗？”后来我们晚上又在帐篷前喝了一杯红酒，这时卡洛琳问道。尤利娅和利萨已经入睡。“是的，你早就知道。”她没等我回答就接口道。四周一片漆黑。我很高兴黑暗中不必面对她的目光。“为什么呢，马克？为什么？”我沉默不语。我转了下手中的酒杯，然后又喝了一口。杯中已经见底。我们坐在低矮的折叠椅上，椅子腿儿就舒展在松针中。有时候我的脚背上会有点发痒，一只蚂蚁、一只蜘蛛，但是我没有动弹。

“我本以为你不希望这个拉尔夫出现在我身边。”卡洛琳说道，“我也和你说过，我不想到那儿去。所以你就挑了个在他们度假屋附近的露营地？”

她在帐篷前的木棍上挂了一盏蜡烛灯，这会儿里面的蜡烛已经燃尽了。我们头顶的树叶间闪耀着万点星光，远处的大海传来阵阵轻微的海浪声。

“是的，我知道那度假屋就在附近。”我回答说，“但是这不能成为我们拼命避开这里的理由吧，难道仅仅因为我们可能遇到我们不太想见的人，我们就要绕道而行？”

“马克！在这海边有几百个这种地方，远离迈耶尔一家度假屋的地方还有几百处海滩。”

“我后来还和拉尔夫·迈耶尔聊过，就在花园聚会之后不久。他说这边漂亮极了，这里的风景还很淳朴，我只是有点好奇。”

卡洛琳深深地叹了一口气：“那现在呢？我们现在怎么办？那明天我们就得去拜访他们了吧。如果大家不见个面，不会让人觉得有点奇怪吗？”

“那就一起吃个饭吧，说不准他们又会做烧烤，如果你愿意的话。拜访完他们之后我们就继续我们的行程，到其他海边去，到别的露营地去。但如果你坚决反对的话，我们就不到他们那儿去。我们找个借口就好，比如说你觉得不太舒服，或者说是我也行。然后我们后天继续我们的行程。”

她没有回答。我用舌尖舔了舔上嘴唇，我已经感觉有点口干舌燥了。

“你觉得呢？”我问道，“就像我刚刚说的，对我来说确实无所谓。我们总得有个打算不是？”

我听见我的妻子又发出了几声叹息，她把什么东西从她裸露的大腿上掸了下去——一只昆虫，一根从树上落下的松针，或者可能什么东西都没有。

“嗯，事情也没那么糟。我本来只是希望我们四个人能一起待几天或者一周。如果这件事发生在我们度假快要结束时，我倒也觉得没什么，同别人一起待几天也可以。但现在事情来得太突然了，现在我完全没有兴趣和太多人在一起，在露台上喝得酩酊大醉而又在那里喋喋不休。”

我把胳膊伸向了她，把手放在了她的大腿上。

“我其实也没兴趣。”我说道，“我也没太大兴趣和其他人接触。对不起，都是我的错。”

卡洛琳轻轻握住了我的手。

“是的，是你的错。你明天去回绝他们吧。”

我闭上了眼睛，咽了一下口水，然而我的喉咙是干的。我不仅听见远处的海浪声，还听见我耳朵里在嗡嗡作响。“好吧。”我说道。

“我只是开个玩笑啦。”卡洛琳说，“不，这样做就太奇怪了。我们还是去吧。老实说，我对那房子也很好奇，孩子们肯定也会很开心。我指的是，因为那个男孩，还有游泳池。”

海滩上后来发生的事情是这样的：尤利娅同阿历克斯来到了我们的桌旁就座，后面跟着利萨和阿历克斯的弟弟托马斯。然后迈耶尔家的其他成员也漫步走了过来。拉尔夫和尤蒂特，还有我在花园聚会上看到的那个上了年纪的妇人，尤蒂特的母亲。还有两个人——一个男人，年近六十，满头斑白而又间杂着几缕黑色的中长发，我好像在哪儿见过他，但是我想不起来是在哪儿；还有一个女人，我揣测她和那个男人是一对儿，尽管她至少比他年轻二十岁。

“真是意外之喜！”拉尔夫喊道。卡洛琳还没有完全站起来，他就迫不及待地抓住了她的肩膀，然后在她脸颊上吻了三次。

“你们好。”尤蒂特招呼道。我们也相互吻了一下，然后我们四目相交。是的，我真的来了，我用眼睛向她诉说。是的，我看到了，她回应道。

“为什么你们没有提前打个电话呢？”拉尔夫问道，“那样的话我们就能一起用餐了。我们今天下午在市场上买了一整只乳猪。一只烤乳猪，那味道真是棒极了！”

卡洛琳耸了耸肩膀，然后看着我。

“我们其实才到这儿。”我回答说，“我们不想……我们在这边露营。”

“在露营！”拉尔夫高声道，就好像这是他近几天听到的最不可思议的新闻一样。这时候那个头发斑白的男人上前了一步。“噢，抱歉，”拉尔夫说，“我还没给你们介绍，史丹利。这是马克，他是家庭医生，这位是他迷人的太太卡洛琳。”

这位被拉尔夫称之为“史丹利”的男人握了握卡洛琳的手。“史丹利·福布斯。”他开口道。当他和我握手时，他只报了他的名。我突然想起来，我在哪儿听说过他。史丹利·福布斯不是他的真名，他大约五十年前去了美国，后来就换了名字。简？汉斯？汉斯·杰森？那是一个非常普通的荷兰名字，但我实在想不起来了。头几年他还默默无闻，但是后来这位荷兰籍电影导演就声名鹊起。

“这位是史丹利的女朋友，”拉尔夫介绍道，“艾曼纽。”他把手轻搭在那个年轻女人的肩上用英语说，“艾曼纽，这是我们荷兰的朋友，马克和卡洛琳。”

艾曼纽真是美得难以言表。她握了握卡洛琳的手——那手就好像《时尚》杂志封面上的一样——一只小巧、纤细的手，就像一只孩子的手一样。从近处看，她的年纪比尤利娅大不了五岁。十七？十八？绝对不会超过二十。我看了一眼那个头发斑白的男人。她比他不是小二十岁，而是四十岁。她是通过在床上讨好他而在他的下一部电影中谋得了一个角色？我打量着这位年老四十岁的导演的脸。他那年老四十岁的身体被几乎透明的白色亚麻布包裹了起来，从他敞开的衬衫衣领里冒出了灰白的汗毛。我想象着他如何将衰老的身体强加给了她，他如何在她旁边伸展开身体，让自己的手掌在她的肚皮上滑过，用食指在她的肚脐四周画了一个圈，然后继续往下滑行。被子里老男人的气味、脱落的皮屑。而这时候她在那下面正想着别的事情，首先是那个许诺了的角色。这一切就是这位叫汉斯还是杰森的离开荷兰时所梦想得到的吗？就为了惊叹于他的才智的姑娘或者为了交换他影片中一个角色的姑娘能来服侍好他裤裆里的东西？

最后一位走上前来的是尤蒂特的母亲。当我和她握手时，我端详着她的面孔，然而我发觉她并没有把我和我同她几周前的那个电话联系起来。

“施洛瑟先生。”当她女儿介绍我时，她重复了一遍我的名字。

“请您叫我马克吧。”我说道。

我环顾了一下四周，想找一张空桌子，那个穿牛仔裤的男孩端来了我们点的东西。

“噢，你们正要吃晚餐。”拉尔夫说道。

“我们可以……”我开口说，“也许还有空桌子，或者加几把椅子……”

“你们好好吃吧。”尤蒂特说，“我妈妈累了。如果你们还想再待会儿的话，那我就带我妈妈先回去。”她对拉尔夫和史丹利·福布斯说道，然后她又用英语征询了一下艾曼纽的意见。他们犹豫了片刻，拉尔夫也看了看四周，想找张空桌子或者几把空椅子。卡洛琳看了我一眼，然后又迅速地把目光转到了一旁。

尤蒂特把腰弯向坐在她对面利萨位置上的阿历克斯，然后对他耳语了几句。托马斯跟着利萨从沙滩上跑了过来。史丹利·福布斯挽住了艾曼纽的腰肢，把她揽到了身旁。尤蒂特的母亲站在那里，就好像这一切都与她无关。

“你们还会待几天吧？”尤蒂特问道，“明天你们去我们那儿吃饭吧。”

16

艾伦·赫茨尔教授是第一个向我们解释这个问题的人：为什么男人和女人的生物钟是不同的？指针尽管都指向了相同的时间，但是含义则完全不同。“这就像对一个很普通的时间来说，”他讲道，“有时候六点四十五是太早了，而有时候六点五十就已经有点晚了。”

我们每周有两次生物医学课，那时候他的课还属于选修课。通常教室里的女生比男生要多。艾伦·赫茨尔年近六十了，但是当他和女学生们讲话时，他仍然能让她们脸红心跳、暗自窃笑。就这方面而言，他也是自己理论活生生的明证，而也正是因为这些理论，几年之后他饱受羞辱地离开了校园。

“我现在站在这里讲的东西可能女学生们不太愿意听，”他边说边在教室里环顾了一圈，“另一方面，这是铁铮铮的事实，是无可辩驳的。可能不太公平，但是接受了这一不公平的女士们却能够获得长远的幸福。”

从教室的长凳上又传出一阵哧哧的笑声。我们这些男学生对我们的这位生物医学教授的课有着自己的感受，可以说是五味杂陈。一些生物学上显而易见的事实证明，年老一点的男人对女孩子更有吸引力这一论断是站不住脚的。我们不是年轻吗？我们的精子不是更有活力吗？我们在妇科学中不是学过吗？年轻精子孕育出健康宝宝的概率要比年老的精子高出八百倍。尽管如此，我们还是理解了。我们切身体会到，赫茨尔教授是我们的一位强有力的对手。在女孩子面前，我们会故意含沙射影地提及他那毫无疑问有褶皱而又布满老年斑的生殖器。然而他确实具有某种气质，确切地说是具有某种独特的魅力，这让女孩子们的激素彻底紊乱，而我们则成了牺牲品。

赫茨尔教授微咳了几声。他穿着一条牛仔裤和一件灰白色的圆领毛衣，没有穿西服。他在讲台就座前会把衣袖挽高，然后他用手理了理他那绺长在脑袋边上的头发。

“首先我们必须承认，一切都是为了物种的存续。我这里说的‘一切’是真的一切。两性之间的吸引力、热恋、情欲等是人们常常挂在嘴边的东西。我们会被我们的另一半吸引，我们想握住他或者她，想同他或者她融为一体。造物远比我们今天某些进步思想者天马行空的胡编乱造要神奇百倍。美食香味扑鼻，粪便臭气熏天。那臭味警告我们不要去吃自己的粪便。小便也有臭味，但是相对没那么严重，所以在极端的情况下——在沉船、迫降在沙漠里的情况下——我们可以饮用自己的小便。百分之九的人是同性恋，百分之九的人是左撇子，这一点在五千年的进化史上从未改变，这是为什么呢？因为如果这一比率再增加的话就会对物种的存续构成威胁，准确地说，同性恋者就是长着两条腿的避孕药。因为在统计当中没有提及左撇子的同性恋者，所以简单起见，我在这里没有把他们考虑在内。”教室里发出一阵狂笑，这一次笑声更多的是来自男生而不是女生。“物种的存续。一切都是围绕着这个中心。我现在同你们讨论一下这个问题，为什么我们的物种应该得以存续？所有的细菌都在为了生存而奋斗，癌细胞在疯狂地扩散，求生是造物背后唯一的动力。但是为什么会这样呢？或者换个问法，我们应该怎么来看待这一事实？我必须对你们老老实实地坦白，对此我一无所知。人类登上了月球，那里寸草不生，那里没有生命的迹象，但是是什么驱使我们登上了光秃秃的月球？没有植物、没有动物、空空荡荡的月球？那么我们原本光秃秃的地球上又应该出现些什么呢？或者再换一个问法，我们对原本光秃秃、空荡荡的地球上出现的东西又该如何评价呢？”讲到这里，赫茨尔教授停下来喝了一口水，“如果对造物的意义——生命的意义，如果你们想这样说的话——进行思考的话，就应该首先研究一下恐龙。它们在我们这颗星球上生活了一亿六千万年，然后它们就突然灭绝了，几百万年后人类才出现。我总是在问自己，这是为什么呢？这一亿六千万年的意义究竟何在？这浪费了多少时间！事实证明，恐龙与人类之间可能没有任何直接的进化联系。如果人类和人类的存续这么重要的话，为什么首先出现的是恐龙呢？而且为什么它们存续了那么长时间？不是一千年，不是一万年，也不是一百万年，不，是一亿六千万年！为什么不是反过来呢？为什么不是首先出现人类呢？从鱼类到哺乳类再到两腿动物，然后在几万年里从穴居人进化为轮子、印刷术、手提收音机乃至氢弹的发明者。然后再过几千年，我觉得可能是几百万年后，人类也会灭绝。其突然出现，同样也会突然消失。因为陨石坠落、太阳黑子爆发或者核冬天[1]，这都无关紧要。总之，人类灭绝了。你们的骸骨被厚厚的土层所掩埋，你们的城镇、汽车、思想、回忆，还有你们的希望与梦想也同样如此。所有的一切都会消失。再然后，两千万年以后恐龙出现了，它们有充裕的时间，我们则不复存在。它们有一亿六千万年的时间。恐龙没有挖掘癖，它们对过去不感兴趣。它们也没学过考古学，它们不会像我们这样去研究自己周围的环境。因此它们也不会发现毁灭了的城市，没有四车道的高速公路，没有电视机，也没有洗衣机，更没有什么保存完美、性能良好的梅赛德斯·奔驰。它们顶多会偶然发现个人类的颅骨，它们会嗅一下它，当发现上面没什么可吃的东西之后，它们就会把它远远地丢到一边。恐龙不感兴趣谁在它们之前出现在地球上，它们活在当下。这一点我们应该向它们学习，活在当下。不了解过去就注定会重复过去，这句话我们早已经听得耳朵起茧了。但是存在的本质不正在于重复吗？生与死，日出与日落，春、夏、秋、冬，一切都在五月开始。但是其中没有任何新意，新雪还是和去年的一样。男人们会一如既往地去狩猎，女人们在山洞里负责生火取暖。一个男人一天可以让几个女人受精，但是一个怀孕的女人在十月怀胎过程中就无法继续履行维持物种的功用。一个女人总共可以忍受多少次分娩呢？答案是二十次。这之后的风险就会大大增加，这个女人的吸引力就会下降。

…………

[1] 指大规模核爆炸掀起的微尘和因大火产生的滚滚浓烟，会长时间遮挡住阳光，造成全球性气候变化，使地球处于黑暗和严寒之中，动植物濒临灭绝，人类生存面临严重威胁。

对男人来说这也是信号，那就是不再选择她作为受精对象，这样她的繁殖功能也就此停止。造物就是这么神奇。男人的造精功能持续的时间会比较长久，年迈得子给孩子带来的健康风险可以忽略不计。今天如果一个七十五岁的老男人同一个二十几岁的女人生了小孩，这会成为大家的笑柄。但是这究竟有什么奇怪的呢？不过是一个孩子，一个通常情况下不会出现的孩子而已。男人变老了，但他的吸引力几乎没有下降。这也再次证明了造物的神奇。新鲜的食物会散发出香味，腐烂的食物会发出臭味。我们会把鼻子凑到袋子上去判断牛奶是否发酸，我们也是这样观察女人的。我们会说，那边那个不行，她对我来说太老了。这还仅仅是凭空想想而已！我们不想选择一个超过保质期的女人，因为她已经失去功用，她对物种的延续而言毫无意义。

“在这里我还想回到公平这个问题。有些女人会认为这一切很不公平，这种想法我完全可以理解。女人是造物的球员，三十五岁她们就要退役。在退役前她必须保障自己的收益——一个安身之所，一个男人，还有孩子。女人比较容易把自己拴到一个男人身上。随便选一个，接近危险年龄的女人常常会如此。拥有众多追求者的漂亮女人突然选择了一个长相丑陋而又乏味的男人。本能就是那么强烈，为了物种的延续。那个男人虽然长相丑陋而又乏味，但是他有车有房，生活可以得到保障。繁衍后代比她自己更为重要，必须要深思熟虑、权衡利弊。乏味的男人就是一个长期抵押，他能更好地保证远期收益。而那些极富吸引力的男人能够捕获任何一个女人的芳心，他随时会从你眼前消失得无影无踪。女人的本能就是这么强大，我说的这种女人表现得甚至是彻底无私。她也可以选择每晚睡到那个极富吸引力的男人身旁，但那个浪荡子却有另外一套打算。他的优先选择是让尽可能多的女人受孕，这样他健康、强壮的基因就得以延续。生物钟的指针虽然显示的是同一时间，但对女人来说，这个时间意味着是时候安定下来了，而对男人而言，这还为时尚早。最后我还想说一点，在有些文化当中，被鄙弃的女人会得到照顾，而我们大多对这种文化不屑一顾。在有些文化当中，女孩很年轻时就会嫁人，而我们则让女人在寂寞之中枯萎凋谢。尽管如此，我们仍然感觉我们的文化更为优越。有人可能认为男人不怀孕实在是不公平，但是没有任何一个男人会抱怨这一点！我们非常高兴我们不必在怀胎十月时挺着大肚子到处跑，那样只会妨碍我们履行本能赋予我们的使命。你们还年轻，放手去做你们想做的事吧，而且越多越好。不要去想未来，你们只需要关心你们眼下所拥有的，这将会成为你们引以为傲的资本。让所谓的公平见鬼去吧！今天我们的课就上到这里。”

他们的度假屋就坐落在山上的那片度假屋中，离海滩大约四公里，离我们的露营地大约三公里，我们觉得步行过去实在太远了。

我们把车窗摇了下来查看门牌号，因为大多数的门牌要么早已遗失，要么被蔓生的常春藤之类的植物挡得严严实实，所以我们找起来并不容易。“嗯，跟我想象中的不太一样。”卡洛琳开口道。

“刚刚我们看到的是五十三号，然后是五十五号，”我把车停了一下，把脑袋伸出了窗外，“现在又变成三十二号了。该死的！你指的是什么，什么和你想象的不一样？”

“我也说不清楚，一些新奇的东西？”

我在一条死路的尽头掉转了车头，那儿是这里的制高点。我们看到远处蓝色的海岸线，街道在我们脚下一直蜿蜒到海边。我从眼角瞥了一眼我的妻子，她也差点嫁给了一个乏味的男人。我在一次聚会上认识的她，那是朋友的一个非常普通的生日聚会，卡洛琳是寿星妻子儿时的一个朋友，那个乏味的男人没什么朋友。那时他们俩还是一对儿。“我在这边谁都不认识。”他对我说。我们站在点心桌旁。他把手里的可乐杯子放到了一边，掏出了一个烟斗：“我同我女朋友一起来的。”我看着他填满了烟斗，暗自忖度：哪个女人会喜欢一个带着烟斗的男人呢？就在这会儿卡洛琳出现在了他的身旁。“我们可以回去了吗？”她问道，“我有点不太舒服。”有时候男女两个人的对比实在太过强烈，以至于让人不禁会想，这其中是不是有其他因素的作用呢？比如说经济原因，或者其他与地位、名声相关的什么东西。六十来岁的百万富翁旁边站着一个二十出头的摄影模特，光彩夺目的可人儿陪伴在丑陋至极的足球明星身旁，当然，那永远不会是个三流球星，永远也不会长得像大卫·贝克汉姆那样。不，一定是个世界级球星，一个头发稀疏而又油腻的世界级球星。他微笑的时候，人们常常会看到他满嘴的豁牙齿。这就是一场交易。这位摄影模特在闪光灯的照耀下看起来会更加楚楚动人，她可以随心所欲地到米兰或者纽约去大采购。那位相貌丑陋的球星和那个年老的百万富翁用事实证明他们可以搞定世界上最漂亮的女人。但是有时候这种交易看起来就让人有点难以理解了，人们会想：真他妈的活见鬼了，这怎么可能呢？她从这个乏味的家伙身上可以得到什么呢？

“哦，对不起。”卡洛琳边说边把手递给了我。

“马克。”我回应道。我必须控制好自己，必须保证不能握她的手时间太长，我得说点“友善的话”。我看了一眼那个乏味的男人，他正叼着烟斗在那里吞云吐雾。我不需要说什么有趣的话，我本身就很有趣，至少我比那个乏味的男人要有趣千百倍。

我已经提到过我的相貌，此外我还要补充一点，我看起来完全不像是位医生，至少在生日聚会上我决不会打扮得像位医生。某人晕倒或者被碎玻璃割破手指时，人们会喊：这里有医生吗？这个时候他们总是对我视而不见：脚上踩着一双有点破旧的运动鞋，下身穿着一条不太清爽的牛仔裤，上身套着一件 T 恤衫的男人怎么会是位医生？头发还故意被弄得蓬乱，我的头发就是这样。在去参加聚会之前，我对着镜子把双手放到头上揉搓一番，然后我的头发就成了这副样子。

我看着这个自称是卡洛琳的女人，突然灵光一闪，明白她为什么选择了这个乏味的男人。生物钟。她看了一眼生物钟，发现时间已经很紧迫了。但这真是太可惜了。我盯着那个乏味的家伙，看到的是无能的基因。这个抽着烟斗的父亲将来会造就出一批丑陋的孩子。我突然想起来，她刚刚说她感觉“不太舒服”。我是不是出现的时机太晚了？这种想法让我自己吃了一惊，所以我决定直奔主题。

如果她已经怀有身孕的话，那我只会和她客套几句，然后就把她还给那个乏味的男人。他们的房子里所有的东西，衣服、家具包括窗帘肯定都无一例外地散发着烟臭味，他们的孩子只能在这样的环境中长大。

“有的女人认为，怀孕期间不能喝烈酒，”我说道，“但是一小杯红酒就没什么大碍。恰恰相反，它可以令人放松，这对那未出生的孩子来说同样也是一种放松。”

卡洛琳的脸红了。那一刻我真的担心我给她的建议不幸言中，但是她只是看了一眼那个乏味的男人，然后就把目光转回到了我的身上。

“我……我们……我们是在准备要小孩，但是还没有成功。”她回应道。

我深深地舒了一口气。“对不起，”我说道，“您可能心里在想，这关你什么事啊？我这其实是种职业强迫症。如果一位女士说她感觉不太舒服，我马上就会想……那好吧，您明白我想说什么。”

她满脸疑惑地看着我。我读懂了她的眼神：职业强迫症？什么职业？

“我是名家庭医生。”我说。

我目不转睛地盯着她，然后伸手挠向头发，这样一来我的头发就显得更乱了。我已经彻底无视那个乏味的男人，就好像只有我们两个人，事实上情况也确是如此。“家庭医生。”卡洛琳微笑着说道。她毫不掩饰地把我全身上下打量了一番。很明显她对看到的东西感到很满意，她微笑着对我露出了洁白的牙齿。

我后来问她，你那时候到底是怎么想的？每年至少问两次。我们很喜欢回忆那段时光。

卡洛琳总是这样回答：“我当时想，这还真看不出来。真是一位有趣的家庭医生，头发蓬乱，还穿着这样一身破衣服。——你呢？你当时在想什么？”

“我当时想，她到底为什么要和这个乏味的男人在一起？真可惜。这样一个迷人的美人就这样白白浪费在这个烟鬼手里了。”

“卡洛琳，如果你真的感觉不舒服，我们就先走吧。”正在抽烟斗的那个乏味的男人的声音突然在我们耳边响起。

“我们再待会儿吧。”她回答说，“我还想再喝一杯红酒。”

“你看，爸爸！在那儿！”利萨在后座上喊道。

“什么？”我边问边踩住了刹车，“在哪儿？”

“那儿！那边走路的那个男孩，那是阿历克斯。”

17

“还有人想要沙丁鱼吗？这里还多的是。”

拉尔夫一边用他的 T 恤擦了擦手指，一边用询问的目光看着我们。“卡洛琳，你要不要来点？”然后他又用英语说，“艾曼纽，你还想再来点吗？你再吃点吧。不对，这句话用英语怎么说来着？”他边说边朝史丹利狡黠地眨了眨眼睛，“你们倒无所谓，我们是必须注意我们的身材了。马克，你呢？你也来点吧，作为医生你应该清楚，沙丁鱼很健康，鱼肉里面都是些对身体有益的脂肪，对吧？”

“是的，你说得对。”我边说边摸了摸自己的肚皮，“但我实在是吃不下去了，拉尔夫。谢谢。”

我们坐在外面阳台两张拼在一起的白色塑料桌旁，阳台外面是一堵半高的弓形围墙，墙上还装饰着些贝壳和化石。烧烤架就在围墙的壁龛里，它甚至专门有一个用红瓦堆砌起来的烟道。尽管如此，我们周围还是弥漫着一股浓重的鱼腥味，那气味可以说是无处不在：我们的衣服上、头发上，葡萄蔓上，还有我们头顶的棕榈叶上。我本来指望能吃到些肉，羊肉或者猪肉都行，最不济也能有点鸡大腿。我对沙丁鱼简直到了无法忍受的地步，罐头里的鱼刺已经在腌汁里溶化了，所以我并不讨厌沙丁鱼罐头，而是痛恨新鲜的沙丁鱼。新鲜的沙丁鱼光是剔去鱼刺就要花一番工夫。人们本以为终于搞定，结果每吃一小口都会有二十几根小刺卡到牙齿或者喉咙里。还有那气味，更确切地说是那臭气熏天的味道！这种气味明显就是在警告人们不要碰这种食物。之后这种腥臭味会在人们手上、指甲里残留数日之久。回家之后，衣服最好马上丢进洗衣机里，然后要从头到脚彻彻底底地洗个澡。但是即使这样，一整夜加上第二天一早不停地打嗝也会让人想起前一天晚上吃了什么。

“薇拉，你呢？”拉尔夫又问尤蒂特的母亲，“你一定不会让我失望吧！”

这是我第一次听到有人喊她的名字。她灰白的头发被剪得很短。

薇拉，我在心中重复了一遍这个名字。看她的发型，其实她更适合叫西娅或者芮儿。她长了一张可爱但又面无表情的脸，虽然已经上了年纪，但她脸上并没有太多皱纹，看起来是一个健康、干练的女人。她生活中极可能中规中矩，一辈子也没做过什么出格的事。一杯红酒下肚之后，她已经有点昏昏欲睡了。我感觉她随时都有可能向我们告罪请求提前离席，以便早点上床休息。

在我们到达后不久，尤蒂特带我们参观了整栋度假屋。客厅、餐厅、厨房和三间卧室都在面积最大的二楼。不用尤蒂特解释，我就知道谁睡在哪个房间。摆着双人床，床头柜上堆满了书籍和杂志的那间肯定是她和拉尔夫的房间。有两张单人床的那个小点的房间里，衣服、鞋子、网球和潜水镜都随意地丢在地板上，这肯定是阿历克斯和托马斯的房间。尤蒂特的母亲肯定住在只有一张单人床的那个最小的房间里。说不清什么原因，当尤蒂特和卡洛琳已经返回客厅时，我还在那门口待了一会儿，那个房间就像是一个修女的修道小室一样空空荡荡。屋子里唯一一张椅子上挂着一件灰褐色的针织衫，椅子下面整整齐齐地摆放着一双紫色的拖鞋。床上方的墙上挂着一张木炭画，画上面是一艘拖到岸边的渔船。床头柜上有一个相框——尽管我只看到了背面，但我猜测里面应该是摆了张照片。我听见她们的声音已经远去。我如果想满足自己的好奇心其实很容易，只要翻开看看，我就会知道照片里到底是谁（或者什么）。但是我还是转身离开了，后面肯定还有机会。从客厅的窗户前面望出去视野十分开阔，构成海岸线的那些小山可以尽收眼底，但是看不到大海。客厅里的家具却都不太好看，一个绿色的长沙发和两个同样绿色的单人沙发椅，椅套的材质是人造革或者合成塑料，一张矮点的藤桌上顶着一块毛玻璃。餐桌是深色的实木，配套的椅背上搭着红色毛绒。“房东一家是英国人。”尤蒂特开口道。

底层是车库和一间同整栋房子隔开的套房，史丹利和艾曼纽就住在这里。我本来还抱着一丝希望以为尤蒂特会带我们参观一下这里，但是她只把门开了个缝，然后喊了句什么。史丹利走了出来，他腰上裹着一条浴巾，浴巾的下摆几乎垂到了他的膝盖下面。“艾曼纽正在洗澡。”他说道。我打量着他身上裸露的部分。对他这个年纪来说，他的腹部还保持得相当紧实，黝黑而健壮。但是皮肤还是有些浮肿，胸部和肚脐下面的毛发几乎全白了。“你们一会儿会来喝杯开胃酒吧？”尤蒂特问道。

最后我们还在花园转了一圈。在这栋房子旁边有一个带顶棚的回廊，回廊的下面是一个乒乓球台子，车库门的上方挂着一个篮球筐。花园里的干燥的土壤呈现出一片褐红色，有一小截台阶从露台一直通向游泳池。

“如果你们想马上跳进去的话——那肯定很提神。”尤蒂特说道。我和卡洛琳对视了一下，“啊，还是待会儿吧。”卡洛琳回应说。

这个游泳池是“8”字形的，中间是石头垒起来的一个直径一米的小岛，那上面有一根细水柱喷向空中。水里漂着气垫床、游泳圈和一个头上带着把手的绿色充气鳄鱼。在“8”字的大一点的那个圈的最后面是一个跳台。

“我们就在这里打发时光，”尤蒂特说，“海边那里实在是挤得要命。”

利萨和托马斯从房子里面跑了出来。尤蒂特的这个小儿子并没有在泳池边停下，他似乎犹豫了一下是要一头扎个猛子还是来个屁股入水。就在这一刹那，他突然在湿漉漉的台子上滑了一下，然后就直接栽到了池子里。

“托马斯！”尤蒂特喊了一嗓子。

“来，利萨，快来！”他边喊边挥舞着手臂拍起一片片水花。我们忙不迭地退了几步，以免被水溅湿。“利萨！利萨！快来！”

我的小女儿就站在那里，入水之前她停了一下。

“利萨，”卡洛琳喊道，“利萨，尤利娅在哪儿？”

利萨跳到了那个充气鳄鱼的背上，但她马上被托马斯拽到了水里。“妈妈，你刚才说什么？”她冒出水面后问道。

“尤利娅在哪儿？”

“不知道，应该在房子里。”

沙丁鱼之后是鳐鱼。鳐鱼的体形非常庞大，以至于它盖住了整个烤架。烤架上冒出的烟越来越浓。拉尔夫还在一个小铁桌上摆了一盘其他的海鲜，主要是各种各样的墨鱼：腕足长在前面，下身发白而又浑圆的墨鱼；蘑菇形的脑袋下面挂着一圈腕足的墨鱼；更多的是些腕足上还长着吸盘的章鱼，那腕足还在盘子边缘不停地晃动。

“我们总是在村庄里的小店买鱼，那儿是直接从渔民手里进货，”拉尔夫一边说，一边用一只手把面前的浓烟驱走，“从外面完全看不到里面卖些什么，大部分时候那扇百叶窗都是关着的，只有有鱼可卖的时候他们才会把它打开，别的什么地方都买不到这么新鲜的鱼。”

一不小心一根鱼刺插到了我门牙后面的上颚里，而且它扎在一个令人意想不到的角落。我一直在忙着剔除这根鱼刺，而且我又想尽可能不让动作太过明显，所以我没法分神和他们讲话，而只是偶尔随便咕哝两句。我离烤架最近，所以浓烟大多吹向了我。那烟味虽然没有沙丁鱼的臭味那样刺鼻，但我怎么也提不起胃口了。我又倒了一杯白葡萄酒，然后喝了一大口。我又试着用舌尖去清除那根鱼刺，但是只是徒劳地换来了几下刺痛。

“这部片子计划拍十三集，”史丹利对卡洛琳说，“每集五十分钟。这可能是有史以来投资最大的一部片子。”

我和卡洛琳坐在一起，史丹利和艾曼纽就在我们正对面。艾曼纽抽着一根长长的过滤嘴香烟，她把烟灰弹到了她面前放沙丁鱼残渣的那个盘子里。尽管那会儿天色已暗，但是她还是戴着她的那副 XXL 号的大太阳镜。这样人们就完全不知道她的目光在看哪里。

“你知道《黑道家族》那部片子吗？”史丹利问卡洛琳，“还有《火线》呢？”

“《黑道家族》的几乎每张 DVD 我们都有，”卡洛琳回答说，“我觉得这部片子拍得真的太棒了，演员演得也好极了。我们听许多人都对《火线》评价很高，但是我们还没有看过。《绝望的主妇》呢？你知道《绝望的主妇》吧？我们也有几张它的 DVD 碟片。”

“《火线》真的是最好的，你一定要看一下，你肯定会一下子就喜欢上它的。大部分的演员是黑人，所以它的收视率要比《黑道家族》差一点。但是《绝望的主妇》……恕我直言，我真的觉得剧情太过离谱，而且有点老套，但是可能它更适合女性的口味。艾曼纽就对它很着迷，是不是啊，艾曼纽？你很喜欢《绝望的主妇》，对吧？”

他肯定暗中碰了一下她的胳膊，然后把问题重复了一遍。这时艾曼纽才有了反应。

她漫不经心地说：“《绝望的主妇》……是很棒。”

“很好，这个评价真是简洁明了。”史丹利说。他看着卡洛琳笑了笑，继续说道，“不管怎么说，这部片子是出品过《黑道家族》和《火线》的 HBO 电视网公司制作的，是有史以来投资最大的一部片子。这我刚才是不是已经说过了？”

“是的，”卡洛琳回应说，“但是没关系。”

“这部片子讲述的是古罗马帝国的兴起，也可以说讲述了古罗马帝国的整个全盛时期，从尤里乌·恺撒一直到尼禄。唯一还没有形成统一意见的就是影片的名字，名字在《罗马》和《奥古斯都大帝》之间悬而未决，但是因为十三集当中有七集是有关奥古斯都皇帝统治期间的事情，所以我认为影片最终的名字应该是《奥古斯都大帝》。”

“那拉尔夫呢？”我问道。

“拉尔夫饰演里面的皇帝，”史丹利回答道，“奥古斯都皇帝。”

“是的，这我知道。我是说你是怎么认识拉尔夫的？就因为这个角色？”

“很多年前我还住在荷兰时，我同拉尔夫一起工作过。我不知道你们有没有看过那时的一部片子，名字叫作《窝囊废》。”

我回忆了一下，然后我还真的想起来了。我想我那时看过这部片子，不过不是在电影院里，而是很久之后在电视上。《窝囊废》是一群爱闹事的年轻人和他们的摩托车，对那个时候来说，里面有关性爱和暴力的镜头算是相当大的尺度了，有一个镜头甚至可以说是让人们永远记住了这部烂片。几个年轻人在道路之间拉了一根钢丝绳，一辆摩托车在钢丝绳上飞驰。然后是在沥青上滚动的脑袋，那颗脑袋落到了一个斜坡上。不对，是落到了一个水沟里，那颗脑袋刚好能露出水面。人们看到鸭饲料中间有一只流露出惊异目光的眼睛，那只眼睛还眨了一下。然后镜头切换了视角，人们看到了这只眼睛看到的东西。一只旁边蹲着的青蛙，它怀着和那只眼睛同样惊异的目光看着那颗脑袋。然后它开始呱呱地叫起来，画面逐渐模糊起来，最终彻底变黑。这个镜头的含义其实很明了：那颗脑袋在落入水沟时，它还活着。

“我父母那时候不允许我去电影院。”卡洛琳说。

“是吗？”史丹利用打趣的目光看着卡洛琳问道，“你那时候那么年轻？”

“拉尔夫在那部片子中演过角色？”我问道，“在《窝囊废》这部片子中？我怎么一点也想不起来。”

“我的脖子到现在还疼着呢！哈哈哈！”拉尔夫喊道，他显然听见了我们刚才的谈话。

“那就是他？”我问史丹利。我又转向拉尔夫说：“水沟里的那个就是你？这我还真是没想到。”

“马克，我很高兴你知道电影史上的这个高潮。”拉尔夫说道，“嘿，史丹利，你不觉得吗？有人还能记得这个镜头，这真的让人太高兴了。”

“噢，呸，见鬼啦！现在我也想起来了！”卡洛琳叫道，“水沟里那颗被割下来的脑袋！我后来看过那部电影，但是我不是在影院看的。我父母做得真的是太对了。”

拉尔夫哈哈大笑起来，史丹利也跟着一起笑起来，艾曼纽也把头抬了起来。她脸上露出了一丝迷人的笑容，但是她没有问究竟发生了什么事情。我不禁想到了史丹利后来在好莱坞拍的片子，我并不是所有的片子都看了。但是我看过的那些片子里总是一如既往地大尺度：撕裂的肢体、滴血的长袜，还有跳动的性器官。影片的内容大家很快就忘记了，但是精细的画面成了他的标志。

“尤蒂特到哪儿去了？”拉尔夫问道，“我都快渴死了。”

是啊，尤蒂特去哪儿了？她刚才说要去房间里拿点葡萄酒，但是半天都没看到她的身影。尤蒂特的母亲坐在桌子的另一头，她掩手打了个哈欠。“是啊，是啊。”她也随声附和道。

我把身子向后靠在椅背上，看了一眼通向二层的石梯，然后又看了一眼房子边上带顶棚的回廊，回廊里利萨和托马斯正在淡黄色的霓虹灯下玩着乒乓球。他们俩还没吃完一份沙丁鱼，就在我们的许可下离开了桌旁。尤利娅和阿历克斯也是如此，不知道他们俩正在哪里厮混。我又朝着游泳池望去，这会儿水下的灯光已经打开。水面上一丝风也没有，那个绿色的充气鳄鱼一动不动地漂在池边。我之前一直忙着同鱼刺做斗争，所以没有敢正眼去看尤蒂特，她也没有试图和我进行眼神的交流。只有一次，因为卡洛琳的一个不是很有趣的点评，她把手搭到卡洛琳的胳膊上夸张地笑了几声。我暗自忖度，是不是忽略了什么：一个眼神、一个手势、一些我几分钟后应该跟着她一起进房间的暗示。我应该去看看尤蒂特这么长时间到底在哪儿吗？我在心里重复着这个想法，但是这绝对不是个好主意，所以我只是在心中念叨了一下而已。

就在这时，阿历克斯出现在石梯上面，然后是尤利娅，尤蒂特紧随其后。当他们走近时，我发现尤利娅的头发有点蓬乱，脸颊上也泛着红光。阿历克斯的头发还很短，所以判断不出来是不是被弄乱过。

“爸爸？”尤利娅开口道。她站到了我的背后，然后把手放到了我的肩膀上，开始按摩我的颈部。每当她想从我这儿得到什么的时候，总是会这么做：当她在城里看到一件贵点的毛衣，想要更多的零用钱来买它时；当她在橱窗里看到一只“可怜的”小仓鼠而一定要把它带回家时；当学校举行聚会，“所有人”一定要待到半夜十二点时。“什么事啊？”我边问边用右手抓住了她的左手轻轻地捏了一下。我看了一眼卡洛琳，尤利娅从来不会先问她的妈妈，她知道我更容易妥协。所以卡洛琳总说我是“软骨头”：“你就永远不敢说个‘不’字。”

“我们能待在这儿吗？”尤利娅问道。

“待在这儿？你指的是什么？”我试图去找寻尤蒂特的目光，她刚把两瓶红酒放到了桌上，然后把开瓶器递给了史丹利。我的身体突然开始发烫，我的心脏也开始敲起鼓来。“你想在这儿过夜？我觉得这儿没地方……”

“不，我是指我们所有人，”尤利娅边说边在我的脖子上又加大了力道，“我们都待在这儿，远离那讨厌的露营地。”

尤蒂特向边上走了几步，站到了我妻子的身后，然后看着我。

“我们那时候就邀请过你们，”她开口道，“现在史丹利和艾曼纽突然从美国一起过来了，本来房子里是真的没有地方了，但是我想你们有个帐篷，你们可以把它搭在花园里。”

我看了她一眼，因为烛光照不到她脸上，所以看不到她的眼睛。

“求你了！”尤利娅在我耳边低语道，“求求你了！”

“我不知道，”我回答说，“在哪儿呢？我觉得这太麻烦了，你们这还有客人，这样一来人就太多了。”

“胡扯！”这时传来了拉尔夫的声音，“人总是越多越热闹！地方有的是。”他大声笑道。

“可以在房子边上，”尤蒂特说，“就在乒乓球台旁边，那里有足够的地方放下一顶帐篷，洗漱之类的可以在我们屋里。”

突然，砰的一声巨响让我们都朝史丹利望去，他刚开了一瓶葡萄酒。“对不起。不，我的意思是我们来得这么突然真是太抱歉了。我们之前完全不知道你们要来。”

“我倒不觉得这是个好主意，”卡洛琳说道，“那后面的土太硬了，帐篷完全搭不起来。我们过会儿还是回露营地那边。”她看了我一眼，然后又转向了尤蒂特，“你们可以经常来看我们，我们也可以约在海边。露营地那边地方也比较宽敞，这样我们都不会打扰到对方。”

“我觉得露营地那边太差劲了。”尤利娅抱怨道。

“嗯，那地面没有问题，”尤蒂特说，“你们就放心吧，车库里还有砖头，可以用它们来代替帐篷桩，你们绝对不会被吹走的。”

“爸爸，我们可以留下来了吧？”尤利娅提高了嗓门喊道。她捏我肩膀的手越来越用力，以至于我感觉有点微微作痛。“是吧？爸爸，求你了！”

18

将近午夜时分我们才返回露营地，卡洛琳在车上时一句话也没有说。尤利娅和利萨睡着后，她说她还想再抽支烟。

本来我非常困，因为之前喝了太多白葡萄酒，所以特别希望能马上钻进我的睡袋。但是卡洛琳两年前就戒烟了。晚上那会儿我问她觉得尤蒂特的建议怎么样时，她压根儿没有理我。她从艾曼纽的小包里抽出一根香烟，默默地点着了，在吃完鳐鱼和墨鱼之后她还抽了几根。我没有数，但是我估计肯定超过五根。临走时艾曼纽把快抽完的那包香烟送给了她。

总而言之，我最好还是再陪我的妻子一会儿。

我还没在折叠椅上坐好，她就劈头盖脸地问我："你觉得我还能说什么？"她本想放低声音，但却没控制好情绪，简直就是把这句话"喷"了出来，我甚至觉得有几滴唾沫落到了我的身上。

"你那时候不动声色，难道是愿意把帐篷搭到他们的花园？然后你还来问我？当着孩子们的面？那我应该说什么？最后只能是我成了扫兴的人，然后我又成了讨人嫌的妈妈。你就是什么都好的、亲爱的爸爸。该死的！马克，我当时真是恨不得钻到地缝里去！"

我看到黑暗中她的烟头猛然亮了一下。我们刚认识那会儿，我们俩都抽烟，会躺在床上把对方的烟点上。我戒烟比她早几年，在孩子出生之后我们顶多偶尔会在花园抽两口。

“我已经和你说过，度假期间我不想同别人打交道，特别不想在第一周里。你那时也同意了，还说如果我愿意，我们明天就继续行程。我们不过同他们待了一个晚上，而且一晚上我们不过闲扯了下什么大制作的电视剧。就这样你的态度就来了个一百八十度大转弯！”

“那不是因为尤利娅吗？”我回应说，“我知道我是耳根子软，总不懂得去拒绝。但她们在游泳池里，还有打乒乓球时确实都玩得挺开心，两个男孩子都挺不错，这一点我们不是也得考虑吗？我也觉得同我们的孩子单独待在一起的话会安逸得多，但我们也可以换个角度考虑一下——同父母待在一起，我们的孩子到底有多放松？”

“马克，问题就不在这儿！你不要总这样，就好像只有你考虑我们女儿的需要一样。我也看出来她们和那两个男孩子玩得很开心，但正因为如此，我们更不能现在就完全放弃我们的私人生活。对我来说，问题的关键在于我们该怎么做。就像你那会儿那样问我，你让我怎么拒绝？”

我嗅到了一丝机会，仿佛看到了隧道尽头的一线光亮。窗帘被拉开了一点，清晨的曙光破窗而入。如果这是我们平时的一次争吵，那么我就会固执地反复强调：同两个十几岁的女儿一起度假还谈什么私人生活，这完全就是个笑话，她作为一个母亲不需要总是扮什么黑脸。但是这不是一次平时的争吵。

“对不起，”我说道，“我当时完全没想那么多，我不应该那么问的，或者我应该换个时间再问你。原谅我吧！”

我们俩都沉默了下来。我好像听见她抽泣了几声，但是她没有说话，只是不停地吸着嘴里的香烟。我向前俯身，温柔地握住了她的手腕。

“你还有几根香烟？”

“哦，马克，你这是什么意思？”

“不，我说真的，还有吗？今天晚上我也想抽一根，在这里，和你一起。”

“你知道吗，有时候我真的很担心你，担心你和你病人之间的关系。”我伸手去摸香烟盒子，最后在她的椅子下面找到了它，“你说起他们总是不屑一顾，我知道，你瞧不起他们，你从心底鄙视这些伪艺术家，你认为他们都是在胡说八道，你觉得自己其实很有成就，事实也确实如此。你像我一样难以忍受那些首映式、开幕式和新书推介会，那些人总是废话连篇，就因为从事艺术工作，他们就觉得高人一等，就看不起那些为了生计而辛苦打拼的人，甚至是你这种救死扶伤的人。”

“卡洛琳……”

“等会儿，我还没说完，这就是让我最难受的地方，他们那样对你。我有时候会想，你是不是也察觉到了这一点。不管怎么样，我是感觉到了。他们看不起你，马克。对他们来说你就是个可怜的小医生，你在他们眼里什么都不是，就因为你不画什么没人愿意要的烂画。因为你不是他们中的一员，你不会像他们那样到处去求别人施舍点钱来搞什么无聊的戏剧首映式，或者拍那些没人感兴趣的三流影片。这些我都清楚。我也知道他们是怎么看我的，我当然在他们眼里比你更可悲。医生的妻子，彻底的可怜虫。他们会想，她能懂点什么？他们巴不得我早点消失，然后寻找下一个有趣的谈话对象。”

“卡洛琳，你不能自己这样……”

“我还没说完，你让我把话说完，以后我再也不会提这件事了，永远不会，我向你保证！”

我拿起了她的香烟，用它点燃了我手里的烟。

“我听着呢。”我开口道。

“马克——我真的是受不了了。只要我一想到你鄙视这一切，我就更加无法忍受，不是这么回事吗？你难道不是心里很瞧不起他们吗？”

我不禁陷入了沉思。我确实受够了那些让人厌倦的东西。设想一下，如果我能给他们所有人都来一针的话，那会怎么样，真的就是那么巨大的损失？就像我的一个病人曾经说的，“一定要拍的那部片子”，即使不拍又会怎么样？那幅画不画、那本书不写又会怎么样？那真的就是一场损失？真有人会这么觉得吗？

有时候我会在两个病人之间给自己留半分钟时间，然后想象一下自己会怎么做。我会把他们一个个叫进来，是左手还是右手呢？请你们把袖子卷起来，就只是打一针，很快就过去了。一星期之后事情就解决了，影片计划都被搁置，首映式会被取消，那些书也都没有写，这样真的会有什么损失吗？或者说不准大家都轻松些呢？

“你笑什么呢？”卡洛琳问道。

“哦，我刚才在想，如果他们都消失了的话，情况会怎么样，”我回答说，“我是说我的病人，如果一切可以从头开始的话，我就在门口挂块牌子，上面写上——从今天开始我们只接待朝九晚五工作的正常人。”

我深深地吸了一口我手中的烟，那感觉好极了，就像我第一次在学校吸烟时一样。就像那时一样，我被呛得咳嗽起来。

“小心，马克，”卡洛琳说，“你已经好久没抽了。”

“你说我瞧不起他们是什么意思？你为什么会这么认为呢？”

“我也说不清楚。但是我明白自从你认识了拉尔夫之后，事情就有点和往常不一样了，感觉就好像……好像你很欣赏他。之前你从来没有赞赏过哪个病人，你以前总是觉得一切——所有的首映式都很难以忍受。你曾经说过，这完全就是浪费时间。”

我又吸了一口香烟，这次我小心了些。

“好吧，说是欣赏可能有点太夸张了，但是你不觉得拉尔夫和那些没用的家伙不太一样吗？他确实还是有一手的，你不也觉得他演的《理查二世》挺好的吗？”

“是的，他确实演得挺好。尽管如此，他还是让人觉得恶心，一个人所拥有的才能和他私下里的行为是两回事。我指的不是这件事。你好像不仅欣赏他的才能，你甚至觉得他很有趣。在花园聚会上我就发现了这一点，现在我更加坚信我的想法。你为了在他们家附近找一处露营地可以说是费尽了心思，而且你当时其实已经打定主意要在他们那里住下并且有意无意地接近他们。我觉得这很滑稽，这不像你的风格，马克。你以前不是这样的，这不是我认识的马克，这也不是那个我一直欣赏的马克，那个永远不会同他的病人一起度假的马克。即使那个病人是个名演员，他也不会这么做。正因为是个名演员，他才更不会这么做。”

我听见我们帐篷的拉链被拉开的声音，利萨穿着睡衣站在那里揉着眼睛。

“你们在吵架吗？”

我伸出手把她拉到了身旁：“没有，宝贝儿。我们没有吵架，你怎么会觉得我们在吵架呢？”

“你们一直在说话，我睡不着。”

我把利萨抱到了怀里，她把手放到了我的头上，开始搔弄我的头发。

“爸爸！”

“什么事啊，宝贝儿？”

“你抽烟了！”

我的第一反应是马上把烟丢到草丛里，感觉好像是被抓现行了，而且这种感觉越来越强烈。

“你不是从不抽烟的吗？”

“是的。”我回答说。

“那为什么今天要抽啊？”

卡洛琳手中的香烟跌落到了地上，闪亮的烟头慢慢熄灭了。

“嗯，就这一次，我只是在特别的时候……”

“但是你不能吸烟！吸烟很不好。吸烟会让人早死的。我不喜欢你抽烟，爸爸。我不想你早死。”

“我不会死的，小宝贝儿，你看！”

我把手中的香烟丢到了草丛里。

“你们不要抽烟，”利萨说道，“妈妈也不要抽烟，你为什么要抽烟呢？”

我深深地吸了一口气，感觉眼角有点湿润。

“爸爸也没有真的在抽烟，”卡洛琳开口说，“他只是想试一下，抽烟有多恶心。”

我们都沉默了下来，我把我的女儿紧紧地抱在了怀里，轻轻地抚摸着她的后背。

“我们明天还去游泳池玩吗？”利萨问道。

我心里在默默计数：一、二、三……我听见卡洛琳深深地叹了一口气。

“是的，小宝贝儿，”她说，“明天我们还去游泳池玩。”

19

我们就这样待在了迈耶尔家的度假屋里，准确地说，应该是待在那栋屋子附近。那里的土也不是那么硬，帐篷桩应该还是可以钉进去的。我摊开图纸，打开帐篷的支柱，满脸茫然地看着卡洛琳。

“不，亲爱的，”她开口道，“你一个人能行！”然后她就去了游泳池那里。

我们带了一张自己吹起来的薄气垫床，如果那里的土没有我预想的那么软的话，那么我们就会感觉到地上的每一处不平坦、每一颗小石子，这一点我之前确实忽视了。此外我们几乎就在乒乓球台子的旁边，不论入睡还是醒来时我都会听到乒乓球跳动的声音。阿历克斯和托马斯会一直玩到深夜，不打乒乓球的时候，他们就会在跳板上跳到下半夜。

卡洛琳一直一声不吭，她没有说：“你满意了吗？这就是你想要的吗？”她只是盯着我，撇着嘴角露出一丝微笑。

我们常和迈耶尔一家一起到附近的市场上去，拉尔夫会在市场上大声地和卖鱼的、卖肉的，还有卖水果的讨价还价。他说：“这儿所有的人都认识我，他们知道，我不是一个走马观花的游客，我清楚一公斤虾值多少钱。”我们去饭馆时，他每次都会把菜单推到一边。“你不要点菜单上的东西，你一定要问服务员，今天有什么。”然后他就这么做了。他拍着那个服务员的肩膀，就像好朋友一样捏捏他的肚子。他说：“这样的东西你们在别的地方肯定吃不到。”一盘盘海鲜端到了我们面前。永远是海鲜，各式各样的海鲜，以前我从没有见过的海鲜，有些海鲜我常常不知道该从哪里下口。我是个肉食动物，但拉尔夫从来不给我看菜单的机会。有两次我背着他成功让服务员端上了和邻桌上相同的东西——一道浇上了深色酱汁的肉菜，肉里的骨头正在向我招手。“你都点了些什么啊？”拉尔夫摇着头喊道，“在这儿一定要吃鱼。明天我去搞点肉回来烤。我知道一个农庄，那里可以买到新鲜的羊肉和猪肉，这里的肉都是从超市里买的。我们是在一家海鲜店啊，嗯，祝你们好胃口。”

没有在游泳池旁的那些日子，我们会到海滩那里去，或者更确切地说是去小海滩那里。我们第一次相遇的那个海滩太过普通，还不够好。拉尔夫只是说：“所有的人都会去那里。”但没有再细说他为什么反对到那里去。拉尔夫带我们去的那片海滩，去一次可真是很不容易。从我们停车的那个地方开始我们通常至少要连滚带爬地走上一小时。那些几乎无法落脚的岩石路边布满了灌木和荆棘丛，裸露的腿部一不小心就会被划出一道血口。身上带着红黄条纹的虫子在滚滚热浪中嗡嗡作响，冷不丁它们就会在你的小腿肚上或者脖子上叮一口。下面深处是蔚蓝的大海，“那儿不会有人去的！”拉尔夫高喊道，“你们会觉得那里像仙境一样！”我们每次出来身上都是大包小包的，拉尔夫和尤蒂特真的是把所有的东西都带上了。躺椅，太阳伞，一个装满啤酒与白葡萄酒的冷却箱和一个野餐篮，里面塞满了法棍面包、西红柿、橄榄油、香肠、奶酪、金枪鱼罐头、沙丁鱼和总是少不了的墨鱼。当我们到达那片小海滩时，拉尔夫会立刻脱光衣服，跳进岩石中间的水里。“真是太舒服了！”他在水里呼哧呼哧地喘着气说，“阿历克斯，把潜水镜丢过来！我觉得这里有螃蟹。肯定还有海胆！噢！该死的！尤蒂特，你看一下我的拖鞋在哪里，应该是在那个蓝色的袋子里。马克，你还在等什么？”是啊，我在等什么？我之前说过我是怎么看待裸露的身体的。我每天都同它们打交道，但诊室里的一具裸露的身体跟野外的一具裸露的身体还是有些不同的。当拉尔夫从水里出来，把脚伸进尤蒂特给他递过来的拖鞋时，我远远地打量着他。他就像一条落水狗一样摇晃着身体，边走边大声地用手指擤着鼻子，紧接着他把手在腿上擦了擦。很久以前第一批动物开始登上陆地，它们中的大部分上岸后继续往内陆迁移，近两百年来人类才又开始返回海边。我打量着拉尔夫那被毛发覆盖着的生殖器，这会儿它还湿漉漉地在滴水，很难判断是因为海水的关系还是他刚才在水里撒了一泡。“天哪，马克。快到水里去，这里的水都能看到底。”他把双手撑在腰间，惬意地审视着这片只有他知道的“他的小海滩”。在那一瞬间，阳光都在他巨大的身躯面前失去了颜色。然后他转过身，迈着坚定的步伐回到了水里。那双拖鞋吧嗒吧嗒地拍打着他的脚后跟。我不是很古板，这也不是古板。不，我应该换个说法：我是古板。如果古板意味着人们不会在合适或者特别是不合适的时候，把他的生殖器和其他所有这种晃动着的东西在众目睽睽之下暴露出来，那么我会为我的古板而感到很自豪。简单地说，我认为人们不应该随意地暴露自己的身体。对于裸体海滩、裸体露营或者其他裸体主义者聚会的地方，我总是像躲避瘟疫一样，远远地绕道而行。不客气地说，在海滩上玩裸体排球的那些人确实不会让人产生任何欲望，只要看见过的人都清楚这一点。万人坑里的死人也常常是光着身子压在一起，这真的可以说是人类基本尊严的丧失。裸体主义者可不关心这些，他们打着同自然融为一体的幌子，把他们晃动着的阴茎、耷拉着的乳房、下垂的阴唇和潮湿的股沟暴露在大庭广众之下。那些觉得这种行为有伤风雅的人，就会被他们视为庸俗主义者。

我环顾了一下其他人。那两个男孩穿上了快到膝盖的彩色泳裤；卡洛琳在砾石上铺了一条浴巾，然后穿着比基尼躺在了上面；我的两个女儿这时也穿上了她们的比基尼，利萨胸部还没有发育，其实可以不穿上衣，但是她显然不想输给她的姐姐。

还剩下尤蒂特。她蹲在那个蓝色的袋子旁边，只穿着比基尼短裤，拿出了一小瓶防晒油开始往身上涂抹。担心她看到我盯着她乳房的样子，所以我看了两眼就又朝海边望去。拉尔夫已经不见了踪影。这处海滩在一片岩石湾里，在它的一边形成了一个半岛，奔腾的浪花不停地拍打着岸边。我在想，如果拉尔夫在第一天就淹死了，那对我们的假期来说还真是一个不寻常的开始。或者可能没有马上淹死，但至少咳嗽着、呼哧呼哧地大口喘着气被拖到岩石滩上。是的，海滩上的客人之中不是有位医生吗？这时候就该我出马了，我给他做人工呼吸，把他的身子给翻过来，然后按摩他的腹部，让他把海水吐出来。我可以想象那复活之吻的味道，那肯定是一股墨鱼的腥臭味。我们是在一家海鲜店！我一定会忍不住发笑的。

“马克！马克！”

他在那儿，站在半岛的最高处。他把带着进气管的游泳镜推到了额头上，站在那里向我挥手。

我做了一个决定。这一刻我心里明白，这个决定将会对我们假期后面的日子产生深远的影响。我把T恤、裤子和内裤都脱了下来，背朝着沙滩站在了紧靠海浪的岩石上。这样所有人都会对我的裸体一览无余，虽然只是从后面，从最不失体统的一侧，但这正是我想要的效果。我拿出了之前卷在浴巾里的泳裤，然后穿上了它。那条泳裤的裤腿快到膝盖了，上面点缀着鲜花的图案，但那些花不是彩色的，而都是黑白的。我在海边的第一天穿上了泳裤，这意味着我总是会穿着它——在游泳池里也会穿着它。

“到这儿来，马克。你快来这儿看看！”

当我到了拉尔夫身边后，他把手中的潜水镜递给了我：“就在我身下，它贴在岩石上，一只很大的墨鱼，非常大。这绝对够我们晚上美餐一顿的！”他边说边用手比画那只墨鱼的大小。

史丹利和艾曼纽从来不和我们一起到这片偏僻的岩石滩来，他们大部分时候都待在度假屋里。史丹利会在阳台上忙着看《奥古斯都大帝》的剧本，而艾曼纽会在游泳池里慢慢地游来游去。有时候他们会到附近的村庄或是城市里转转，去参观一下博物馆、教堂或者修道院。史丹利有一个带着大显示屏的数码相机，晚上他就会给我们展示他白天拍的照片，里面有教堂的塔楼、柱廊和修道院的花园。我假装对这些照片很感兴趣，这其实让我感到很痛苦。许多照片拍的是艾曼纽，长着一双美腿的艾曼纽或是站在一座骑士像旁边的矮墙上；或是在一个小池塘前面搔首弄姿，池塘中间的一个鲤鱼喷泉雕塑喷出一道水柱；或是坐在露台的一张铺着白色桌布的餐桌旁，桌子上的红酒冷凝器里露出一瓶瓶颈上装饰着白色餐布的葡萄酒；或是正在吮吸着龙虾或螃蟹的艾曼纽。艾曼纽的照片占了绝对的大多数。史丹利展示她其中一张照片的时间比其他的都要久一点，那张照片上艾曼纽露出了迷人的微笑。“这张是不是棒极了？”他说得确实很有道理。这张照片上的艾曼纽和平时不太一样，她完全放开了自己，脸上司空见惯的那种慵懒和冷漠的神色也一扫而空。史丹利看着这张照片时脸上露出一副陶醉的表情，就好像这张照片是他从男孩子藏到床底下的那种杂志里裁剪出来的一样。

有时候我们也会从早到晚泡在泳池里。将近中午的时候拉尔夫开始动手准备烧烤，尤蒂特把第一批啤酒和红酒从冰箱里取了出来，然后我们就在露台上“小吃”一顿。下午剩下的时间我们都会卧在躺椅里，大人一般很快就打起了盹。两个男孩子在房子二层和跳板之间拉了一根绳子，他们会一直沿着绳子滑到泳池的上方，然后轰的一声跳到水里。我们不允许我们的女儿爬到那上面去，所以她们俩就在下面为那两个男孩子欢呼鼓掌。在烧烤时，拉尔夫还穿着他的短裤，但是大家会发现，一吃完饭他就迫不及待地把它又脱了下来。当他大叫着冲进泳池时，池水总是会四处横溢，我总是怀着特别的兴趣看着他头朝下的这第一跳。某种程度上说，我是从医学的角度在观察。二十年前有专家强烈告诫人们不要吃饱了肚子就立刻下水，这种观点现在已经过时了。人们在饭后就应该不要等太久，消化功能在一小时以后才真正启动，那时候才真的有危险。血液会涌到肠胃里，大脑就不再那么活跃，思考过程会放慢，直至彻底停止。其他的身体器官也会供血、供氧不足。腿脚会因为缺氧而虚乏无力，胳膊也会开始发痒并渐渐失去知觉。如果人们在消化过程已经启动了的时候还待在海里，那么危险也就会随之而来。他这时候就只能听从海浪的摆布，而很可能被波涛汹涌的海水卷到大海深处。但是在刚吃完饭那会儿就不需要太过担心，胃里肯定是满的。这样也不是完全没有危险，菜肴里原本化开了的奶酪会很快凝结成硬块，幽门自动关闭，通向肠道的出口就被阻塞了。酱汁就像油轮里的油一样开始滚动起来，油轮陷入了一场可怕的风暴，最后撞碎在礁石上。然后酱汁会泼洒在胃壁上并通过食道上涌，游泳者就可能会因自己的呕吐物窒息而死。他再一次从水里挥舞着手臂，呼喊着寻求帮助，但是海滩上没有任何人看到他，没有人听得到他的呼救声，他最终会被海浪吞噬，几天甚至是几周后才在几千公里远的地方被冲上了海滩。

每次当拉尔夫跳进水里时，我都期望他不会再浮出水面，或者他神志不清的脑袋砰的一声撞到池底，这样他后半辈子脖子以下的部分就会彻底瘫痪。但是每次他都呼哧呼哧地大口喘着气从那一小节阶梯爬到了泳池边。他把浴巾在躺椅上展开，然后躺在上面让太阳把自己晒干。他从来不盖任何东西。他躺在那里，两腿叉开，因为身高的原因他的脚总是耷拉在椅子的边缘：一切都在阳光下一览无余。“如果这不是在度假。”

他边说边打了个嗝，然后合上了眼睛。一分钟之后他就张着嘴开始打起呼噜来。我看着他的肚子、他的两腿，还有他那靠在大腿一侧的生殖器。尤利娅和利萨，她们俩竟似乎对他这种行为没有表现出丝毫的反感。她们在游泳池里扭打疯闹着，她们同阿历克斯和托马斯玩着抓人游戏，或者潜到池底去寻找卡洛琳丢到水里的硬币。我不禁扪心自问，自己是不是可能太庸俗了？或者看着拉尔夫·迈耶尔赤裸的生殖器离我的女儿近在咫尺，我就觉得很不舒服，这是不是有点小题大做了？我没有找到明确的答案。但只要我没有找到明确的答案，我就会一直觉得很不舒服。我想起了一天下午，那天下午从租赁办公室来了一个维修工。屋里水压太低，晚上浴室的莲蓬头不出水了。拉尔夫没有穿裤子，也没有在屁股上围上一条浴巾，他就走向了那个男人，并同他握了握手。我观察着那个男人看还是没有看。他至少比拉尔夫矮两头，他的脑袋离拉尔夫两腿间晃动的生殖器不到三十厘米，只需要把目光下移几毫米他就能看到全部。拉尔夫趿拉着拖鞋同那个男人上了楼梯，他们进了房子里，还不到十五分钟他们又走了出来，拉尔夫还是没有穿裤子或者至少围条浴巾。“是屋顶水箱的问题，”他说道，“水箱堵住了，此外最近也一直几乎没有下雨。”

第二天浴室的莲蓬头完全不出水了，游泳池的水龙头和莲蓬头也彻底罢工了。

拉尔夫怒气冲冲地抓起了手机：“我们已经付了一大笔钱了，这笔钱应该保证我们这儿的一切都能运作，不管有没有雨。”但是租赁办公室还是没有派人来。拉尔夫又趿拉上他的拖鞋，不同的是这次他穿上了裤子。“我到下面去看看，”他说，“我得和他们把事情说清楚了。”

这时卡洛琳提出要和我一起去办公室看看，拉尔夫表示反对，但卡洛琳说：“这样我们俩就可以马上去买东西了，今天晚上我们做饭。”她看着我，尽管她面露微笑，但是她的目光告诉我，她是认真的。我嘟囔了几句，然后走向帐篷去取车钥匙。

20

在下山的路上卡洛琳没有怎么说话。当到达路口时，我本想向左拐开进租赁办公室所在的那个小城，这时她把手搭在了我的胳膊上说："不，我们先去吃点早餐，然后到海边去。"

片刻之后我们就坐在了第一天遇见迈耶尔一家的那家饭馆的露台上，卡洛琳把她的羊角包浸泡在一大杯满是泡沫的牛奶咖啡里。

"终于有机会两个人单独待在一起了，"她叹了一口气说道，"这还真是不容易啊。"

这一点我完全同意。我们似乎是自己把自己卷入了这个住着一批人的度假屋的独特力场里，那感觉就如同身陷在海底潜伏着的暗流里。有几次我也尝试过要独自一人去村庄里的面包房，但每次都有人想要同行。大多数时候那个人都会是拉尔夫。"马克，你要去村里？太好了，今天是集市，我们可以马上买到新鲜的鱼和水果了。"然后我要拿着钥匙在车里至少等上半小时，当他终于出现在露台上面时，他又开口说，"男孩子们也要一起去，他们可能要磨蹭一下，再等一会儿，阿历克斯还在洗澡。"

"是啊，正是时候，"我对卡洛琳说，"你的主意真不错。"

我看着一位同儿子一起放风筝的父亲。那是一只有两条线的风筝，通过转动线轴可以让风筝一次次地俯冲起伏。每次当那位父亲把线交到儿子手中时，那个风筝就会重重地跌落在沙地上。海面上这会儿还看不到一艘帆船。只有一艘不太显眼的游轮沿着地平线从右向左驶去。

“我们还得忍受多久？”卡洛琳问道。

“忍受什么？”

“马克，你清楚我在说什么。对尤利娅和利萨来说是不错，但是我们呢？在我们不太失礼地溜走前，我们还要忍受多久？”

“这个嘛，事情有那么糟吗？”当我看到了她脸上的表情时，我没有再继续狡辩，“对不起，你说得对，确实挺糟糕的。我的意思是，我也快发疯了，总是没法一个人静一会儿。拉尔夫……”我好奇地看着她问道，“你还那么讨厌……我的意思是，他对你还是那副德行吗？”

“幸亏有我们迷人的模特小姐，他没有再对我那样了，没有了。”

我听出了她话里的弦外之音。女人总是认为，男人觉得她们很神秘。但其实她们很容易被看穿。

“啊哈，拉尔夫把目标转移到年轻小姑娘身上去啦，”我笑着说道，“你是不是多少有点气恼啊？作为一个中年女性，擦窗工和名演员们不再对着你吹口哨了，这是不是让你有点气愤啊？”

卡洛琳把一勺牛奶泡沫泼到了我的脸上：“马克！你不要那么幼稚好吗。我很高兴终于能得到安宁，真的，你有没有注意他是怎么看艾曼纽的？”

我耸了耸肩。“昨天你没发现？”卡洛琳继续道，“昨天在那个修理工来之前？史丹利在桌子旁边工作，艾曼纽躺在她的躺椅里。拉尔夫拿着红酒瓶子走来走去，并且在拿她的酒杯时，腰弯得那么低，以至于差点碰到她。当他斟酒时，他的目光放肆地在她整个身上扫来扫去，从头到脚，来来回回，唯独没有看她的脸。他边看边用舌尖舔着嘴唇，那表情就好像是一条美味的鲜鱼咬上了他鱼钩一样。然后……然后，不说了，太恶心了！”

她摇了摇头。

“然后什么啊？”我一脸正经地问道，“到底什么事啊？”

“他放下了杯子，慢慢地摸着自己的肚子，然后继续往下，一直摸到他的阴茎那里。他揉搓着它，就那样揉搓着。如果有人看见了，他可能会假装挠那里的痒，他那里可能也确实痒着呢，然后他就跳进了游泳池。他入水的时候简直能听到嗞的一声！”

我开怀大笑起来，卡洛琳也忍不住笑了起来，但是她脸上的神情又马上严肃起来。

“是的，这一切都太可笑了，”她说道，“但是我倒无所谓了，我只是觉得恶心而已。”

“嗯，艾曼纽也不太在意。我觉得对她来说什么都无所谓，她就那样牵着史丹利那个老色鬼……她就是一个漂亮的年轻小姑娘而已。”

卡洛琳闭上了眼睛说：“马克，你认为她很漂亮？你也像拉尔夫那样偷窥过她？”

“她确实很漂亮，每个男人都会这么认为吧。好吧，我有时候也偷偷打量过她。如果我没有这么做的话，那我真怀疑自己不太正常了。”

“好，好。这可是你自己说的，一个漂亮的、年轻的姑娘。艾曼纽就像个孩子，她和史丹利之间的那点事和我没关系，那是他们俩的事。但是她不是那里唯一的小姑娘。”

我盯着她，尽管拉尔夫那样光着身子在我的女儿身边晃来晃去让我感觉很不舒服，但是我从来没有往这方面想。

“我留意过，”卡洛琳说，“我承认，我没有抓到他的什么把柄。尽管如此……他不是个傻子。也许只是因为有我们在，他才有所收敛。我不知道，同她们单独待在一起的时候，他会做出什么事来。”

我没有搭腔，海面上反射来的光照得我眼花缭乱，黑色的光斑在我的视野里从左到右地跳来跳去。

“她们还只是孩子，”卡洛琳继续说道，“我们无论如何都不能再这样自欺欺人了。你看看尤利娅，她和艾曼纽的年纪能差多少？两岁？四岁？再往南几百公里的地方，尤利娅这个岁数都该结婚了。”

我突然想起了发生在几天前的一件事情。拉尔夫和阿历克斯、托马斯、尤利娅，还有利萨一起玩乒乓球。他们围着乒乓球台子跑来跑去，轮换着把球打到另一边去，失误了的人就出局。拉尔夫玩的时候好歹还穿上了短裤。在一群小孩子中，特别是一群瘦小的小孩子当中，他那庞大的身躯看起来十分奇怪，其实可以说是看起来很滑稽。他赤着脚，地上有一处积水，突然他脚下一滑，整个身子重重地摔在了岩石板上。那会儿我刚从躺椅上起身，手里还握着一瓶啤酒准备凑到他们身边去。地板不由得震了一下，就好像有辆载重卡车刚刚经过。“他妈的！”他怒吼道，“他妈的！妈的！”他坐在积水里，擦着摔破的膝盖。“妈的，妈的，妈的！”

孩子们当然马上停了下来。他们站在他的周围，有点崇敬地看着地上的庞然大物，同时他们就像人们看到了一头被冲上了海滩的鲸鱼一样有点吃惊。阿历克斯第一个笑了起来，然后托马斯也高声欢呼起来，这对尤利娅和利萨来说是一个信号。她们俩看了看拉尔夫，紧接着也开怀大笑起来。她们笑了很久，她们笑着尖叫起来，也只有她们这个年纪的女孩子才能这样。她们笑起来就好像停不下来。那是轻蔑的笑容，对我们小男生的轻蔑。她们俩在我们背后或者直接当着我们的面捂着嘴哧哧地笑出声来。她们不仅在嘲笑拉尔夫，而且在嘲笑所有男人。通常男人都比女人更高大、更强壮，但男人有时候也会摔倒，因为有一个比他更强大的力量，那就是重力。

“哎呀，吓死我了！”利萨尖叫道，笑出来的眼泪顺着她的面颊滑了下来。

我打量着地上那具庞大而臃肿的身体和他膝盖上的擦伤，不知道该怎么形容，那伤口真的是很小儿科。就像一个小孩子从他的三轮自行车上摔了下来，然后捂着伤口哭着跑去找妈妈。一方面他为流血而感到骄傲，但是另一方面当妈妈为他的伤口上抹碘酒时，他又感到疼痛，这正是尤利娅和利萨发笑的原因。就像母亲嘲笑她们总是笨笨拙拙的儿子。拉尔夫的脸因为疼痛而扭曲变形，他一边检查着膝盖，一边不停地摇头。这种情况下谁也没有别的什么办法，他也只好无可奈何地跟着他的儿子，跟着我的女儿一起笑起来。他只好自我解嘲，至少他看起来像是在自嘲，像是还有能力自嘲。事实上，他的笑不过是为了给自己保留一份颜面。

一个大男人摔个四仰八叉，这还是一件挺滑稽的事情，但是如果摔倒了还能自我解嘲的话，那面子上就还能好过点。

“他妈的，”拉尔夫一边笑骂着，一边从地上挣扎着想爬起来，“你们都是一伙的吧！这样嘲笑一个老人家，这可真是……”

这时突然发生了一件事情，那就是一个小的细节，本来确实也没什么，大家都没有太注意，但这个细节对后来发生的事情来说却至关重要。

拉尔夫·迈耶尔慢慢站了起来，他脸上始终还带着笑容。站直了身体之后，他似笑非笑地用手指指着我的女儿，指着尤利娅吓唬道：“尤其是你，你小心点！”

尤利娅发出一声轻微的尖叫声。“不要！”她喊道，“不要！”她边喊边用双手抓住了她红色的小短裤，她的比基尼小短裤。

我心里很清楚，这只有一种解释，拉尔夫·迈耶尔在用他曾经采取过的手段吓唬我的女儿。当然，那仅仅是为了逗乐，但是尽管如此……

正如我刚才所说的那样，这是一个很不显眼的小细节，人们看到了也很快会把它抛诸脑后，更确切地说是：人们即使看到了，内心也不愿意多想。人们不希望把所有的事情都往坏的方面去猜想。人们有一位多年的邻居——一位普通的邻居。当一位刑警来了解情况时，人们也会这么说：“很普通，很友好。不，我没觉得他有什么特别的。”最后警察在这位邻居家的冰箱里或者是花园里发现了人类的残骸，那些残骸极有可能是来自十四位失踪的女人。这时候人们才突然想起一些东西，一些无关紧要的细节。比如这位邻居把一些垃圾袋提溜到了车旁，然后装进行李箱里。不是在太阳下山后或者是别的什么“可疑的”时间。不，是在大白天。他也没有惊恐地四处张望。他做这一切的时候都很自然，可以说是在众目睽睽之下。他还会挥挥手和别人打招呼。或者他有时候还和别人闲聊几句，聊聊天气，聊聊大街的另一边新搬来的住户——一个普通的男人。“您就没有想起点什么？”那位警官问道，然后他就提到了那些垃圾袋。

尤利娅的反应只有一种解释，那就是拉尔夫·迈耶尔曾经试图要扯下她的小短裤。在一次游戏当中，在游泳池里……那会儿我并没有特别留意这一点，但是现在我不禁问自己，为什么当时没有把这件事放在心上?

“你想起了什么吧？”卡洛琳开口道。

我看着我妻子的眼睛。

“是的，想起了你刚刚说起的事情，有关艾曼纽和拉尔夫的，还有尤利娅。”

如果拉尔夫扯下了艾曼纽的比基尼短裤的话，她会怎么反应？史丹利会怎么反应？我眨了眨眼睛，但眼前的黑斑仍然挥之不去。

“你一定知道些什么，”卡洛琳说，“你是男人，你怎么看你的女儿？你有时候会从她们身上看到她们未来的样子吗？”

我觉得卡洛琳问我的这个问题并不古怪，一点也不，这才是人们最应该提出的问题。

“是的，”我回答说，“不仅是尤利娅，还有利萨。”

一个男人有两个女儿。她们从小就坐在他的怀里，她们搂着他的脖子，给他一个晚安吻。星期天早晨她们总是会爬到他的床头，偎依在他的身旁。她们是他的小姑娘，他保护着她们。他看着她们长成亭亭玉立的大姑娘，但是他从不会像一个男人看一个女人那样去看她们，从来不会。我是医生，我知道乱伦是怎么回事。这种情况只有一个解决办法，这在法治国家里是不可能的事情，尽管那是唯一的解决办法。

“我指的不是这个，”卡洛琳说，“你有没有想过，其他男人是怎么看我们的女儿的？比如说尤利娅，一个成年男人会怎么看尤利娅？”

“这点你也清楚不是？你自己刚才也说过，在有些地方她这个年纪早就结婚了。你看看阿历克斯，他们俩是彻底陷入爱河了。我们怎么知道他们在一起的时候会做些什么？我的意思是，我们就不需要和他们谈谈吗？那个男孩十五岁了，我希望他们知道自己在做什么。”

“亲爱的，我不是在谈什么十五岁的小伙子。当我看到他们相互讨好对方时，我也很感动。昨天他们牵手了，吃饭的时候，在桌子下面。我觉得，阿历克斯可能有点木讷，但他长得挺不错。我完全可以想象，如果我是尤利娅的话，我肯定早就知道自己想要什么。”

“这我们该怎么形容？中年女性看到十五六岁的小伙子就口水直流，恋童癖？或者有什么更好的定义？”

我边说边笑了起来，但是卡洛琳没有笑。

“如果人们做了，那才叫恋童癖，”她一脸严肃地说道，“我看到十五岁的小伙子确实很高兴，这是自然而然的事情。但仅此而已，男人不也这么看那些小姑娘吗？大多数的男人也许都会有些什么想法，但是他们不会做什么，不是吗？我指的是正常的男人不会做什么。这其实正是我的问题，你觉得拉尔夫有多正常？”

“有些国家的旅游业是建立在未成年少女性交易的基础之上的，不少男人喜欢到这些地方去。我觉得，他就像所有的这些男人一样正常。我说的是……即使没有几万，也有几千个这种男人。”

“按照你的观点来说，拉尔夫也是这上万个男人中的一员？如果你真的这么认为，我们今天就离开。”

我又想起了尤利娅双手抓住小短裤的情景，她喊着，不要！不要！紧接着我眼前又浮现出拉尔夫那猛禽般的目光，在市剧院的休息厅里他就是用这种眼神扒光了我妻子的衣服。还有他那嚼动颌骨的神情，他的牙齿吱吱作响，就好像他已经在品尝到手的猎物一样。男人看女人，女人看男人。但是拉尔夫看女人时就好像在翻看一本《花花公子》一样，他边看边摸着他的生殖器，他脑子当中想着或者他真的扒下了十三岁小女孩的小短裤。或者我搞错了？我确实也没有亲眼看见。也许只是我的女儿认为，他可能会那么做。也许之前四个孩子在游泳池里玩耍时曾经尝试着要扒下别人的小短裤。仅仅是一个游戏，一个纯真的游戏而已。这事发生在九到十五岁的孩子之间是纯真，在将近五十岁的男人身上就很值得怀疑了。

我心里在想，也许我对拉尔夫的指控太过草率了。

“你觉得史丹利怎么样？”我问道。

“什么？”

“史丹利和艾曼纽。他们俩我们该怎么评价？她估计有多大年纪？十九？十八？十七？我觉得她可能是成年了，但这正常吗？这没问题吗？”

“但这难道不是每个四十岁男人的梦想？一个小姑娘？尽管……不是每个人。就我所知，你就不是这种人。”

“史丹利这样做还可以接受，他是个大名人，女孩子都排着队呢。他只需要伸伸手指头，就能得到他想要的，也许那些女孩子也得到了她们想要的东西——他某部电影里的一个小角色，但也许什么也没得到。但这不是必需的吧，有可能有的女孩子觉得能陪着这个大名人一起走走红毯，就已经足够了。”

“真的是这么回事吗？一个简单的家庭医生原则上就不可能把一个十八岁的小姑娘搞到手？”

“不，你说得对。但是我可能会很快感觉不知所措，我可能会和这样的一个小姑娘一起去游乐场，但是不会和她一起去迪斯科。”

这时，卡洛琳忍不住笑起来，她深情地握着我的手。

“你还是更喜欢同龄人，是吧，亲爱的？”

“就是这么回事。”我回答说。我没有看她，而是把目光转向了沙滩和大海，“我觉得这样才更公平。”

21

在租赁办公室那里我们等了半个多小时，办公人员才通知我们说，维修工可能今天下午会再去看看。窗口里的那个小姑娘翻看着日程安排表。

“今天是星期五，”她说，“我们会尽我们的最大努力，但是周末我们不办公，那就只能等到下周一了。”

她的长相确实很难看，身体至少超重三十公斤，浮肿的脸上布满了痤疮和凹凸不平的疤痕，其实与其说是凹凸，不如说是一块块贫瘠的不毛之地。不论是说话时，还是她要做出什么表情时，那些地方都没有丝毫的反应。也许她经历过一场事故，也许她还是个孩子的时候，那张脸不小心撞到了风挡玻璃上。

我靠在柜台边，用挑衅的目光快速地扫了我的妻子一眼。她正在门口那里研究等待出租和出售的度假屋的照片。“你周末有什么安排吗？今晚呢？明天呢？”她眨了眨眼睛，真是漂亮的眼睛，可爱的眼睛。她的脸红了，我是说她脸上还有生气的部分红了，而那些已经坏死的地方还是没有一丝血色。

“我有男朋友了。”她轻声说道。

我朝她挤了挤眼睛：“你的男朋友肯定觉得自己很幸福。我希望，他懂得珍惜。”

她垂下了目光：“他……他很忙，但我会问问他，他今天下午有没有时间到你们那里去检查一下。”

我盯着她。那个维修工！昨天同一丝不挂的拉尔夫爬到屋顶的那个矮小的维修工。真是个有趣的家伙，很明显他不仅仅负责处理堵塞的水管。我努力把这两张画面重叠到一起，但是我能想象出的场景仅仅是那个维修工和这个姑娘紧挨着坐在电视机前的长椅上：他们牵着手，他用空着的那只手把一个一升半的瓶子递到了嘴边，而她把手肘都伸进了一大包家庭装的薯片里。

“马克，你看！”

我又朝那个姑娘挤了挤眼睛，然后走到了我妻子的身旁。“这儿！这是不是那栋度假屋？”事实确实如此。在一个纸板上贴着三张照片：房子的、花园的和游泳池的。

出售

带游泳池的度假屋

那下面写着一些相关信息：房屋和花园的面积；房间的数量；价格；一个电话号码和一个电子邮件地址。

“这个价格比我预想的要低得多。”卡洛琳说道。

“是啊，这栋房子毕竟是在住宅区的中间，离海边还有四公里呢。如果我要买的话，我肯定买个紧挨着海边的。”

卡洛琳指着一个广告说：“这个，这个在海边。”

广告上的这栋房子写的也是“带游泳池的度假屋”，但它其实位于一个海湾的山坡上，从游泳池里人们就可以向下俯瞰大海。它的价格是我们待的那栋房子的五倍。

“我只是说说啦。”

卡洛琳抓住了我的手，一脸严肃。

“那现在呢？”她问道。

“要买的话我就得再看看。”

“不，我的意思是，我们什么时候出发？我真的想离开那里，马克！”

我沉思了一下，或者更确切地说，我只是摆出了一副沉思的模样，心里其实早就有了答案。

“今天是星期五，明天和星期天街上会很热闹，这样有些事可能就不太方便，比如说找露营地之类的。我建议我们星期一离开。”

“我们是真的离开，你听见了吗？”

“星期一我们就离开。”我回应说。

22

星期六早晨利萨发现了那只小鸟，它就躺在帐篷旁边，可能是从那边的橄榄树上摔下来的。

“爸爸！”利萨把我从睡袋里拽了出来，“爸爸，快来，外面有只小鸟！”

那只小鸟颤抖着躺在那里，无力地挣扎着。

“它是从巢里掉下来的。”我边说边揉了揉惺忪的眼睛。我朝树上看了看，但是找不到鸟巢在哪里。

“啊，真可怜，”利萨满脸同情地说道，“但你是医生啊，爸爸，你可以治好它吧。”

当我把那只小鸟小心翼翼地捧起来时，它啄了我的手一下，但几乎没什么力量。好像没有骨折，我也找不到其他的伤口。这真是令人有点遗憾，因为如果是一只摔断了腿的小鸟，那可就是一项“工程”了。它也算不上第一例，两年前在希腊的那个小岛上，有一只轧断了尾巴的小猫。当我准备给它流血的断尾消毒时，它在我的前臂上狠狠地咬了一口，害得我给自己先来了一针破伤风针，还有一系列的预防狂犬病的疫苗。但是这还是值得的，那只小猫真的是表现出了无限的感激之情，三天后它叼了几块羊肉送到了我们手里，伤口很快就愈合了，但是那只猫从此必须习惯自己只有三厘米长的尾巴了，开始它很难保持平衡。有一次它爬上了一棵杏树，却不敢下来了，除了把它抱下来之外没有别的办法。但当我靠近它时，它用爪子狠狠地朝我脸上挠了一下，这一下直接划破了我的左眼睑，紧接着它从五米的高空直接跳到了露台的水泥地板上。但是这之后它还是对我们非常忠诚，我们到哪里它都会跟在后面，我们到房子里、花园里、村庄里时，它都会耐心地在面包房和肉铺的门前等着，直到我们买完东西。甚至，我们到三里外的海滩时它也总会跑在我们身后。

离别时真是难舍难分，尤利娅和利萨都哭得非常伤心。不，我们不能带上它，没有接种必要的疫苗，我们就没法把它带上飞机，它必须被隔离检疫几个月。我和卡洛琳对孩子们说，即使可以带上它的话，但你们想想，它待在这个岛上会不会更快乐些？这里有它的家人和它的玩伴，在这里它可以自由自在地追赶老鼠和壁虎。这里的天气也总是那么美好。

“它的家人到底在哪儿呢？”尤利娅哽咽着问我们，“当它遭遇不幸时，它们在哪儿呢？”

每当我回想起离别那天的情景时，我都会感觉到自己的眼圈湿润了。我们把正准备跳上后座的那只猫关在了车门外，当我们咕咚咕咚地开下岩石路时，它还跑着跟在我们后面，最后我不得不下车丢石头赶它。我们的女儿实在无法忍受这种场面，她们躺在后座上号啕大哭。卡洛琳也不停地用纸手帕擦着眼睛，我也不禁热泪盈眶。当我捡起第一块石头时，我也像孩子一样哭号起来。那只猫还以为这一切不过是个游戏，但我第一下就打中了它的脑袋。它咆哮着往空中扑了一下，然后悻悻地离开了。

“对不起，贝塔，”我流着泪喊道——利萨第二天就根据一个矫揉造作的女老师的名字给它取名叫“贝塔”了——“我们一定会回来看你的。”

现在我看着手中的小鸟，它没什么问题，其实这让我感到很遗憾。它不过是太小了，小到无法照料自己而已。

“你到房子里去一下，但是小声点，不要吵到别人，”我对利萨说，“你去找个纸盒子，一个鞋盒之类的，然后找点棉絮，或者从浴室里拿块抹布来。”

“这里有个什么动物园，”尤蒂特说，“在到海边前，左边高处的那条路上。我们有一次经过那里，可以看到一堵墙和一个栅栏，那前面插着几面旗子。大门上写着动物园，墙上还画着些动物。”

我们坐在露台上吃早餐，那只小鸟躺在一个装红酒的纸箱里，那个箱子实在太大了。如果人们越过纸箱的边缘往里看的话，可以看到它蜷缩在角落里的那块抹布上，那样子让人不由自主地联想到它好像在坐牢。

“你觉得呢？”我问利萨，“它没有生病，也没有受伤，只是太小了，太小而无法照料自己而已。我们把它送到动物园吧？”

利萨一脸严肃，她把纸盒子放到了身旁的椅子上，每隔二十秒钟她就会往里看一眼。她会报告说：“它喝水了。”或者是：“它又在发抖了。”

我料想到，不，我期望，利萨反对把它送到动物园去，而要自己照顾这只小鸟，直到它能站起来为止，然后我们就放飞它。对于小鸟，人们总是期望它能飞起来，希望它有一天能够在空中展翅翱翔。

那绝对是非常美妙的一刻，这一刻我很愿意和我的女儿一起分享。人们小心翼翼地把那只小鸟捧在手心里，然后把它抛向空中。一开始它还笨拙地扑腾几下，但然后它就会在一根高悬的树枝上找到平衡，它会在那里待上一会儿。它抖动着身上的羽毛，东张西望一下。看看我们，它的救星。它可能是在感谢我们。然后它晃了一下脑袋，向空中看了一眼，便展开翅膀从那里飞走了。

我们本来说好周一离开。在我看来，指望这只小鸟两天就会飞是不太可能了，但是我们可以一直带着它，把那个纸箱安放到后座上。

这是最理想的脚本——我眼中最理想的脚本，但是利萨却问道：“动物园会要它吗？”

“你指的是什么啊？”

利萨咬着嘴唇，深深地叹了口气：“动物园里一般都是些老虎、大象之类的吧。这就是一只很普通的小鸟，他们可能根本不会要它吧。”

所有的人都哄堂大笑起来，尤蒂特、拉尔夫，所有人，甚至是艾曼纽都在她的太阳镜后笑了起来，尽管她没有问我们在笑什么。

动物园的管理员穿着一条卡其色的短裤和一件白色的 T 恤。他往纸箱里看了一眼，也感动地微笑了一下。

“你把它带到这里真是太好了，”他对利萨说，“这个小家伙没有妈妈一天也活不下去。”

“他说什么？”利萨问道。

我给她翻译了一下，利萨一脸凝重地点了下头：“您要怎么处理它？”

“我们会把它留在这里观察几天，”那个管理员说道，“多久视情况而定，直到它恢复健康。但有时候它们不愿意返回到大自然中去，它们那时可能已经非常依赖人类了，那么它以后可以一直待在这里。”

我们跟着那个管理员来到了鸟舍，这样利萨就能看到她想要保护的这个小家伙会被安置在哪里。我没有发现什么特别的动物，几只麂子，长着长角的绵羊，一只肥猪，几只孔雀和仙鹤。一个很小的笼子里有只狼正蹭在铁栅栏上搔痒。

“你们这儿有美洲驼吗？”我问道。

那个管理员摇了摇头：“正如你们所见，我们这里只有这些非常常见的动物。还有一只岩羚羊和几只跳羚，它们可能已经算是稀有的了。”

“假设这附近有人有只美洲驼，”我说道，“他自己没法再照料它了，也没法照料他的其他动物了，你们愿意接受它们吗？”

“美洲驼的话我们当然很欢迎，但是这对我们来说没有什么区别。我们会照料所有无处安身的动物，暂时的或者永久的。有时候我们会为某只动物找个新主人，但是我们对这一点非常谨慎，我们会核实那个人是不是真的是位动物爱好者。”

“这正是我想听到的，”我说道，“请给我个电话号码吧，我有消息就给您打电话。”

当我们返回度假屋时，阿历克斯、尤利娅和托马斯正躺在泳池边，其他人都不在。

“您的夫人和我爸爸，还有史丹利和艾曼纽去城里了，”阿历克斯解释说，“但我妈妈和祖母在家。”

我朝楼上看了看，我看见尤蒂特的母亲坐在厨房的窗前，背对着我。利萨立刻跑到我们的帐篷那里去取游泳器械了。

“他们有没有说出去多久？”

“没有，不知道。但他们刚刚才出去，最多十分钟。”

尤蒂特和她的母亲坐在一张小餐桌旁。尤蒂特正给她的母亲涂指甲，不是什么鲜艳颜色的指甲油，淡粉色的，几乎透明——一个适合老年人的颜色。

“怎么样了？”尤蒂特问道，“你们找到那家动物园了吗？”

炉子上放着一个咖啡壶和一个小锅，锅里是些冒着泡沫的牛奶。厨房的门上挂着一个钟，我看了看时间，十一点半。是的，时间够了，我对咖啡没有什么兴趣。

“那里的人很友好，”我边说边打开冰箱门，从里面掏出了一罐啤酒，“利萨和她的小鸟告别时没有太难过。”

说不清什么原因，但我觉得手里拿着啤酒坐到桌子旁两个女人的身边有点不太合适。我靠在洗碗台边上，打开了那罐啤酒，喝了两口之后就感觉很轻松。

“您现在也是我女儿新的家庭医生吗？”那位老妇人看也没看我一眼就张口问道。

“不是的，妈妈，”尤蒂特说，“我已经跟你解释过了，他只是拉尔夫新的家庭医生。”

尤蒂特的母亲把脸转向了我：“但是之前您在电话里可不是这么说的，您那时说——”

“可以吗？”我问道，我边问边抓向桌子上的香烟盒和打火机。

“妈妈，你别乱动，否则指甲油都跑到边上去了。”尤蒂特说。

“他说过，他是你们的家庭医生。”尤蒂特的母亲继续说道。

我点燃了手里的香烟，然后把空啤酒罐丢到了垃圾桶里，接着又从冰箱里拿出了一罐。尤蒂特满脸疑惑地看着我。我无可奈何地耸了耸肩。

“您的记忆力真是不错，”我回应着尤蒂特的眼神说道，“我当时跟您说我是你女儿的家庭医生时，肯定是有点分神了。”

长年的经验告诉我这一招总是很管用：恭维老年人的记忆力很好。

事实再次证明了这一点，尤蒂特的母亲这时说：“你看！”尤蒂特朝我眨了眨眼睛，我也朝她回视了一眼，“你看，我没有老年痴呆！”

“你还年轻着呢，薇拉。”我说道。

也许是那两罐啤酒让我有些放肆起来，这之前我从来没有这样称呼过尤蒂特的母亲。我知道这招同样很管用，这不仅仅是多年的从医生涯告诉我的，直呼女人的名，尽可能频繁地这样做，最好在说每句话时都这样。

尤蒂特的母亲（薇拉）咯咯地笑起来。

“他真是个可爱的男人。”她对她的女儿说道。指甲终于涂完了，她站起来摆了摆手，“是的，确实如此。我看见了他是怎么对待自己的女儿的。”

这时她才抬头看了看我。她的脸颊微微有些泛红，脸上几乎没有什么皱纹。那是一张生活非常规律的人才可能有的脸蛋，从不放纵自己，一辈子都是全麦面包和脱脂牛奶，时常地到自然保护区里骑车锻炼。

“是啊，是啊。”她边说边直视着我的脸。

“我脑袋上长着眼睛呢，我看得到，你对你的女儿是多么体贴，并不是所有的父亲都能做到这一点的。那不是在作秀，那是发自内心的。”

这时我感到自己的脸红了。一方面，我不记得尤蒂特的母亲何时一口气说过这么多话——至少从没有对我这样过；另一方面，我感觉这更像是一种讽刺，那句“并不是所有的父亲都能做到这一点的”听起来总有点弦外之音的味道。可能这只是我自己的想象，但当她说出那句话时，她轻轻地瞟了她的女儿一眼。

我看着她的眼睛，心想她可能在警告我，也可能是她对她女儿的选择感到失望。并不是所有的父亲都能做到这一点的，她感觉我很“可爱”，看样子比拉尔夫·迈耶尔可爱些。但我也不是那么可爱——至少不是她想象中的那样可爱。突然从花园那里传来了一阵欢笑声，有人在拍巴掌，有人在用手指吹口哨。尤蒂特的母亲把身子转向窗户，尤蒂特也往外望去。

“哦，你们看！”她说道。

我可以到餐桌的左边站在尤蒂特母亲的身旁或者到右边靠近尤蒂

特——她还一直坐在椅子上。

我最终选择站到尤蒂特母亲的旁边。

尤利娅和利萨正站在楼下游泳池旁的跳板上，阿历克斯和托马斯坐在池边，脚掌在水中不停地摆动。尤利娅首先往前面走了几步，停下来在跳板上上下颤动了几下，她像芭蕾舞女演员一样把胳膊展向高处，然后让手顺着身体滑动，以自己的身体为轴线转了两圈，然后又走了回去。鼓掌的是阿历克斯，托马斯把手指放在唇边，吹了三声响亮的口哨。

现在轮到利萨了，她向前走得比她姐姐快一些，一会儿就站到了跳板的尽头。她身体转动得太快，所以失去了平衡向后落到了水里，这时两个男孩子都拼命地鼓起掌来。阿历克斯抓起浇花园的水管，卷在自己身上，然后打开水龙头，把水柱喷向尤利娅。我本以为她可能会跑开，但她却站在原地。当水溅落在她的比基尼和裸露着的肚子上时，她挺直了身体，甚至踮起了脚尖，伸直了胳膊。然后她把两手在颈部交叉，把湿漉漉的头发甩向了空中，就好像她是要把它别高，然后又要把它抖散开。

“你们小心点。”尤蒂特打开窗户喊道。这个警告完全是多余的：很明显，两个女孩子是自愿被淋湿的。我陶醉地看着我的两个女儿。不，我没有搞错，在水柱的后面，或者更确切地说，是在纷洒的水幕后面舞动着一道迷人的小彩虹。

“我们正在玩小姐湿衫表演，妈妈！”托马斯把手做成喇叭状大声喊道，“尤利娅胜。”

“你骗人！”刚从泳池里爬到台阶上的利萨喊道，“现在该你了，阿历克斯！把你自己淋湿！”

尤蒂特转过头看了看我，她忍不住笑起来。我耸了耸肩，也对她笑了笑。

“这些孩子还真是可爱，”尤蒂特的母亲感慨道，“有这种女儿，你真是幸福，马克。我是你的话就一定会好好呵护她们的。”她说完便离开了窗户边，“我困了，我去躺一会儿。”

23

我们面对面坐在那张小餐桌旁。尤蒂特给自己倒了一杯白葡萄酒，加了两块冰块，我从冰箱里拿出了第三罐啤酒。我们两个人之间摆着一小碗橄榄。我们两个都重新点上了一根香烟。

我们默默地看着窗外，楼下的湿衫比赛这会儿已经结束了。阿历克斯和尤利娅一起躺在一张躺椅上，她的脑袋枕在他的肩膀上，她的手搭在他的肚子上，五指分开。看不到托马斯和利萨在哪儿，但是听得见他们的声音，还有乒乓球乒乒乓乓的声音。

自从我们到了这栋度假屋之后，我和尤蒂特还是第一次单独待在一起。我深情地望着她，慢慢把手伸到了桌子上，轻轻地拽住了她的中指和小指。

“马克……”她叹了一口气把香烟放到了烟灰缸上，然后往窗外瞟了一眼，“我不知道，马克……我不知道，是否——”

“我们可以出去散个步，”我说道，“或者去海边走走。”

我一直拽着她的手指，轻抚着她的手背。我心里想，我们也可以到别的什么地方去。不去海边，而是去山上，到海边随便哪条崎岖的碎石路上去。我想起来树林里有一处人迹罕至的停车场，我们曾经去过那里一次。从那儿到拉尔夫的小海滩要步行一个多小时，那段路我们就不费那个力气了，到停车场就足够了。

“我不知道，我妈妈……”尤蒂特说，“我不知道，她醒来时如果看不见我们，她会怎么想。”

“我们给她留个字条吧，”我说，“就说我们买东西去了。”我把手中的啤酒罐扬了一扬，接着说道，“啤酒全都喝光了。”

尤蒂特看了一眼虚掩的门。“马克，这感觉……太滑稽了，”她喃喃低语道，“我有种不好的预感，我妈妈、孩子们、你妻子，我的意思是他们随时可能回来。”

我放下了手中的啤酒罐，然后把香烟搁在了烟灰缸里。“尤蒂特……”我俯身贴近她。她又向游泳池瞄了一眼，“等等，”她边说边把她的手抽了回去，然后起身踮着脚尖走到门旁，她转身把手指放到了嘴唇上，“我马上回来。”

她把门敞开着，然后蹑手蹑脚地穿过客厅和通向卧室的过道。我拿起之前放在烟灰缸里的香烟深深地吸了一口。不到一周前在露营地抽的那第一根香烟给我的感觉就像我当初抽第一根香烟的感觉一样。就像我十一岁第一次在学校吸烟时一样，我的头晕起来。但这几天抽起来感觉就和我十五年前准备戒烟时的感觉差不多了，就是只有香烟的味道。几天前我甚至自己又买了一小包。卧室里传来阵阵低语。我叹了口气站了起来。冰箱里还只剩下唯一一罐啤酒，确实是该再去买点了。

当尤蒂特返回来时，我还站在冰箱旁。这中间只是一会儿的事情。我把那罐啤酒顺手放到了配菜柜上，然后抱住了尤蒂特的纤腰，把她拉到了我身边，开始亲吻她的脖颈。随后我把手伸进了她的头发，抱着她的头，又亲了她一下，这次更贴近耳朵。她咯咯地笑着，用两只手撑在我的胸前。但是这只是个象征性的姿势。这会儿我的手开始向下进发，她上身只有一件敞开着的薄罩衫，下身是一条比基尼短裤，我把手指伸进了她的小短裤里面抚摸起来。

“马克，”她轻声呢喃道，“我妈妈……我妈妈醒了，她——”

“尤蒂特，”我在她的耳边柔声低语道，“亲爱的，我的小甜心。”

这时我也感觉到了她的手指在我身上游走，她抚弄着我的肚子，在把我短裤上面松垮垮的衬衣向上拉起来的同时，解开了我裤子上的两颗扣子。她的指甲在我肚脐下面轻轻地滑动，然后她的手指继续向下滑行。她的耳朵到嘴唇之间没有多少距离，但是我极尽温柔，嘴唇吻过这段距离仿佛经过了一番长途跋涉。我的手抱住了她的屁股，一开始轻轻地挤压，然后越来越用力。尤蒂特把头后仰，用她的舌尖碰了一下我的舌尖，吮吸了一下，然后又迅速收了回去。这整个过程中她像所有女人一样一直闭着眼睛，而我像所有的男人一样一直深情地看着她。因为我睁着眼睛，所以我能看到厨房的门。门就在尤蒂特的脑袋后面，而我的手仍一直在她的头发里不停地穿梭抚动。

我们把书放到桌子上，然后我们离开了房间。当我们返回房间时，我们会发现不一样的地方。这种情况大家都不陌生。尤蒂特回到厨房时，她把门留了一道缝，这一点我非常确定。我也同样非常确定，这道缝现在变大了，虽然只是一点点，但是它确实明显变大了。

而且我还发觉外面有动静，只是地板上闪过一道影子，别的没什么了。我也没听见什么声音。有时候几秒钟的时间就能让人想到许多，心跳也会随之发生变化。我盯着门那里，也许一切不过是我的错觉。但是这时那道影子又动了起来。确实没错，门后有人。

我迅速把手从尤蒂特的小短裤里抽了回来，放到了她的肚子上，然后我轻轻地把她从我的身边推开。显然她以为我只不过是在玩什么前戏。拉近，推开，迟疑。她嘴里发出了一个声音，那声音听起来似乎介于呻吟与叹息之间。然后她笑着把她的手和我推开她的手十指交叉到了一起。

她睁开双眼，看到我嘴里无声地吐出几个字：

“门，门后边有人。”

她慢慢放下了踮起的脚尖，身子一下子矮了十厘米。她的眼中闪过一丝惶恐，然后松开了我的手。

“马克，你还要再来罐啤酒吗？”她大声问道，“我看一看，但愿还能剩下一罐。”

她的声音听起来很平静。太过平静，那听起来正像是在努力保持平静。她用两手梳理了一下散乱的头发。我把我的衬衣放了下来，然后飞快地系上了纽扣。

我们就那样站在那里，就像偷情被逮到的两个十几岁的孩子，脸上羞得通红。我们能把我们的头发和衣服整理得不露痕迹——但我们的脸色却泄露了一切。

尤蒂特转身走向门口，她边走边向我示意：把冰箱打开！

然而我却没有那么做。我的身体好像一下子变得不听使唤，心脏发出了扑通扑通的声音。恐怖电影的高潮：染满鲜血的床单被一下子揭开，那下面确实有人。一具尸体，头颅爆裂，却没有四肢。有人把它精心肢解，然后运到了这里。

我跑到窗户旁，泳池边看不到一个人影。阿历克斯和尤利娅刚才还躺在那张躺椅上，但这会儿却没了踪迹。

“妈妈？”

我转过身，看到尤蒂特猛地推开了门：“妈妈？”

我把身体使劲伸向窗外，差点失去了平衡。我的心脏跳得越来越快，那是紧张的心跳。肾上腺素迸发，心脏准备逃避，逃避或者进攻。氧气必须尽快输送到最需要的位置：到脚那儿，这样才能够逃跑；到手那儿，这样才可以击打。

我看不到任何人，只能全神贯注地倾听。就像人们常说的那样，我竖起了耳朵，尽管只有动物才可以竖起耳朵。但是周围没有一点声息，空气也仿佛纹丝不动，树叶垂头丧气地耷拉在枝头上，甚至是蝉儿也热得一声不吭。

我想起了什么，一个声音，刚才还一直持续的声音……

乒乓球乒乒乓乓的声音！

我屏住了呼吸，然而我并没有搞错，房子后面也静悄悄地没有一点声息。

“妈妈？”尤蒂特这会儿已经到了客厅。

“妈妈？”

这时我也跟着动了起来。尽可能地镇静，尽可能地正常。我对自己说，什么都没有发生，什么都还没有发生。我试着露出一丝微笑，放松的微笑。

但是我的嘴唇发干，以至于笑起来感觉有点疼。

我和尤蒂特擦肩而过，然后我径直走向房门。

“马克……”

她转了一下浴室的门把手，门是锁着的。“妈妈？你在里面吗？”

“我到外面去看一下。”我说话间已经到了楼下，然后冲向游泳池。

我几乎是跑着去的，我感觉一切还可以挽回。现在还没理由慌乱，什么事情都还没有发生。我的女儿们应该在外面什么地方，这样我就更不能表现得惊慌失措。一位气喘吁吁的父亲是个错误的信号。发生什么事了，爸爸？你怎么满脸通红！

我刹住了脚步，在泳池边停了下来。我向水里望去，柳梢和蓝天掩映在水面上。我的目光在池底搜索，但是那里什么都没有。没有飘散着头发、一动不动的身体，只有蓝色的瓷砖。

我走到房子的背面，乒乓球台那里也没有人迹。球拍摆在球网的左右两边，左边的拍子下面斜压着一个乒乓球。

帐篷的拉链是关着的，我大声咳了一下，清了清嗓子。

“尤利娅……利萨……”

我蹲下身，拉开了帐篷的拉链。帐篷里空无一人。我绕着整个房子跑了一圈，回到了阶梯那里。我不得不又放缓了脚步。

“我的妈妈在洗澡。”尤蒂特开口道，她还一直站在浴室门口。

“孩子们呢？你见到孩子们了吗？”

没有等她回答，我就急忙走下过道，敲了敲阿历克斯和托马斯住的那间屋子的房门。里面很安静，但是我模糊听见里面有窃窃私语的声音，就好像一台收音机在低声播放着节目。

我打开了房门，阿历克斯、托马斯、利萨和尤利娅蜷伏在两张挨在一起的床上。托马斯在正中间，怀里抱着一台笔记本电脑。

“嘿，你们好！”我高兴地喊道——高兴得有点太过了，“你们原来在这儿啊！”我又画蛇添足地对他们说。

图像不清晰时，为了清除屏幕里面的雪花，人们会捶一下电视机。我这时候更希望能这样把做作的笑容从我脸上抹掉。

利萨抬头看了我一眼，尤利娅就好像对我视而不见。只有阿历克斯把身子来来回回地挪了几下，他似乎是想转移我的视线，怕我看到他抱着我女儿肩膀的胳膊。托马斯正看着屏幕里的什么东西大笑，其他人都没有发笑。

“你们到底在看什么啊？”我问道。

我问了几遍才有人回答我。“我们在看《南方公园》，施洛瑟先生。”声音来自阿历克斯。

他什么时候这样称呼过我吗？我实在想不起来了。尽管我们时常让他不要那么客气，但是他确实一直是用“您”来称呼我和卡洛琳的。

我深深吸了口气：“你们有没有兴趣来打乒乓球啊？来一局？所有人一起吧？”

又是没人理我。

“看他们吧。”最后又是阿历克斯应了一声。

我打量着利萨和尤利娅，难道只是我自己的想象？但是尤利娅对屏幕上的东西是不是太过投入了？她是不是故作姿态地无视我的存在？

“尤利娅？”我感觉我的心又提到了嗓子眼上。我用舌尖润了润嘴唇，一个念头突然在我脑海中闪现：真是罪孽深重的舌尖。我尝试着摆脱这种想法，但是它却总是挥之不去。我现在只不过是在咬牙坚持。

“尤利娅！”

她终于抬起头看了我一眼，就像电影里的慢动作一样迟缓，让人捉摸不透的眼神。

“尤利娅，我在和你说话呢！”

她目不转睛地看着我。“我听见了，”她说道，“你想说什么？”

是啊，我想说什么呢？我不知道。关于乒乓球比赛的随便什么东西，不，我突然有了主意。我盯着我女儿的眼睛，但是从她眼里我没有发现一丝指责或者抱怨，可能她只是懊恼我打断了她。

“尤利娅，你水喝够了吗？”我问道，“今天特别热，这种天气一定小心不要中暑了，你们所有人都要注意。我要不要给你们拿一大瓶汽水来？”

我到底在胡扯些什么！完全是些废话，尤利娅又把目光转向了电脑屏幕。

“我随便！”她回答说。

“好的，施洛瑟先生，”阿历克斯开口道，“或者可乐也行。”

我又在那儿停了几秒钟。我本应该说点什么的，或者发一顿火的。一个孩子不应该用这种口气同她的父亲讲话！但是现在不是合适的时机。另外一个声音在我耳边响起：我没有权利……这声音来自那罪孽深重的舌头。

当我又回到过道里时，尤蒂特的母亲刚好从浴室里走了出来。她身上穿着一件白色的晨服，脑袋上裹着一条大毛巾。

“你好，马克。”她微笑着和我打了声招呼，然后她就从我和尤蒂特的身旁走过，进了她的卧室。

尤蒂特耸了耸肩，举起了双手，那意思就好像在说：不知道。就在这个时候我们听见外面传来了车门砰的一声关上的声音。然后是第二声，总共四声。

“啊！”尤蒂特慌乱地说，“他们这么快就回来了。”

我向前迈了一步，握住了她裸露的手臂。

“只要保持冷静就好，”我安慰她道，“什么事都没有发生。”

我走向房门，打开了它。卡洛琳、史丹利和艾曼纽就站在楼下拉尔夫的车旁，而拉尔夫自己正把头埋在敞开的后备厢里。

“嘿，你们好。”我挥着手同他们招呼道。我的声音听起来还是那么高兴，但是这次至少自然了许多。

“嘿。”卡洛琳回应道。

“马克！”拉尔夫喊道，“你能来搭把手吗？你和史丹利一起。这真是太他妈的沉了。”

他在拉扯着什么东西，从行李箱里露出了一个巨大的黑色鱼鳍。

“一条剑鱼，马克！”拉尔夫喊道，“这我们实在不能错过，今天晚上我们就把它烤了。我向你们保证，这绝对是一顿美餐！”

24

星期六晚上是仲夏夜庆典。海滩上到处是烟花和篝火，整个白天鞭炮声便不绝于耳。不是我们那里的五彩缤纷的烟花，而是那种响彻云霄的爆竹，听起来就像是炮击或者轰炸。人们全身心都会深深地感触到那种声音，胸腔、肋骨乃至心脏都会随着一起震动。

我们本来打算一起到海边去，但是当然首先得填饱肚子。拉尔夫在露台的一个板子上把那条剑鱼剁成了块。他剁的时候用的是一把大砍刀。一开始孩子们还非常兴奋地围观，但是血肉横飞的场面让他们又远远地躲开了。内脏逐渐露了出来：肝脏，一堆堆的鱼卵，鱼鳔和一个闪亮的深褐色器官，橄榄球大小，但是没有人叫得上名字。

“你当心一点，亲爱的，”尤蒂特喊道，“房东那里我们还押着保证金呢。”

但是拉尔夫很享受这个过程，似乎把她的话当成了耳边风。他坐在小板凳上，拖鞋被丢在一边。有时候那把大砍刀会落在他的光脚板旁边，那场面看起来真是让人心惊肉跳。我心里已经在盘算，如果出现紧急情况的话，我应该怎么处理。如果冷藏的话，脚趾还可以重新接植。最重要的是首先要保持冷静，大厅里有一位医生，那位医生首先会进行止血处理，然后把脚趾用一条装满冰块的毛巾包裹起来。女人和孩子们会四肢发软，几乎晕厥。尤蒂特，从冰箱里拿点冰块来！再拿条湿毛巾来！卡洛琳，帮我把腿包扎一下，他失血过多！史丹利，把车开过来，把后座翻下来！尤利娅、利萨、阿历克斯和托马斯，你们回屋待着！你们在这儿只会碍事。就让艾曼纽躺在那儿吧，给她脑袋下面垫个枕头……我将扮演那位光芒四射的英雄人物，这完全是为我而量身定做的角色。然而那把砍刀只有一次差半厘米就砍到拉尔夫的大脚趾上了，那之后他就小心多了。

“马克，你怎么这样一副表情？”他对我说，“你已经馋得流口水了，是不是啊？麻烦你给我拿杯啤酒来吧。”

天色已经开始暗了下来，烧烤架上时不时会火光四窜。我们坐在露台上，喝着啤酒或者红酒。尤蒂特把装着橄榄、酸辣鱼酱和小腊肠的碗碟摆到了桌子上。烤架上的剑鱼发出嗞嗞的声音。我朝尤蒂特看了一眼，她的脸庞在火光的掩映下泛出金黄色的光芒。这时，她垂下了目光，直勾勾地盯着眼前，呷了一口手中的葡萄酒。她好像在尽可能地避开我的目光。我坐在这儿，她的身体语言在诉说。我坐在这儿，但我更希望我是坐在别的什么地方。

托马斯和利萨在玩乒乓球。阿历克斯和尤利娅挨在一起躺在泳池边的一个躺椅上，他们俩共用一个耳机在听尤利娅的 iPod。在过去的几小时里，我还有几次试图和我的大女儿搭腔，但每次我都是悻悻而返。当我问她点什么时，她要么只是耸耸肩，要么就发出一声深深的叹息。“你有兴趣过会儿去海边吗？”我没话找话地问她，“去看烟花呢？”这时她就耸了耸肩，叹了口气。“如果你们没有兴趣，那么你们也可以待在家里。”我接着说道。我感觉我的脸在发烫。“要么我们玩《战国风云》或者别的什么吧。《大富翁》……”尤利娅把头发撩高，然后又掉落了下来。“看他们吧。”她漫不经心地说道。然后她便会转过头去或者走开了，完全是看都不看我一眼。就好像所有的女人都在和我恶作剧，故意无视我，只有利萨和尤蒂特的母亲例外。在准备晚饭时，薇拉有几次还对我点头微笑。当拉尔夫狼吞虎咽地吃着剑鱼时，她甚至是会摇着头对我投来赞许的目光。利萨呢？利萨总是仰望着我，就像所有十一岁的小女孩仰望她们的父亲一样。就好像她们的父亲就是最理想的男人，就是她们以后想嫁的那个男人。

我下定决心要继续尝试。尤利娅的眼睛不会撒谎，一个眼神就足够了。从我女儿的眼睛里我会发现那可怕的真相，或者也可能所有的一切不过是我自己的想象。也许她和阿历克斯之间发生了什么事情，也许她是突然“长大了”，就像人们常说的那样，她对一个总是唠叨挑剔的父亲感到厌烦。这就是生物学，对此任何人都无计可施。

“你今天下午给我们讲的那件事情真是太有趣了，史丹利，”拉尔夫边说边把烤好的鱼块分到了我们盘子里，“在车上那会儿，我觉得马克肯定也会很感兴趣的。”

我把目光转向了史丹利，但是更多的是出于礼貌而不是真的出于兴趣。如果他哪怕是表现出一丝不耐烦，我就不会追问下去。他把叉子刺进了鱼块里，盘子里立刻形成了一块水渍，紧接着他切下了很整齐的一块，然后放到了嘴里。

“啊，是这样的。”他开口道。

这时隔壁花园里射出了一个二踢脚。今天晚上鞭炮声一直响个不停，但是还从没有在这么近的地方。所有人都屏住了呼吸，那道烟花嗞嗞地喷洒着火星越升越高，然后传来了一声巨响，随后是一道闪光。或者其实应该是反过来的，光传播的速度要比声音快。那个二踢脚就在我们的正上方炸开了，我们的脸被瞬间照亮，然后才是声音传到了我们的耳朵里。那声音很响亮，但透着些沉闷，就如同一声闷雷。炮击正中靶心。一颗汽车炸弹。但是因为离得那么近，所以让人感觉那声音似乎充斥着整个身体。它从胃部开始，然后就像不断回响的雷鸣在肋骨的内侧传播，最后通过脸颊和鼓膜离开身体。女人和女孩子们发出一阵惊呼，男人和男孩子们则忍不住咒骂起来。一个瓶子被打翻了，碎片飞得地板上到处都是。大街上一辆车的警报器开始鸣叫起来。拉尔夫手中的鱼排也落在了地上，他气愤地喊道：“真他妈的见鬼！”爆竹声在山峦间回响了一遍，然后四周才沉寂了下来。

“哇哦！”阿历克斯欢呼道。他和尤利娅从耳朵上摘下了耳塞，然后蹦了起来。尤利娅惊魂未定地四周环顾了一圈，她看了一眼她的妈妈，然后是拉尔夫和尤蒂特，甚至是史丹利和艾曼纽。她看了所有的人，唯独没有看我。

“爸爸，爸爸！你也有这种二踢脚吗？”托马斯从房间里跑了出来，“爸爸！我们也放鞭炮吧，爸爸。”

“这真是太胡闹了，”尤蒂特开口道，“这有什么好玩的？”

“我觉得，我好像要窒息了一样。”卡洛琳说道。她把手放到了胸口，深深地呼吸了几次。尤蒂特也真的被激怒了。我想到了男人和女人的区别，想到了那不可逾越的鸿沟，那永远无法解释的差异。

男人喜欢那噼里啪啦的声音，越响亮越好，这是一个在女人看来十分幼稚的嗜好。他们就是些永远长不大的孩子，她们会这样说，她们会微笑着露出同情的目光。她们说得很有道理。我想起来，我十六岁那会儿燃放爆竹时就把所有的安全预防措施都抛到了脑后，火光微弱的引火索就坚决不考虑，一定要用打火机或者火柴。我从不会把二踢脚插到空瓶子里，我会把它们在手中点燃，希望能在指间感受它们的力量，这样那种力量也会传达到我的身上。一开始我还僵直着身体把它紧紧地握在手里，当它从我手中挣脱，冲向天空时，甚至会有木板的碎屑扎到我的手指里。慢慢地我就学会了尽可能松弛地握着它。它也有自己的意识，渴望冲上云霄。在这种时刻我从来不会去想燃放烟火的真正动机，即使是除夕之夜也不会。我会联想到战争，想到真正的导弹和防空火炮，想到一支救援部队——他们顶着强大的火力用防坦克导弹发射器把敌方的直升机和运输机击落了下来。我常常会忍不住让二踢脚尽可能倾斜着射出去，然后它就会炸到对面的房子。这时邻居就会打开窗户，满脸惊恐地往大街上望去。“对不起！下次不会再犯了！”我会假惺惺地摆出一副最诚挚的表情。一个足球运动员的表情，他用一记血腥滑铲让他的对手成了终身残疾。对不起，我不小心滑倒了……我把下一支烟火对准了附近闲逛的人群。这是一场战争，打胜仗要好过吃败仗。这是沉痛的历史教训告诉我们的。生物学中也是如此，杀死一个人总是好过自己被杀死。自从人类有意识以来，男人就守卫着地狱的入口。击退所有侵略者。不知退却的侵略者事后并不能说他没有收到过警告。赫茨尔教授教导过我们："男人只有在对手的优势十分明显的时候才会放弃战斗。如果对手势均力敌或者不堪一击，那么他就会估计自己的胜算。他握紧拳头，他检查刀剑是否锋利，他打开手枪的保险，他比对手早一瞬间转动了坦克的炮塔，他锁定了目标，然后开火，他幸存了下来。"

托马斯站到了他爸爸面前："你也有这种二踢脚吗，爸爸？"

拉尔夫弯下腰，用烤叉把地上的那片剑鱼又捡了起来，重新放到了烤架上。然后他的脸上露出了一阵坏笑。

"你去仓库看看吧，儿子，"他回答道，"乒乓球台子后面那扇门。你也一起去吧，阿历克斯。"

我大脑中突然一片空白。拉尔夫准备了鞭炮，我怎么就没想到呢？昨天我经过村边的一个白铁皮屋，那里面卖这种东西。当时我减慢了车速，想看一看他们都有些什么，但是我没有找到停车位，所以就驶离了那里。

这会儿我在想，如果我像拉尔夫那样有两个儿子的话，那么可能即使是五公里之外才有车位我也会停下来的，但我却生了两个女儿。我想起了几年前的那个除夕之夜，其实我应该早就想到的。那次我买了些爆竹和礼花，午夜的时候我在我们家门前的人行道上把第一支烟花插到了葡萄酒瓶里。我把三个小爆竹的引线缠到了一起，然后把它们抛向了空中。但是尤利娅和利萨在爆竹响第一声的时候就进了房门躲到了卡洛琳的身边。我还放了几个二踢脚，把一个空铁盒罩在了一个小爆竹上面，这样它爆裂的声音就会更响亮些。卡洛琳给了姑娘们一个仙女棒，但是她们却不敢到外面去。她们站在门口那里，然后把手伸得远远的，这样火星才不会落到脚垫上。她们站在安全距离之外看着她们的爸爸在那里做出各种奇怪的举动，就像一个十二岁的男孩子一样。打仗时，女人会缝制军装，会在军工厂制造炮弹。就像人们常说的那样，她们也为战争做出了自己的贡献，但是她们把发射炮弹的工作留给了男人。

“爸爸，爸爸！我们现在可以放吗？”

阿历克斯和托马斯把一捆烟花拖了出来，其中有些比他们俩还高。有几个掉到了地上。

“我们还是等等吧，”拉尔夫问道，“一小时之后我们就到海边去。”

“但是附近的人都已经开始放了。”阿历克斯说道。

“求你了，爸爸。”托马斯央求道。

拉尔夫摇了摇头，笑了起来。他从桌上拿起了一个空瓶子。“那好吧，就一个。”他说。

我看着两个男孩子摊在地上的烟火，最短的也有一米长。就这样一个挨着一个摆在一起，这不禁让人联想到被没收的枪支弹药，联想到一支游击队或者一伙恐怖分子的弹药储备。装备精良的占领军拥有坦克和飞机，还有能发射激光制导导弹的直升机，但是卡萨姆火箭弹会对攻击的区域产生比较广泛的心理效应。

“不，不要在这儿，”拉尔夫说，“不要离得这么近。一个火星就会把我们所有人送上天，包括这房子。我们最好到泳池那里。”

“你觉得这是个好主意？”尤蒂特问道。

“我们是不是最好等到了海边再说啊？”卡洛琳也开口道。

尤蒂特的母亲急忙说：“我要躲到房子里去。”

然而拉尔夫只是纵声大笑：“很显然，男孩子们是等不及了。”

我看着阿历克斯和托马斯在泳池那儿把一个二踢脚插到了瓶子里，然后我又看了一眼我的两个女儿。当引线开始燃烧时，她们捂住了耳朵。那个二踢脚呼啸着冲向高空，那个瓶子被炸成了碎片，这时尤利娅发出一阵尖叫。一些碎片还落到了水里。

出乎意料的是，空中很快就传来了二踢脚的爆炸声。响亮而沉闷，比邻居的还要响亮、沉闷。它从脚掌开始，然后轰隆隆地向上进军，接着在胸腔里扩散开来，最后到达了头盖骨下面。空气中到处弥漫着火药味。这次外面一整排车的报警器都响了起来。狗也歇斯底里地吠叫成一片。尤利娅和利萨更是尖叫不止。“妈的！”一个女人的声音喊道，当我们转过头来时，我们看到了艾曼纽，她手还托着葡萄酒杯的杯颈和杯底。她白色的衬衣上染上了一块红色的印迹。

“这下你们满意了吧。”尤蒂特喊道。

“再来一个！再来一个！”托马斯欢呼道。

“酷！”阿历克斯边说边吹了个口哨，“哦耶！太疯狂了！”

“那好吧，再来一个。”拉尔夫说。

“没得商量，”尤蒂特说，“绝对没商量，拿上这些东西到海边去，随便你们怎么去疯！你听见了吗，拉尔夫，我不想重复第二遍。”

拉尔夫无奈地挥了挥手说：“好啦，好啦，就这样吧。”

这时我又对自己没有买鞭炮而暗自懊恼。我可不会像拉尔夫那样那么快就让步了。我朝卡洛琳望去，尽管我的妻子也不喜欢这种噼里啪啦的声音，但是我觉得，我们在一起的这些年里，她似乎从来没有说过，你听见了吗，马克。我不想重复第二遍。

我们俩的目光碰到了一起，她正在帮艾曼纽擦去衬衣上的酒渍。

她确实对我眨了眨眼睛，我绝对不会搞错。她眨眼是因为那块酒渍、尤蒂特的恼怒还是因为整个场面，这我不得而知，但是这也不重要。无论如何这整个滑稽的场面她都看在眼里。她之前说过，她周一一定要离开这里，但是很明显她恨不得现在就同拉尔夫一家和他们的度假屋告别。不，没有告别，她只是对他们敬而远之。我也朝她眨了眨眼，然后我想到了几小时之前在厨房里发生的事情。想到了我掠过尤蒂特牙齿的舌尖，还有我放在她屁股上的手掌。我想到了她解开我裤子纽扣的手指。那些鞭炮又被收拢到了一起。我们当中有几个人到房子里取了毛衣或者夹克。然后我们又聚集到了车前。艾曼纽没有兴趣一起去，史丹利也没有多费口舌去说服她。尤蒂特的母亲也想待在家里。

尤利娅和利萨想同阿历克斯和托马斯一起搭乘拉尔夫的汽车。有那么一会儿，尤蒂特靠在敞开的车门边朝我这边看了一眼。我紧盯着她的眼睛，只有当人们有其他计划时才会这样盯着一个女人，那是不可告人的计划。车库门头的灯光映到了她的眼睛里。我在想海边会有什么机会，那儿可能会有许多人，我们可能会走散。有些人可能会走散，其他人可能恰好会遇到一起。

“我有点犹豫，”卡洛琳说，“我想，我还是待在这儿吧。”她边说边把手放到了我的胳膊上。

“是吗？”我把脸从车库灯的光圈里转了过来，然后对她说，“如果你没有兴趣，你就不要勉强。真的没事，如果你累了，那我就自己去吧。”

25

人们有时会回顾自己的人生，想去发现在人生的某个位置上是不是还有其他的选择。但是有时候人们却发现自己什么都回忆不起来——尽管人们自己不知道，但有些事情确实已经发生了。人们希望能够把影片暂停……人们会对自己说，就是这个时候。如果这个时候我不那么说……或者是不那么做。

那天晚上我去了海边。当我回来的时候，我彻底脱胎换骨，成了另外一个人。不是几天或者几周暂时的改变，不，是永远的改变。人们的裤子上有了一处污渍，最心爱的裤子。人们在九十华氏度的热水里反反复复洗了十几遍，不停地揉搓洗刷。人们开始动用重型武器：漂白剂、钢丝球，但是那处污渍仍然顽固地坚守在那里。如果人们搓洗得太久，那么就会出现新的问题。衣料上的某个地方会变薄、变亮，这个亮斑就成了永恒的回忆——对那处污渍的回忆。这时候人们有两个选择：要么干脆把这条裤子扔掉；要么让这个对污渍的回忆陪伴着自己走完余生。但是这个亮斑让人想到的不仅仅是污渍，它还会让人回想到裤子还是干净的时候。

如果人们不停地往前回忆，那么说不准什么时候那条干净的裤子就又会在人们的脑海中浮现出来，但是现在人们知道它已经不再是干净的了。我知道，从这一刻开始，我会经常地回忆过去。是这个时候吗？我反复地问自己。还是应该再往前一点……是这个时候？我把影片暂停了下来。

这个时候它还是干净的。

这个时候它已经被弄脏了。

我们的车颠簸着朝路上开去。这时，史丹利·福布斯从胸前的口袋里掏出了一盒万宝路香烟，递到了我的面前。我对他表示了谢意，然后自行取了一根。

“小心。”他说道。

“为什么？”

“你开得太靠右了，我们差点撞到那辆货车的后视镜。”

我属于那种不能忍受别人对我的开车方式指手画脚的人，更确切地说，应该是完全不能忍受。但是史丹利说得确实没错，我喝得太多了，其实我现在不应该开车。之前我们也犹豫过，史丹利本来已经站在了他租赁的汽车旁边，但是最后还是耸了耸肩，钻进了我的车里。

“谢谢，”我对他说，“你注意右边，我看着左边。”

我切换到了低挡，把车速慢了下来。拉尔夫开着沃尔沃走在我们前面，我看到他的车后灯在我们前方大约三十米的地方消失在一个拐弯后面。当我把车停到路边时，我听见轮胎刮过边石的声音，那声音听起来就像咬紧牙关时发出的咔嚓声。

“怎么了？”史丹利问道。

“啊，我刚想到今天是星期五。通往海边的大路上可能加强了检查。我可能喝得太多了，搞不好我就会丢了驾照。”

“好吧。”

“但另外还有一条路，一条碎石路。你知道我们在这附近露营过几天。如果我能找到那处露营地的话，我们也能从那儿走。”

我们确实很是费了一番功夫，有好几次我们都开进了死胡同，但最后我们终于找到了那条碎石路。我几乎很确定那条路就是通向露营地的。道路两旁长满了花草树木，我把窗户放了下来，然后打开了远灯。

“马克，小心右边的树，”史丹利提醒道，“还有左边的。”

我们两个人都忍不住大笑起来。我加大了油门，就好像是为了表明我已经掌控了局面。车轮在飞驰，车子一鼓作气地向前冲去。

“耶！”史丹利兴奋地喊道，“斑马一号，我们正在进发！”可能是某部片子里的镜头，我本应该知道这个桥段，但事实上我却没有一丁点的概念。其实我也没有兴趣去追问他，我还有其他更好的问题，比如说，艾曼纽究竟多少岁？她在做爱的时候也像她平时看起来那样冷漠吗？还是说她的冷漠不过是一种假象？你这个老家伙能应付得了她吗？她在床上的时候也总是戴着那副太阳镜吗？

“之前到底是什么事情？”我问道，“拉尔夫说过，你要讲的事情我肯定会感兴趣。”

“这个嘛……”史丹利回应说。

“如果你现在不想讲的话……那就下次再说吧。”

我们沿着那条陡峭的碎石路一直向下开，远处山下时不时会有灯光透过树丛晃入我的眼帘，那灯光很可能就来自海边的酒吧和宾馆。我们走对了。

史丹利也把车窗摇了下来，他把手中的香烟丢了出去，然后又点上了一根。“‘9·11’事件过去几个月后布什政府邀请了几个电影导演到白宫去，主要是几位拍摄科幻电影的导演。史蒂芬·斯皮尔伯格、乔治·卢卡斯和詹姆斯·卡梅隆，还有我。我拍过几部科幻影片，有一部在欧洲只发行过 DVD，但是另外一部相当成功，名字叫《战栗》。我不知道你听说过没有。”

这个名字我听起来有点耳熟，但是我看过的最后一部科幻电影是《后天》。

“不，我恐怕没有看过。”

“无所谓。那天在总统办公室里的阵容真是豪华，除了乔治·布什之外，当然还有迪克·切尼和唐纳德·拉姆斯菲尔德，CIA 的乔治·特内特和国家安全顾问，还有几个将军也都在场，还有我们这群导演。有干果点心，有茶有水，当然还有啤酒、威士忌和杜松子酒。我们讨论的话题主要是想象力，我们的想象力。”

那条碎石路变得越来越窄、越来越崎岖，连绵不绝的发卡弯几乎看不到尽头。我把发动机切换到了二挡，透过敞着的车窗我可以听见碎石撞击车底的声音。空气中弥漫着松针的暖香，还有海水的味道。我想到了待在度假屋的卡洛琳，想到了她在我脸颊上留下的离别吻。你是不是喝得太多了？你还能开车吗？

“我们任由我们的想象力自由驰骋，本来他们邀请我们也就是为了这个目的，”史丹利继续说道，“我不知道是谁想到的点子。乔治·布什自己，还是他的顾问，管他呢。我们一开始还在喝茶、喝咖啡，但很快就开始喝起了啤酒和威士忌。总统也在喝酒，一会儿的工夫他就灌下了几杯威士忌。迪克·切尼和唐纳德·拉姆斯菲尔德喝的是杜松子酒。不知道是谁打开了音乐。一开始是鲍勃·迪伦，然后是吉米·亨德里克斯和南方小鸡乐队。我现在回想起来还是觉得这真是太他妈的令人难以置信了。但是他们邀请我们去的目的不正是让我们做这些事情吗，我们对未来展开了大胆的想象。在‘9·11’事件之前，没有任何人想到过恐怖分子会利用客机作为武器，之前的一切都集中在客机自身的安全上，以及防止炸弹袭击和人质劫持方面。飞机撞上摩天大楼，这完全是超乎想象的事情。对他们来说事情的关键就在于，我们能不能凭借我们的想象力预见到这种超乎想象的事情。凭借想象力，我们让外星生物造访地球，让未来的复仇者成功回到了现代，那么凭借想象力，我们也应该能够预测到未来的恐怖分子可能会策划什么阴谋。但这件事我应该换个方式跟你解释，《战栗》那部影片是我根据一本书改编而成的，作者是个美国人，名字叫塞缪尔·德默。我不知道你有没有听说过他。”

“没有，应该没有。”

“好吧，也无所谓。事情其实是这么回事，我读过这本书，塞缪尔·德默的《战栗》。我读的时候就马上想到要把它拍成自己的电影。我那天是在午夜十二点左右开始读这本书的，早上六点的时候我已经把它读完了，八点钟的时候我就给德默打了个电话，是私人电话。通常情况下这种事情都是由我的代理人去经办，但是这一次我想亲自跟他表达一下我心中的喜悦之情。德默属于那种不太好打交道的人，他从不上电视节目，也从不参加访谈。其实这种类型的作家对我来说最具吸引力。就像以往一样，他一开始表现得很矜持，他完全不在乎他的书会不会被改编成电影。但是我从他的声音中听出了其他的东西，人们在不善交际的人身上常常会体验到这种感觉。他其实很高兴我能给他打电话，能同别人交谈对他来说也是一件乐事，即使这个人是他完全不认识的人，也许正是因为是个陌生人才让他尤为兴奋。我觉得，这种人往往在同他们自己的名声抗争，就像美国人常说的，盛名之下其实难副。比如我那么早就给他打电话，而他对此毫不介意，简单地说就是我们之间擦出了火花。我们聊了一会儿他的书，聊了下把它改编成电影的可能性。有时候他问的东西会让我完全不知所措，他的一些话让我哑口无言，但却终生难忘。有些话甚至可以说是成了我的人生信条！‘您为什么不自己编点什么呢？’他问道。我必须承认，我当时感到非常窘迫。我不知道我应该怎么回答。最后我问他，他到底指的是什么意思。我听见他深深地叹了一口气：‘我的话没有别的意思。您听起来是自己很有想法的人。我的意思是，您有足够的想法，您为什么不自己构思出一部影片来呢？’之后我们至少还闲聊了半小时。我们什么都聊，聊我们两个都感兴趣的书，聊电影，后来我们还私下结识了一下。同他的合作非常愉快，但是德默的问题确实改变了我的一生。最后我拍摄了《战栗》那部影片，但是经过他的首肯，这部影片可以说是基本脱离了他的原著。根据塞缪尔·德默的同名小说改编，这句话只是在影片的最后才出现在了片尾字幕上。《战栗》之后我再没有一部影片是改编自小说的，我把德默的话深深地刻在了心里，再后来我便开始自己构思影片中的情节。”

车灯照亮了路边的一块牌子，牌子上画着一顶帐篷，旁边还写着我们待过两晚的那家露营地的名字。还有八百米，这后面的路会更陡峭些，我记得在三四个急转弯之后就是那片海滩，现在终于是看到胜利的曙光了，我加大了油门。

“你们在白宫那次最后想出了什么主意？”我问道，“下次恐怖袭击可能在什么地方发生？”

“这正是我马上要说的，”史丹利说，“可能压根儿没有想出什么主意。我的意思是，我们那天可能已经想出了几个很棒的点子，不过问题是所有的内容都是高级机密，我们已经答应必须对此三缄其口。只有斯皮尔伯格后来走漏了一点风声，具体的细节我也不知道。但无论如何肯定是些无关紧要的内容。因为我们在那个醉酒当歌的下午得出的最重要的结论就是，将来的情况会变得更加糟糕，甚至会比我们噩梦中最大胆的想象还要糟糕。‘9·11’那场悲剧是已经够糟糕的了，真是他妈的一场噩梦。我们面临着一个新的世纪，已经不再有什么是神圣不可侵犯的了，确实没有了。文艺复兴时期人们发明了一种新型大炮，可以用它在城堡上打开缺口。这种大炮改变了整个世界，各种力量对比发生了翻天覆地的变化，几十年之内就彻底打破了几千年来形成的格局。现在类似的事情也正在酝酿之中，我们这些现代化的国家，西欧、美国还有亚洲的部分国家，就像是城堡，很久以来我们就主导着一切，但是轰击我们的大炮已经就位。”

“那看起来会是个什么样子？”

“这个嘛，我刚才说过，这是高级机密，但是当然不是真的大炮。总而言之不是单一的事件，而是多种因素同时作用。”

我不得不承认，我确实开始对史丹利的故事产生了兴趣。

“你能不能给我透露一点呢？我保证守口如瓶。”

为了表明我缄口不言的决心，我把一只手从方向盘上抬了起来，把两根手指伸进了嘴里，然后又举了起来。我摆出了这副发誓的姿势对他说：“我决不食言！”

“小心！”

有辆车突然毫无征兆地从右边蹿到了碎石路上。我踩下了刹车，然后猛打方向盘，也许太迟了。我们常常自欺欺人地说，我们在漫天大雾的情况下也能安全驾驶，但是其实这种时候人的反应能力会下降，人们可能无法及时地踩下刹车。两辆车碰到一起时发出了剐蹭声，说是相撞就太夸张了，只是两车的金属板蹭了一下。然后我们的车就横在了路中间，另外一辆车停都没停就开跑了。那辆车的后灯很快消失在下一个拐弯后面。

“狗娘养的！”史丹利咆哮道，“你看见没有？他妈的！”

我用手擦了擦我脑门的冷汗。

“该死的，”我也开口道，“真他妈的该死！”

“这个家伙竟然不开车灯！你看见了吗？他没开车灯就闯了过来。”

“但是他的后车灯却亮着，当他刹车的时候。”

“是啊，那是因为他刹车了。但是他没有开前车灯，保证没有。”

这时候我才发现发动机熄火了。四周突然安静了下来，只有引擎盖下发出噼啪噼啪的声音。我们的下方传来了清晰的海浪声，空气中不仅有松针和海水的气味，还弥漫着一股轮胎的焦煳味。

“快点，马克。我们要好好教训一下那个浑蛋，我们去教训一下那个狗娘养的！是的！”史丹利攥紧了拳头，甚至举起了杂物箱。我深深地吸了一口气，然后把手放回了方向盘上。“你还在等什么？”他催促道，“快点，把车发动起来！”

“史丹利，这可能不是个好主意。我喝得太多了，我们应该庆幸那个家伙没有停下来。一旦追究起来，我血液里的酒精含量那么高，无论怎么说我都是难辞其咎的。”

史丹利一言不发地打开了车门，走了出去。“你要干什么？”我问道。这会儿他已经绕到了我这边，接着打开了车门。

“你坐到旁边去。”他开口道。

“史丹利，这真的不是什么好主意。我觉得你喝得也不算少，也许比我喝得还多，至少绝对不会比我少。”

“三杯而已。可能看起来我喝得好像和你们一样多，但是我喝得非常慢。”

“史丹利……”

“来吧，马克。你快点，如果那个浑蛋比我们先到海滩的话，那我们就什么都做不了了。”

当我越过操纵杆爬到邻座时，我才真切地感受到我的脑袋到底有多沉。只要酒劲一发作，我脑袋的重量就能把我掀翻在地。我知道这是怎么一回事，身体需要补充液体，补充水分。但是已经太迟了，然后人们就只能这样忍下去。我想到了啤酒，一大杯啤酒。喝啤酒的话之后会很难受，但这一刻也顾不得这么多了。

史丹利发动了引擎，踩下了油门，我们面前一时间沙石横飞。“耶！你抓紧点，马克。”

经过第一个弯道时车子轧过路边的岩石发出咔嗒咔嗒的声音，在经过第二个弯道的时候又有树枝吱嘎吱嘎地掠过了车顶。“史丹利！”

“他在那儿！”

在我们前方不到三十米的地方，那辆车正亮着刹车灯朝下一个拐弯开去。史丹利不停地闪烁着远光灯。“这下我们逮到他了，马克。我们逮到他了。”

他把车子切换到了低挡，然后加大了油门，发动机发出一阵咆哮。“你看过《速度之魔》吗？”他问道。但是没等我回答，他就接着说，“那是我在美国第一部小有成就的作品，一个极其单调无聊的故事。但那是我那个时候能得到的唯一一个剧本，有关纳斯卡赛车的，一个得了癌症的赛车手还想再一次成为众人瞩目的焦点，但是他被挤出了赛道，最终烧死在熊熊烈火之中。”

“史丹利，拜托……”

“那个患了癌症的赛车手还有一个哥哥，他也有点戏份，当时我自己扮演了那个角色。拍摄整部影片的过程中，唯一能让我快乐的事情就是我总是可以开着小车随心所欲地到处飞驰。整天干不完的活儿搞得我焦头烂额，然后我就会开着车碰谁一下，让他满地打转。”

这时我们已经紧紧地咬住了那辆车，那是一辆雷诺4。史丹利拼命地按住了喇叭不肯松手：“来点速度啊，否则有什么意思。来啊，快点啊，你个狗娘养的！加油门啊！”

他不停地打着方向盘，想要去撞那辆车右边的后保险杠。又是一阵金属碰撞的声音，比第一次还要响。我还听见了玻璃破碎的声音。“逮到他了！”那辆雷诺开始打滑，然后在原地转了一圈。有一刹那那辆车就好像要翻了一样，它的一边车身至少离地有一米，然后就这样在空中悬了差不多一秒钟，最后四个轮子才终于都落回了地面。我以为史丹利会很快驱车离开，但是他却挂上了倒挡，在那辆车旁玩起了车技。

“你这个神经病！”那个司机惊魂未定地喊道。他打开车窗睁大眼睛盯着我们，然后继续咒骂道，“去死吧，你个浑蛋！”

然后史丹利才心满意足地加速前行。他狂笑着将车开过了通向海滩的最后一个弯道：“哎呀！马克，你有没有看到他那张脸？那表情真是让人开心。就得让那个家伙知道我们荷兰人也不是吃素的！”

我没有出声。当那辆雷诺的司机盯着我们的时候，我迅速地把脑袋缩了回来。那个男人的头发比我第一次见到他的时候还要蓬乱，但是我立刻认出了他，他就是拒绝好好照顾他的动物的那位露营地老板。

史丹利一时间还无法平静下来，他把身子转向我，兴奋地挥舞着胳膊。过了一会儿我才明白，他的意思是让我为他鼓掌欢呼。

“两瓶。”他开口说。

“什么？”

“我之前搞定了两瓶红酒，这还没算上饭前的那几杯啤酒，还有下午茶时的那三杯白兰地，还不赖吧？”

26

海滩上这会儿真是人山人海，我们花了很长时间才找到了其他人。挂满了灯笼的露台上看不到他们，海边已经点燃的庆祝篝火旁边也没有他们的身影。周围不停有烟花腾空而起，在轰隆隆的鞭炮声中还夹杂着慢摇迪斯科的曲调声。

“在那儿后面。”史丹利喊道。

拉尔夫和尤蒂特面朝着大海站在那里。几乎在同一时刻我看见了利萨，托马斯正在奔跑着追赶她。她尖叫着摔倒在沙滩上，托马斯向她扑了过去。

“你们来得正是时候。”拉尔夫说。

他把一个炸药管大小的爆竹深深地插到了沙土里，然后在上面罩了一个显然是从家里带过来的大锅。那是一个沉重的圆底铜锅——我们的祖先曾经就是把这种东西用铁链挂在了火堆上。

“所有人都后退！”拉尔夫喊道。

随着一声巨响，那个铜锅不见了踪影。我们没有看见它飞到空中，它就好像凭空消失了一般。它原来待的那个地方，这会儿裂开了一个直径大约三十厘米的大窟窿，从那个窟窿里泛起阵阵青烟。

“在那儿！”拉尔夫又喊道，“你们看！”

我们顺着他手指的方向望去。那个铜锅被爆炸掀起的气浪抛到了空中。这个距离很难判断，一百米？两百米？它旋转着升得越来越高。在它从我们的视线中消失之前，它一头扎向了大海。它一直落到离海平面大约十米的时候，我们才又发现了它。

看着那个铜锅葬身大海，尤蒂特撇了撇嘴说：“这下我们的保证金算是吹了。”

拉尔夫喊道：“你们看到没有？这动静！看这儿，这个窟窿，真是太疯狂了！我的耳朵都要震飞了。”

“这个我们怎么跟房东解释？”尤蒂特问道。

“哎呀，你就别那么扫兴啦！那个玩意之前就放在仓库里，没人会觉察到的。”

我从侧面打量着尤蒂特，这时她皱起了眉头，沙滩上的火光反射到了她的额头上和她的眼睛里。

还是有机会的，我心中暗想。这个女人，今晚肯定还有机会。紧接着我又想到了几小时前在厨房里的那场意外。我感到胸口一阵刺痛，我的头也开始沉起来，那感觉就好像我们之前和那个露营地的老板撞车的时候一样。我想到了我的大女儿尤利娅，她肯定把一切都看在了眼里。否则还能有谁？尤蒂特的母亲？也许是她，可能吧。托马斯和阿历克斯？利萨？我把她排除了，她面对我时表现得还很正常，几乎是唯一一个。我在思考，那个站在厨房门后面的人可能看到或者听到了什么。我安慰自己说，也许什么都没有，但紧接着一个声音在我心底响起，也可能是什么都看到了。

我思考了一下自己应该怎么做，怎么去面对尤利娅，最好对她坦白。嗯，不能坦白，但是要开门见山地谈谈：我不知道你看到了什么，但是阿历克斯的妈妈有点情绪低落，我那会儿是想安慰她。她伤心是因为……这个嘛，因为一些成年女性才有的苦恼，这个我以后再跟你解释。

“尤蒂特？”拉尔夫喊道，“尤蒂特，你要去哪儿？”

尤蒂特迈着大步穿过沙滩朝露台走去，她四周环顾了一下。拉尔夫对我扮了个鬼脸，然后无可奈何地耸了耸肩。

“别管她，马克，”他对我说道，“她这种情绪的时候就不要去理她。”

我犹豫要不要跟上她，最后我决定不去了，否则就太显眼了。过会儿，过会儿肯定会有机会。我会向她展现我的柔情，至少比她的丈夫要温柔。这不是废话吗，我之前已经展现过我的柔情。我做了个手势来回应拉尔夫的鬼脸，我的手势表达的意思是：“女人真的是不可理喻。”

“就因为那么个破锅，”拉尔夫说道，“你能理解吗？”

“啊，”我回应说，“卡洛琳有时候会发脾气。这个时候我们应该有负罪感，我们应该好好想想到底又做错了什么。”

拉尔夫朝我走了过来，把胳膊搭在了我的肩膀上：“据我所知，你很了解女人，毕竟整天在你的诊所里和她们打交道。”

我闻到了他的呼吸，剑鱼味……我趁他们不注意的时候把我的那一份藏到了餐巾下面，然后只吃了点法棍面包。这会儿我的胃饿得咕咕叫，我必须先吃点什么。吃点什么，然后来杯啤酒，这样我才能将苦闷的情绪一扫而空。

“所有人都后退！”史丹利脱光了鞋子站在大海里，海水已经漫到了他的膝盖。他两只手里分别拿着一个二踢脚，大笑着对准了我们，引火索喷射出了火花。

“别这样！”拉尔夫喊道，“你疯了吗！”

直到最后一刻史丹利才来了个一百八十度转身，把那两个二踢脚对准了大海，但不是朝着空中，而是水平的。那两个二踢脚几乎同时从他手里射了出去，其中一个只飞了几米远就在激荡的浪花之中消失了，另外一个几乎是紧贴着水面掠了出去。这时候我才发现有人在水里游泳——不超过五个人，但毕竟……那个二踢脚扎到了他们中间。一开始什么都没有发生，然后伴随着一声雷鸣般的巨响，水面上蹿起了一片白色的水幕。那些游泳的人发出了一阵惊呼，他们向史丹利挥舞着双臂，但是史丹利只是大笑着挥手回应他们。

“世界末日喽！世界末日喽！”他把手做成了喇叭状高声叫喊着，“拉尔夫，拉尔夫，再给我一个。我们把他们从水里轰出来！”

我们彻底忘记了还有一个最先飞出去的二踢脚。它突然爆炸了，那声音就好像是丢出去的一个铁锚砸在了一块岩石上，潮湿的沙子铺天盖地地向我们袭来。我的左眼进了些东西，离爆炸最近的史丹利失去了平衡，然后向前摔到了水里，他气喘吁吁地爬了起来。“误伤！误伤！”他苦笑着说——这是这种情况下人们唯一可以做的事情了。就像拉尔夫玩乒乓球摔了个四仰八叉时，他也是这样用嘲笑自己来掩饰尴尬。当史丹利穿着短裤和 T 恤像落汤鸡一样爬到岸上时，我和拉尔夫也大笑了起来。

这时有人握住了我的手腕。“爸爸？”利萨开口道，“爸爸，我能和托马斯一起去买个冰激凌吗？”

“嗯，好的。”我用空着的那只手摸了一下我的左眼，泪水立马流了出来。疼痛的感觉一直挥之不去，我的眼睛进了什么东西，一块贝壳碎片或者一粒沙子。“尤利娅在哪儿？”我问道。

托马斯从后面推了她一下，她摔倒在沙地上。“托马斯，你个坏蛋。”

“利萨！”我喊道，“你不可以这样……你不可以……”托马斯用两个拳头捶着自己裸露的胸膛，然后像人猿泰山一样发出了一声吼叫。

“尤利娅在哪儿？”我又问了一遍。

“我怎么知道啊。”利萨回答说。她从地上吃力地爬了起来，然后抬手给了托马斯一记响亮的耳光——这一下非常有力，无论如何是比她计划中的要有力得多。“妈的！”托马斯喊道，“你个蠢婆娘！”他喊着向她扑了过去，但是利萨早就跑开了。

“去喝杯啤酒吧？”史丹利问道。他全身湿漉漉的，灰白的头发紧贴在脑袋上。我看到他头上有几处地方从发间闪露出了白色的头皮。拉尔夫还一直笑得全身摇晃。“你应该把这个拍下来，史丹利！你真应该把这个拍下来！”

“尤利娅在哪儿？”我问拉尔夫。

史丹利不停地在各个口袋中翻找着。“好像我所有的钱……哦，不，没有……”他掏出了几张纸币。“吹风机！”他喊道，“老人头换吹风机喽！”

“尤利娅和阿历克斯去哪儿了？”我问道。

“他们到另外一家沙滩酒吧去了，”拉尔夫回答道，“那后面……”他用手指着远处对我说，“海湾另外一边的那片灯光那儿。”

“就他们俩？”我问道。

我看到了拉尔夫说的那片灯光，很难估计出这中间的距离有多远，但至少有一公里，也许甚至超过两公里。我们待的这片沙滩灯火通明，但这边和那家沙滩酒吧之间却看不到任何东西，只有夜幕笼罩下的很长一段空旷的沙滩。

“马克，年轻人的事你就不要去干涉了，他们俩肯定不愿意在这儿和我们一起游荡了。”

“不是的，我只是考虑……尤利娅之前可能在等我。”

其实拉尔夫允许我的女儿去另外一家沙滩酒吧这件事情让我很恼怒。但是，我还是尽量表现得不露声色。他难道就没想到要问问我同意不同意？这难道是儿戏吗？他难道不应该对我女儿说：“我这儿没问题，但是我觉得我们最好等等你的父亲，看他怎么说。”

“你的眼睛进了什么东西吗？”拉尔夫问道。

“没事，嗯，可能是颗沙粒或者什么东西。”

“一人一杯啤酒？”史丹利甩着手里湿漉漉的钱问我们。

27

因为露台上没有空位置，所以我们就靠在一个吧台上喝着啤酒。这个吧台可能是专门为今晚而在沙滩中间搭建起来的。到处都不见尤蒂特的身影，拉尔夫好像也没有特别经心，他压根儿就没有想去找她的意思。

“天哪，那边的真是能让人馋得流口水啊。”他说着说着便把手里的大啤酒杯砰的一声撞到了台子上。我顺着他的目光望了过去，离我们几米远的地方有三个穿着比基尼的女孩。她们背对着我们，正在寻找空位置。拉尔夫摇了摇头。“哎呀，马克，真是眼不见心为净啊。唉，如果能让我跟她们中的一个待上几分钟，我愿意去杀人，几分钟就好。”他用舌头舔了一下嘴唇，叹了口气，然后不停地摆弄着短裤的搭钩，他的手指顺着裤子的搭门滑了下去。突然我又看到了那猛禽般的眼神，那种他在剧院休息厅打量卡洛琳时的眼神。就像那个时候一样，当他从头到脚打量那几个女孩的时候，他的眼神开始迷离起来，最后他的目光落到了她们的屁股上。

“嘿！”史丹利喊道。

我们转过头看着他，他向那三个女孩招了招手：“嘿！来！到这儿来！”

拉尔夫摇了摇头，看了看手中的啤酒，然后又盯着我说："我们只是幻想一下，他直接做出来了。"

那三个女孩哧哧地笑着把脑袋凑到了一起。我试着去揣摩她们的心理，她们看到了什么？三个风华不再的老男人穿着短裤，握着啤酒杯。如果我是她们的话，肯定会马上换个目标。

让我感到意外的是她们虽然有点犹豫，但竟然还是朝我们走了过来。人们从背后看一个女人往往会做出错误的判断，这种情况经常出现。人们看到一头金黄色的长发披散在裸露的肩膀上，但是当这个女人转过头时，人们会发现她比人们预期的要老上个十几岁。而眼下的情形恰恰相反：凭着她们的身材完全可以上《时尚》或者《魅力》杂志的封面。我试着去揣测她们的年龄。十九？二十？无论如何绝对不会超过二十五岁。我朝拉尔夫看了一眼。他迅速地咽了一下口水，咂了咂舌头，然后又摸了摸肚子。就好像他饿了一样。就好像我们现在是在一个聚会上，侍者正端着盛满肉丸、春卷和香肠片的盘子在我们周围转悠。

"嘿，她们真是有目共睹的美人啊。"他开口说道。

"晚上好，女士们。饮料？你们想来点什么？白葡萄酒？玛格丽特？鸡尾酒？"史丹利朝我们眨了眨眼睛，马上直奔主题，把手放到了离他最近的那个女孩裸露的肩膀上。她们又哧哧地笑了起来，但是并没有走开。她们和我们逐一握手，然后自我介绍了一下。史丹利问她们从哪儿来的，我们听明白了，两个来自挪威，第三个来自拉脱维亚。来这里是因公还是因私，不，他没有这么说，他用的词是游玩，工作还是游玩？他的语气透露着一股弦外之音，就好像工作还是游玩都无关紧要。在我看来，这应该是这三个女孩告别的时候了，但是她们并没有离开，而是继续肆无忌惮地哧哧笑起来。那两个挪威女孩用吸管喝着玛格丽特，那个来自拉脱维亚的女孩把两杯伏特加加冰一口气给喝了下去。

“哎，马克，”拉尔夫说，“你真走运，你的老婆待在家里。他的也是。”他边说边指了一下史丹利，“但是我就什么都做不了了，否则尤蒂特绝饶不了我。”他用探寻的目光环顾了一圈，这一切我都看在眼里，“那个小妞彻底醉了，你可以毫不费力地拿下她，马克。”

他侧了侧头，指了一下那个来自拉脱维亚的伏特加女孩，然后他的目光落在了那两个挪威女孩的大腿上，紧接着他又发出了咂巴嘴的声音。这时史丹利搭在那个女孩肩膀上的胳膊搂得更紧了，他本来好像是想要夺那个女孩嘴里的吸管，但后来转而把鼻子埋到了她的耳朵里。那个女孩笑着把他推开了，然后用挪威语对她的女伴说了句什么。那个女孩正拽着拉尔夫的手腕，想要把他拉近一点。

“嚯，嚯！”拉尔夫叫道，“慢点……等等！天哪，她们真不是一般的火辣啊，马克，我们真是交到桃花运了啊！”

他又往四周迅速地扫了一眼，然后把胳膊挽在了她的纤腰上，接着把她拉到了身边。不，不是挽着她的腰：还要低一点，几乎是紧挨着她比基尼的那根窄窄的小橡胶带子。眨眼的工夫他的手指已经到了带子下面。我打量着他的手，他的手腕。那大小对比看起来确实很奇怪，我感觉拉尔夫的手腕似乎比那个女孩的腰肢还要宽厚。我看着他如何把他的胖手指推进到了她的股沟之间。我想到了其他的身体部位，那些同样比例不太协调的部位。但是我还没来得及继续展开联想，那个姑娘就想推开拉尔夫。她的女伴同史丹利是打情骂俏地推搡，但她是认真的。拉尔夫看不到她的面部表情，但是我看得到，她的嘴巴扭曲了起来，就好像她吃到了什么难吃的东西或者是她突然哪里很不舒服，但是因为拉尔夫看不到这些，所以他把她又拉近了些，同时还用嘴去亲吻她的脖子。

那个女孩发出了一声尖叫，然后骂了一句“死肥猪”之类的，紧接着是一句“滚开”。与此同时，她将膝盖向拉尔夫的两腿之间撞去。

拉尔夫疼得直咧嘴，他猛地蹦了起来，然后用他那只刚才还在她比基尼里面的手捂住了自己柔软的裆部。

“妈的！”这是他唯一能发出的声音。

那个姑娘把手中剩下的玛格丽特泼到了他的脸上。不知道她是有意的，还是因为她酒醉失手了，不管怎么说那个杯子是结结实实地撞到了拉尔夫的上嘴唇上，同时传出了一声好像是什么被打碎了的声音——一颗牙齿或者是那个玻璃杯。拉尔夫捂着嘴巴，用舌头舔了舔牙齿，然后看了看自己沾满鲜血的手指。

“你这个骚货！”他厉声喊道。

我和史丹利还没来得及反应，他就已经握紧了拳头挥了出去，但是他的两腿还有些打战，所以他并没有击中目标。

“拉尔夫！”史丹利喊道，“不要做傻事！”

“你这个臭婊子！”拉尔夫继续咆哮道，“一会儿卖弄风骚，一会儿又装圣女，真他妈的恶心！”

他抓住了那个女孩的手腕使劲拉了她一把，她尖叫着摔倒在了沙滩上。就像一个足球运动员准备射任意球一样，拉尔夫竟然拉开了助力的架势，我立马意识到他是想踢她的肚子。

“拉尔夫！”我按住了他的肩膀，同时使出全身的力气别住了他的小腿。因为他的另外一条腿还在空中，所以他在力量上处于弱势。他的身体就像一栋被炸药拆毁的大楼一样又来来回回摇晃了一会儿，才慢慢地瘫了下去。他的后脑勺撞到了柜台上。我听见咔嚓一声，但是我不清楚那声音是来自他的脑袋还是柜台的木头。

这时四面八方的人都拥了过来，主要是些男人——高声叫骂着的男人，拦住了我和史丹利的男人，想要保护那个挪威女孩的男人。“大家冷静一下！”我听见史丹利在喊，但是我看不见他，他已经不在他刚才站的那个位置上了。

“史丹利！”我大声喊着。两个男人把我向后掀翻在地上，第三个使劲地用膝盖顶着我的胸口，压得我几乎喘不过气来。“大家保持冷静！”我气喘吁吁地说道，“大家冷静一下。”

我从眼角瞥见那个挪威女孩正坐在拉尔夫的身上，她用拳头捶打着他的脸，直到有两个男人把她拉开了。

28

我站在我们第一晚吃饭的那家饭馆的洗手间里，对着洗手台上的镜子检查我的左眼。它已经肿了起来，这会儿还在滴血。里面肯定飞进了什么东西——一颗沙粒、一个贝壳碎片或者是一粒小石头，沾在了角膜上。但是，谁知道呢？我心里在想，谁知道那颗沙粒或者那个小石头是不是已经穿过了角膜，现在已经插在了眼球的液质中了呢？我的呼吸开始加速，我的心脏也怦怦地跳得更响了。

眼睛对我来说总是个问题。除此之外，对我来说都无所谓——爆裂的伤口、骨折、要动用圆锯的腰肌劳损、喷溅到手术室天花板上的鲜血、开了个四角窟窿的脑壳、外露的脑浆、盒子里跳动着的心脏、从脖子一直切开到肚脐的胸腔里沾满鲜血的纱布——所有的这一切我都能忍受。但是和眼睛有关的东西例外。那些不属于眼睛里的东西，比如碎玻璃片、沙子、灰尘、半滑到眼球里的隐形眼镜……我不喜欢把病人转诊到专业医生那里。但是候诊室里那些眼睛肿胀或者不停地眨巴着眼睑的病人，我是不会接待他们的。我会对我的女助手说："用血手帕捂着眼睛的那个男人，你想办法让他消失。马上。让他去急救中心。或者开个转诊单让他去找眼科医生。我早餐还没吃呢。"

我不知道是什么原因，肯定和很久之前发生的什么事情有关。我心里很排斥的什么事情。大部分的心理恐惧症都来源于四岁以前的经历：害怕蜘蛛、怕水、怕女人、怕男人；害怕开阔的平原或者深谷；害怕蟾蜍或者蝗虫、盘子上瞪着眼睛的鱼头、野外滑水、家具中心或是过街通道——我这只是简单地举几个例子。人们称之为心灵创伤，会去看咨询师。经年累月的挖掘之后真相终于浮出水面：在超市里和妈妈走失；一滴热蜡；网球鞋里的一只鼻涕虫；和蔼可亲的叔叔用一张卷起来的报纸吹出一个个好看的烟圈，但是夜里却跑过来用手指套弄着孩子的阴茎；身上长满肉瘤、脸上长着硬胡子的婶婶送来一个晚安吻；夏令营盥洗室里的老师——他后背下半部分和他的屁股之间没有什么明显的过渡，屁股下面的皮肤消失在一道紧闭的肉缝里，那个男人正在用一条粉红的毛巾擦洗他那细小、苍白的阴茎。夏令营之后这个孩子就再也无法把注意力集中到那个老师在黑板上画下的直角三角形上了。

我使劲睁开了眼睛，泪水忍不住流了出来。镜子里的左眼让我想起了荷包蛋。没有煎够火候的荷包蛋，那蛋黄和蛋清还滑溜溜地躺在平底锅里，就像是冲上海滩的一个水母一样。

有人晃了一下厕所的门。

“有人了。”我用荷兰语喊道，“这您看得到吧。”

我真的是一刻也无法忍受我受伤的眼睛。不仅因为它看起来那么恶心，还因为它确实很疼。就好像有人把点燃的香烟塞到了里面——这个荷包蛋里面，我又忍不住这样想。

厕所门又晃动起来，紧接着是三下急促的敲击声。一个男人用我听不懂的语言嘟囔着什么。

“够了！”我喊道。

我又眨了几下眼睛，但是没有用。我疼得几乎睁不开眼睛。我心烦意乱地从滚筒上扯下了一张纸，把它揉成了一团，然后伸到了水龙头下。蘸了水的湿纸球放在眼睛上能稍微缓解一下我的疼痛。

“耐心等待还是值得的，厕所现在是空的了！”我对厕所门口那个穿着无袖 T 恤的男人说。此时此刻他正站在灯光昏暗的过道里。当我经过他身边时，我发现他胡须横生的脸上满是汗水。我感觉他看起来有点眼熟，他也打量着我，似乎也在脑袋里努力把我对号入座。

“对不起。”他幸灾乐祸地对我笑着说，“我很急。”

我的目光落到了他裸露的肩膀和手臂上。他的胳膊上一边文着一只鸟，应该是一只鹰，那只鹰的利爪里抓着一颗滴血的心脏。另外一边我看到一些涂抹的血迹，就好像伤口或者是蚊子叮过的地方被挠破了一样。

那个男人顺着我的目光摸了摸那个位置，在那上面揉搓了几下，到最后能看到的只有些细细的红纹。我们像老朋友一样相互点了下头，然后他的身影就消失在厕所里。

在我走到露台上之前，我查看了一下周围的形势。不到一刻钟之前几个男人才把我按倒在那家沙滩酒吧旁边的沙地里，现在那里已经没了人迹。拉尔夫、史丹利和三个女孩也没了踪影。我把那个湿纸球压在眼睛上，然后艰难地从密密麻麻的桌子缝中挤了过去。也许只是我的想象吧，但是我感觉我的眼皮这会儿好像开始跳了起来——不是眼睛在跳，眼睛后面眼窝里的肌肉和肌腱没有错位，现在更像是那里在跳动。在有关眼睛的理疗课上我总是假装在认真听讲。每当教授投射幻灯片到银幕上时，我都会深深地蜷缩到长椅里。在一张幻灯片上可以看到一只眼睛，那只眼睛和眼窝之间还连着几根肌腱。我痛苦得忍不住大声呻吟起来，教授不得不停下来询问教室里是不是有人不舒服。

露台上摆放的音响里传出了低音协奏曲的旋律，我眼睛后面的跳动也跟着变成了这个节奏。

也许是因为我有点走神或者是因为我眼睛的问题，不论怎么说我竟然没有注意最后的那几张桌子。这时，突然有个年轻女人从其中一张桌子旁边的椅子上站了起来。她的肩膀撞在了我的鼻子上。我踉跄了一下，向后退了几步，然后跌到了一个几乎全裸的男人的怀里。

“哦，对不起。”我摸了一把我的鼻子，然后看了看我的手指，但是手指上没有血。

“对不起。”我对那个女人说。她看着我受伤的眼睛露出了关切的眼神，在她开口之前，我抢着说：“没事，不用担心。”

那个女人不算高，从身高来看显得有点胖。就这么一会儿的时间里我是第二次觉得一张面孔很熟悉了。这次我没花多少时间就想了起来：她是租赁办公室里的那个胖姑娘……那个答应要派人解决我们用水问题的姑娘。

突然我也想起了刚才敲厕所门的那个男人是谁。他们俩不是一对儿吗？这时我才发现这个女人哭过。哭红的眼睛。她又结结巴巴地说了几声对不起。

我摆了摆手对她表示没关系。也许那个维修工刚跟她提出了分手。

她的脸上弄脏了。她肯定是刚才哭过，然后用力擦了擦眼睛和面颊。周围还播放着音乐，但是这样一位姑娘却在这样的环境里被抛弃了，这难道公平吗？或者有人考虑过这一点吗？她就不能有点别的期待吗？她就只能指望一个满身汗臭的维修工吻吻她的脖子，在她耳边说点甜言蜜语，陪她几周（或者几小时）？

“我……很抱歉我必须得走了。”我对她说，“可以吗？”

她点了点头。她的脸又红了起来，还是那仅仅是她脸上的污渍？她从我身边挤了过去，消失在饭馆里。没有人注意到我。利萨和托马斯还在追逐着一个球，这期间还有其他和他们岁数相仿的孩子加了进来。幸运的是吧台的那场骚动并没有波及他们。在我去洗手间之前，我还和利萨说了一声：“如果有事的话，我就在那后面，我去趟厕所。”我边说边指了一下那个饭馆。她头都没回地说：“好的。”然后她就又跟在托马斯和另外三个男孩的后面跑开了。

拉尔夫最后终于成功摆脱了那群男人。他骂骂咧咧地抓起了装着鞭炮的塑料袋，朝着大海的方向走了过去。这个时候他们把我也放开了。“过来，马克！”拉尔夫对我喊，“让这些狗娘养的护着那个小婊子吧！”但是他并没有回过头看我。史丹利早就不见了踪影。我从地上爬了起来，拍了拍衬衣和裤子上的沙子，然后用一只眼睛四周环顾了一下。

这时候那个拉脱维亚女孩突然晕倒了。刚才她还手里拿着空杯子站在那里，紧接着她就倒了下去。毫无声息地，像一片从树上落下的树叶。几个男人弯下腰拍了几下她的脸颊。其中一个把什么东西放到了她的鼻子下面。另外一个从柜台拿了一条湿毛巾敷在她的额头上。她的一个眼睑被翻了起来，那下面只能看到白色。我赶紧移开了视线，不由自主地把手放到了我自己的眼睛上。

“医生。”有人在喊，“谁能喊个医生来吗？”

我本来可以偷偷溜走。没有人注意到我。我深深地吸了口气，向着大海那边看了一眼。现在已经几乎没人在放烟花了，幽暗深邃的大海沉睡在满天星光的夜幕之下。

“我是医生。”我开口道。

29

后来我常常问自己，如果那个拉脱维亚女孩那时不是站立不稳的话，情况是不是会和现在完全不一样，那我是不是就能及时赶到现场？但是我思来想去还是没有得出个什么明白的结论。有时候人们会对他人倾诉后悔自己当初做过的事情。一些不好的事情。至少人们觉得那是些不好的事情。人们在无数个夜晚里辗转难眠，让这些想法一遍遍在脑海中萦绕重现。但是过了一段时间之后，这种困扰就会变得不再那么强烈。人们终于鼓起勇气去征询另外一个人对那次意外的看法：人们会问，我对你说过什么过分的话吗？这时另外一个人会回答说，你在说什么呢？

事实上，我花了一刻钟让那个伏特加女孩恢复了意识。我检查了一下她的脉象，把我的耳朵贴在她的胸部来判断她肺部是不是进了什么液体（伏特加！）。保险起见，我把耳朵贴在了她的乳房之间更仔细地检查。多年的经验告诉我，这往往是生死一线的事情。像这种体重很轻的女孩——当我后来把她抬起来时，我发现她几乎不到四十公斤——很容易死于酒精中毒。这种身体完全无法应付这些乱七八糟的东西。心脏会像脱了缰的野马一样奔腾不止，但过不了多久它就会低头认输。我没有时间去理会周围那些男人可能出现的反应，我把耳朵深深地埋在了那个女孩的乳房之间。她的乳房很小，几乎掩盖不住心脏搏动的声音。这会儿她的心脏跳动得很缓慢、很沉重。最后阶段。再过五分钟就一切都结束了。我用左手把她的头抬高了一点，然后把另外一只手平放在她的腹部。当我把嘴巴贴近她的唇边时，我闻到了伏特加的气味。口对口人工呼吸。这种施救方式我以前很少用到。其中有一次是救一位三个孩子的父亲，他在野外滑水时后脑勺撞上了水槽的边缘，当场就沉到了水底。另外一次是我诊所里一位年事已高的作家。当我给他耳朵注射完药水时，他失去了意识。那场景我现在仍然历历在目。我心不在焉地看了一眼铜盘里的那一大坨黑黑的耳屎，然后当我转过头再看那个作家的脸时，他已经倒了下去。作为医生，人们需要反反复复地考虑，在特定的情况下人们应该怎样反应。比如人们应该首先救谁。尽管我们所有人都否认这一点，但是其实每个医生都会时不时地问自己这个问题。从根本上讲这种事情不难取舍，但是人们从来不会把这种想法说出来。那位三个孩子的父亲当然比一个已经差不多完成了他的作品全集的作家更有权利得到救助，就像人们所说的那样，他毕竟已经翻越了他的人生顶点。女人和儿童总是最先离开沉船。在理想的世界里，白发苍苍的老人会把救生艇的位置留给带孩子的年轻母亲。从生物学角度讲，老人毕竟已经接近油尽灯枯之时。如果一个年轻的漂亮女孩走过从拉脱维亚到法国的漫漫长路，然后就莫名其妙地在一个陌生的海滩上死于酒精中毒，这说来着实令人感到惋惜。我知道站在周围的人是如何在看我的。那些刚靠过来的人并不知道刚才发生了什么意外。他们没有看到那位救死扶伤的医生，而只是看到一个中年男人弯腰将嘴唇压到了一个女孩的嘴巴上。而且在这个过程中他的手还放在她的肚子上……

我捏住了她的鼻子，把空气吹到了她的肺里，同时我用力地按压她的小腹。她胃里的东西立刻向我涌了过来。我还来不及抬头，便有一股伏特加漫到了我的嘴里。纯粹高度酒精的混合饮料、消化了一半的食物残渣和胃酸。我把所有的东西吐了出去，然后把那个女孩的上身迅速抬高，以免她被自己的呕吐物窒息而死。她吐出来的剩下的东西喷到了她的肚子和腿上，但无论如何她毕竟是睁开了眼睛，吐出了一个声音，那声音让人联想到堵塞的下水道重新贯通时发出的声音。然后她开始开口讲话了。当然用的是她的母语——拉脱维亚语。我站了起来，然后握着她的手腕把她的胳膊举向高处。这个时候最重要的是让她呼吸到尽可能多的氧气。几个刚才阻拦我、拉尔夫和史丹利的男人开始鼓起掌来。通常这总是最美妙的时刻。这位医生刚刚挽救了一条生命。这会儿他成了众人瞩目的焦点。那位三个孩子的父亲第二天送了我一瓶红酒。他们当时想，如果没有那位医生，事情就可能会变得非常严重。但再之后他们又会把他慢慢遗忘。

当我捂着受伤的左眼朝饭馆走去时，大家纷纷侧身给我让路。有几个人还拍了拍我的肩膀，一个人还高高地竖起了大拇指对我眨着眼睛。人们操着不同的语言向我欢呼喝彩。但是我内心被一股越来越强烈的不安所笼罩。我刚才可能是太过粗心大意而忽略了这一点，而现在我心里很清楚：我十三岁的女儿和一个十五岁的男孩到一个离我们一点五公里的沙滩酒吧去了。拉尔夫随口便批准了阿历克斯和儿利娅的请求，尽管这确实让我很是气恼，但是我不想扫大家的兴。老实说，我把这整件事情很快便忘得一干二净。尽管我不愿意承认，但我确实去做了其他的事情，而没有去考虑谁知道我的女儿在这个漆黑的夜晚到底去了什么地方。我努力不让自己胡思乱想。我安慰自己说，首先我必须处理我疼痛的、跳得厉害的眼睛，否则我真的什么忙都帮不上了。但是当我站在厕所的镜子前时，我的想象就像开了闸的洪水一样迸发出来。我想到了所有的父亲，至少是每个女孩子的父亲，随时会想到的那些事情。乌漆麻黑的海滩。学校庆典后回家路上公园里黑灯瞎火的那一段路。今天晚上路边肯定有许多喝醉了酒的男人。我想到了阿历克斯，他应该不会伤害到我的女儿。他是一个老实、迟钝的男孩，他总是喜欢紧握着她的手——谁知道呢，也许不止这些。他太过虚弱，太过迟钝。如果有哪个喝醉了的家伙想接近她的话，他是无论如何都没有办法保护她的。不论是在沙滩上那一片黑咕隆咚的地方还是在另外的那家沙滩酒吧里。我的心里现在只有一个念头，我觉得尤利娅不可能像那个来自拉脱维亚的伏特加女孩那样幸运地脱身。我们度假时在饭馆里会允许她尝尝我们的红酒或者啤酒，但是其实她从来不喜欢喝酒。她只是把杯子端到嘴边，然后她的面部开始扭曲，露出一副痛苦的表情，就好像她那样做完全是为了取悦我们。不，我想到的主要是那些喝醉了的好色之徒，他们会把一个十三岁的小姑娘当成容易下手的对象。恶心的家伙们。就像拉尔夫那样的家伙，这个念头突然闪过我的脑海。

我想到了卡洛琳。就像之前说过的那样，我扮演的角色通常是那个什么都会同意的父亲——嗯，也许不是所有事情都会同意，但是绝不会是那个时时都会太过忧虑的母亲。如果我们两个人在一起，这没问题。

但是只要是我一个人的时候，我就会陷入恐慌。在一个露台上，或者是在一个百货大楼里，在海滩上！——所有这种人太多或者恰恰人太少的地方。在那种灯光昏暗的地方，我总是不停地四处观望，看她们还在不在那里。现在要比她们小的时候要少操些心，但尽管如此……担忧有两种表现。第一种表现是总是担心下一刻会发生什么事情：一个球滚到了车水马龙的大街上；一个拐卖儿童的人贩子；一道把孩子卷到深海的滔天巨浪。第二种就是卡洛琳的那种表现，她会说：你为什么不留心？那么多车你怎么能让她离开你的视线片刻？有时候我会问自己，如果我是一个单亲爸爸的话，是不是也会这样过于忧虑。作为鳏夫。但是这个单词立刻就结束了我天马行空的胡思乱想。仅仅是这样想想就让人难以忍受，所以我想到这里就停了下来。这时我的耳边响起了卡洛琳的声音。你怎么能够让她独自和那个男孩一起去那家沙滩酒吧？我往镜子里看了一眼，我的眼睛开始出血。我脑海里有一个声音回答道：我也没办法。当我到达那里时，他们已经离开了。拉尔夫和尤蒂特批准他们去的。我知道，这个辩护相当站不住脚。完全是荒唐可笑的。

在卡洛琳的声音说出下一句话之前——如果我在那里，这一切就不会发生——我下定了决心。

30

我当然首先尝试拨打尤利娅的手机，那部手机是一年前她从小学升初中时我们买给她的。为了她的安全，有事的话她可以给我们打电话，我们也可以给她打电话——我们当时是这么想的。然而她从一开始就是完全根据自己的需求来对待那部手机的。如果我们联系不上她，她总能找到借口来为自己开脱：肯定是放在书包里了，我没有听见铃声。或者是：电池刚好用完了。

所以当铃声响了三次，通话转入语音信箱之后，我一点也不感到意外。给她留语音信息毫无意义，尤利娅从不收听她的语音信箱。也很可能她没有带手机，她把手机留在了度假屋里。即使她带着手机，在这样一个夜晚里，她也有千万个不打开它的理由。同一个可爱的帅小伙在星光闪耀的海滩上漫步的时候，哪个十三岁的姑娘愿意被总是唠唠叨叨的父母打扰？

利萨玩得正开心，所以好不容易才让她注意到我。她心不甘情不愿地朝我走了过来。我问她：“你知道尤蒂特在哪儿吗？”

“谁？”她盯着那些正在玩足球的男孩，压根儿没听到我说的什么。

“尤蒂特。托马斯的妈妈。”

她没有回答，而只是抚开了脸上被汗水浸湿的头发。

“利萨……”

“什么？”

“我问你话呢。”

“对不起，什么事啊？”这时她才转过头来看着我，“爸爸，你的眼睛怎么了？”

我试着眨了眨眼睛，但是泪水马上流了出来。

“没什么。有东西飞进去了，一只小昆虫或者……”

“托马斯的妈妈坐在那后面。”利萨边说边伸手指了指。尤蒂特坐在一个小山丘上，她的脚下就是波涛汹涌的大海。我挥了很长时间的手，她才注意到我。然后她也朝我挥了挥手。

我本想对利萨说，你去玩吧。但是在我开口前她就早已经跑了出去。我从那几个男孩中间穿了过去，溜达到了海边。

当我站到尤蒂特面前时，她开口道：“哎，你们又放了不少鞭炮吧？”

她手里拿着一根香烟。我在口袋里摸到了我自己的那包，然后向她借了个火。

“我要去一下那边那家沙滩酒吧。”我对她说。

“阿历克斯和儿利娅去了那里。”

我本想尽可能表现得轻松一点，但是我的声音里听起来似乎已经是忧心忡忡了。

“需要我跟你一起去吗？”

我抽了一口手中的香烟。我们前面五米远的地方激浪在拍打着海滩，飞溅起的水花飘到了我的嘴里。“我不知道……”我指了指我背后那群正在玩足球的孩子。

“啊,有这么多人在,他们不会想到我们的。只要他们待在这儿……”她站了起来，“我跟托马斯说我们马上就回来。你的眼睛怎么了？”

海滩上并没有我之前想象的那么黑。山丘上面和山丘背后的一些度假屋里灯火通明。十分钟之后我们已经听不到身后那边敲敲打打的音乐声，但紧接着前方那家沙滩酒吧的阵阵轰鸣朝我们扑面而来。那是另外一种曲调的音乐，萨尔萨舞曲或者至少是南美风情的什么东西。尤蒂特脱下了她的拖鞋，把它拿在了手里。

我之前的那种不安也随之一扫而空。我心里笑自己总是常常做这种杞人忧天的事情。这里能发生什么事呢？时不时有成群结队的人向我们迎面走来，主要是些穿着泳裤和比基尼的年轻人，有时间隔五米左右的地方会有些成对的小情侣站在那里热吻。

“不好意思，我之前就那么走开了。”尤蒂特开口说，“我就是受不了拉尔夫那样胡闹。他就像一个永远长不大的孩子。他忘记他自己已经是有孩子的人了。他在他们面前的那种举动总能让我抓狂。”

我没有出声，而是离她越走越近，以至于我们俩的胳膊都碰到了一起。我闻到了海风里混杂着香水或者是古龙水的气味。现在只是时间问题，或者更确切地说，是时机问题。现在就搂住她的腰似乎有点为时尚早。我们最多还需要十分钟就能到达面前那家沙滩酒吧。我会在这十分钟里搞定一切。但是我必须要做得不露声色。当然不是真的不露声色：是她眼里的不露声色。

“拉尔夫那种忘我的精神真是让人钦佩。”我开口说道，“不论是他潜水的时候还是刹剑鱼的时候，他做所有的事情的时候都是那么投入、那么有活力。我有时候会嫉妒他这一点。我就没有他那股激情。”

女人总是会抱怨她们的丈夫。所有的女人。她们有时候就是需要发泄一下。但是人们总是无法认同她们这种需求。永远无法认同。人们永远不允许她们有那种可能做错了选择的想法。恰恰相反。她们必须为自己的丈夫辩护。只有为自己的丈夫辩护才是对这个女人良好品位的间接恭维。

“你这么认为？”尤蒂特说，“有时候他的这种激情真的能让人精疲力竭。”

之前拉尔夫把那个锅轰上天那会儿，他称自己的妻子是个好发牢骚的臭婆娘。他说得确实很有道理。尤蒂特显而易见是个吹毛求疵的女人。拉尔夫在度假屋里放那个爆竹的时候，她就开始毫无缘由地抱怨、挑剔。但是她很漂亮，她身上闻起来很香。男人最好不要娶尤蒂特这种女人。否则每次她进房间的时候，你都必须把脚从桌子上放下来。你必须及时地修剪草坪，不可以把啤酒带到床上喝。如果你当着她的面打嗝或者放屁的话，她马上会露出先前海边时的那种不满的表情。但是我并没有同她结婚。真是谢天谢地。今天晚上她是属于我的，这之后，等我们都回家之后应该还会有那么几次。

我必须承认，从某种程度上讲，她的那种挑剔甚至让我有点着迷。一个不觉得男人放屁好笑的女人，一个很可能会把他赶出去的女人。他必须在过道里等待她的召唤。一想到这里我就开始跃跃欲试了。我忍不住要现在马上抓住她，应该不费什么力气我就能把她放倒在沙滩上。机会，永远只会留给懂得把握、勇于尝试的人。女人喜欢半推半就的强奸，所有的女人都是如此。

“我可以想象得到，有时候和他在一起确实让人有些辛苦。”我回应她说，“但另一方面你和他一起时肯定很少觉得无聊。我的意思是，他总是会想起些新鲜玩意。”

换作我自己可能就会无聊得要死。可能过了一天就会这样。但是我不是女人。我不是尤蒂特这种女人，不是个好发牢骚的臭婆娘，不是蠢女人。算是一个男人处心积虑想得到的女人。但是这种事情就好像所有男人对许多职业女性（空中小姐、女教师、妓女）的幻想一样：首先必须要让人一眼看穿。正是这种简单才最能勾起我的兴趣。对什么都抱怨的女人。抱怨爆竹声，抱怨吵闹声或者是被炸飞到上百米高空的铜锅，抱怨总是孩子气的男人，但是同时……同时她又渴望让男人干她，从后面撞击她的身体。

“我就是感觉好像经常得不到尊重。”尤蒂特继续说道，“当有其他人在场时，我的这种感觉尤为强烈。他总是说我是个唠唠叨叨的蠢婆娘。因为有别人在，我没兴趣同他吵架，所以我就干脆走开。”

“嗯啊。”我开口说道。

“嗯啊”是个时新的流行语。我女儿总是喜欢在合适或是不合适的时候使用这个词，我一开始对它非常抵触。但是流行词总是这样，它们是会传染的。这个词确实特别实用：它既表达了赞同又代表了理解。

“我之前就开始注意到这一点了。他不仅对我这样，他对所有女人都这样。我指的是，一方面他确实很有魅力，但是另一方面他就是认为女人没有男人聪明。我不清楚，他说话的语气，他看着女人的神情……”

“嗯啊。”我重复道。

“说明白点就是：拉尔夫是个能让女人倾心的男人。所以我那时候会爱上他。他看人的神情，他看我的神情，那种感觉真的会让一个女人陶醉。确实令人渴望。当一个男人这样看一个女人的时候，这会让那个女人觉得开心极了。但是不久之后人们就会发现，这样的男人不仅仅是对自己感兴趣，而是对所有的女人都是如此。”

我决定不妄作评论。我想到了那个让女人神魂颠倒的拉尔夫，想起了他盯着卡洛琳时那种下流的眼神。

“卡洛琳有没有提过什么？马克，我觉得你有一位迷人的妻子。有些事情我可以想象得到。”

“没有，否则的话我会知道。她确实从来没有提到过。”

我眺望着远方。另外那家酒吧的灯光越来越近。我必须赶紧动手，如果我再等下去的话，一切都会变得为时已晚——但是现在不是时候。主要是谈论的话题不太合适。

“然后还有些事情。”尤蒂特继续说道，她说到这儿竟突然停下了脚步。这很好。只要我们不继续走，时间就会停留在这一刻。“你必须向我保证你不会对别人说。任何人。即使是你的妻子，你也不会说。”

大海在黑暗中呼啸，我看不清她的脸，而只能看到她的侧影站在那里。她的眼睛里映现出一道微弱的光亮，那道光并不比蜡烛的火焰明亮多少。

“我发誓。”我开口说。但是我心里盘算的其实是另外一件事。我只需要向前一步，只一步我就能把我的手埋进她的发间，把我的嘴唇压到她的嘴上，然后一路亲下去——我们可能首先会把膝盖弯下去，剩下的一切顺其自然。

“有时候，我有时候会很害怕他。”尤蒂特轻声说道，“有一次我们吵架的时候，我突然看了一下他的眼睛：他要打我了。他之前确实从来没有碰过我。是的，他曾经把整套瓷器摔到了墙上，但是他从来没打过我。但是那一刻我从他的眼睛里读出了他的想法。我知道，他现在在心里打我。他这会儿正在心里狠狠地揍我。”

“好吧。”我回应说。但是我觉得好像这种反应太过漫不经心了，所以我又补充了一句：“只要他仅仅是在心里想想，事情就没那么严重。”

尤蒂特深深地叹了口气。她握住了我的手腕。我忍不住想要马上把她拽入我的怀里。

“是没有。但是我总得小心点不是。”她继续说道，“我总感觉这种事情迟早会发生的。他说不准哪一天就会失去控制，突然打到我的脸上。我有时候觉得他其实清楚这一点。我指的是，他知道我心里在想什么。所以这种事才没有发生。”

“你们谈过这件事情吗？我的意思是，你们开诚布公地谈谈，这样是不是更好呢？我指的是在什么事情都还没有发生之时。”

我只不过是随口说说。毕竟我对这整件事情一点也不感兴趣。但是我当然不能表现出来。我还得继续扮演那位兴致勃勃、善解人意的男人。必须假装由衷地同情。只有善解人意的男人才能得到他想要得到的东西。

“你觉得呢？”尤蒂特问道，“拉尔夫会对我施暴吗？”

我想到了那个挪威女孩，不到一小时之前拉尔夫就差点一脚踹到她的肚子上。我耳边回响起了他那句“你这个臭婊子”。

“不，应该不会。”我边说边伸手从我这边握住了尤蒂特的手腕，“我的意思是，拉尔夫精力过剩。这样的人有时候是会突然爆发。他需要发泄。但是我觉得他会及时控制好自己的情绪的。他不就是这样，我的意思是——他不就是这样对所有的事情都那么投入吗？对女人施暴，这样对待自己的女人，我觉得这不是他的风格。”我用拇指温柔地抚摸着她的手腕。“他还是很有分寸的。”我最后又加了一句。

“妈妈。”

我们都没有注意到阿历克斯朝我们走了过来。他突然一下子就出现在离我们几米远的地方。

我和尤蒂特同时放开了对方的手。我心里想，太快了。被逮了个正着。

“唉，阿历克斯。”尤蒂特开口道。

“妈妈……”

他又朝我们走近了两步。几缕金黄的头发耷拉在了他的眼睛前面。尽管漆黑一片，但是我感觉我还是看到了他的脸上有什么东西在泛光。一些湿润的东西？汗水？泪水？

“尤利娅在哪儿？”尤蒂特问道。

“妈妈……”他重复了一遍。我从他的声音里听出来他哭过。他又朝他妈妈走了一步，然后用双臂抱住了她的脖子。他几乎和她一样高。尤蒂特用一只手抱住了他的脑袋，把他搂到了怀里：“阿历克斯，怎么了？尤利娅在哪儿？”

31

尤利娅在哪儿？我把我的人生回顾到了这个地方。继续回顾下去没有什么意义。我能看到的也不过是海滩和度假屋、游泳池和鞭炮，还有在烤架上发出嗞嗞声的剑鱼排。一些非常普通的度假照片。一些毫无根据、毫无说服力的照片。自从“尤利娅在哪儿”这个问题出现之后，事情就向前继续发展。之前的那些乏味的照片和后来发生的事情比起来真的是相形见绌——我其实就是永远不想再见到它们。

“发生什么事了，阿历克斯？”尤蒂特把他抱在怀里问道。他没有回答，而只是轻声抽泣着。

我不想事后来粉饰什么。我就是那么做了。想为自己的草率行为辩护的人会说，如果再来一次的话我还是会那么做。我不会这样。如果一切从头来过的话，我肯定会换另外一种选择。

“我女儿到底他妈的在哪儿？”我边吼边抓着阿历克斯的胳膊，把他从他妈妈的怀里扯了出来，“你对她做了什么？你这个蠢货！”

“马克！”

尤蒂特握着她儿子的手腕，拉扯着他。

“你。”我突然语气冰冷地说道，“你给我闭嘴！”

她看了我一眼，然后放开了阿历克斯。

“对不起。”我对她说道，然后我把目光转向了那个男孩，“尤利娅，尤利娅在哪儿？”

“我……我不知道。”他结结巴巴地回答说。然后他就开始支离破碎地叙述整件事情的来龙去脉。我不得不时不时地打断他。你必须集中注意力，我对自己命令道。竖起耳朵听。用你身为医生的耳朵。我很擅长在一分钟之内做出判断。剩下的九分钟里我就能理出思路。

据阿历克斯说，他和尤利娅两个人溜达到了另外的这家沙滩酒吧。他们在那儿喝了点东西。“我只喝了点可乐，妈妈，我发誓。”他竭力保证道，“尤利娅要的芬达。”他们一开始看了半天别人跳舞。后来尤利娅也想跳，但是他没有兴趣。她就不停地纠缠，她说他不应该这样畏首畏尾。来吧，走，来吧，我们也一起跳。但是他就是不想跳。除了几个年轻人，那里剩下的都是些成年人。那些年轻人也比他们俩岁数要大。他们确实是那里年纪最小的。他感觉那种环境很不舒服。他对她说，我们回去吧。我们在这儿待了这么长时间，他们肯定要担心的。她说他是胆小鬼，说他没胆子——然后她就自己走到舞池里去了。他待在柜台旁边看着她，她先是在跳舞的人群里挤来挤去，后来她自己也跳了起来。她没有再往他这边看。她开始是同一群比她年纪大点的女孩子一起跳，然后几个男孩子也加了进来。他犹豫要不要到她身边去，那样的话就会一切如初——但是他担心她会狠狠地嘲笑他……这种故事我并不陌生。相信所有的男人都是如此，都是因为这个原因。他也生她的气，因为她就把他那样丢在了那里。后来不知道什么时候他走了出去，到了海边。

他要以其人之道还治其人之身。她可能会到处找他，但是就是找不到。他在海边站了一会儿，最多几分钟。平息了怒火之后，他又慢慢地走了回去。他想给她个惊喜。他准备和她一起跳舞。但是她已经不在那里了。她离开了。他在人群里到处搜索，有几次他以为找到她了，结果却发现是位陌生的女孩。他把整个酒吧都彻底找了一圈，甚至到女厕所去查看了一下。他想，她是不是跳舞跳得无聊了，然后去找他了？她是不是没找到他，所以就先回去了？回到他父母所在的那片海滩。他父母和她爸爸那边。你没有带手机吗？尤蒂特插嘴道。这能改变什么？我心里暗想。关键是尤利娅没带手机啊，或者是她把它关机了……紧接着我想到这个问题也不是那么愚蠢。他可以给我们打电话。给他妈妈。没有，阿历克斯回答说。我把它放在家里充电了。他绕着那家酒吧找了一圈，那酒吧后面就是石头滩。他还喊了几声。最后他折返了回来。过了一会儿他又开始怀疑自己的想法。尤利娅会这么做吗？她真的会在漆黑的夜里独自走回去吗？不，他心里想，她决不会这么做。也不至于为了报复他而这么做。所以他回到了那家酒吧，去询问那家酒吧的服务生。一个留着金黄色长发的十三岁小姑娘应该很显眼！音乐非常吵，所以他不得不大声喊着问他们。但酒吧的服务生几乎大都不会英语。尽管如此——其中有个服务生回忆起了尤利娅。他的描述绝对和她完全相符。他看见她在舞池里，但是那已经过去好一会儿了。她和谁一起吗，还是一个人走了？那个服务生耸了耸肩膀。很抱歉，我也不知道她什么时候走的。阿历克斯不知道他该怎么做，是该继续问其他人？是应该自己再找找，还是最好先回去？

这会儿我的大脑在飞速运转。时间已经过去太久了。但是我心里并没有紧张，而是出奇地平静。我的心跳没有加速，而是变慢了。处变不惊，这我很擅长。

“你们俩没有碰见她吗？”阿历克斯问道。

不知道什么东西让我有点起疑。也许是他说话的腔调。就好像他说这话时有点言不由衷，就好像他提了一个人们等着他提的问题。这整个过程中他一直盯着他的妈妈。我觉得，他是不敢看我的眼睛。他因为自己的过失而感到自责。因为没照料好我的女儿。我就坚决不会同意她同他一起出去。事实上，我也确实没有同意过！

我真想抓着他的衣领使劲摇晃他的身体。不，我们没有遇见尤利娅。也许她已经回去了，只是我们没看见她而已。虽然不是百分之百排除这种可能性，但是尤蒂特坐在海边一个显眼的高处，她从那里一直照看着玩足球的利萨和托马斯。我自己也最多在那家饭馆的厕所里待了十分钟。她如果回去了肯定能看到我们。我们也肯定能看到她。

尤利娅肯定还在这边的某个地方。在这里或者是沙滩酒吧附近的什么地方。我的心脏跳动得缓慢而沉重。我的脑海中突然闪过一句话：我们不能在这里浪费时间，每一秒钟都很珍贵。我几乎要大笑着说出这句话。这句话是一部侦探剧里的台词，但不是此时此刻正在上演的我的生活。

我狂奔了出去。

“马克！”尤蒂特跟在我后面喊道，“等一下！”

我没有回头。但是过了一会儿我停了下来。我并不傻。如果是三个人，我们就可以干更多事情。

“你们过来！”我向他们俩招了招手，“快点！”

尤蒂特去女厕所查看的时候，我让阿历克斯带我去找那名酒吧服务生。但是柜台前挤满了人，他正忙得团团转。我对着他的耳朵喊，我是那个女孩的父亲。我看出来他在努力尝试，但是无法真正地体会我的心情。他的目光在对我说：小女孩长大了。她们在做当爸爸的预见不到的事情。我跑到跳舞的人群中到处询问，但是随便向一个完全不认识的陌生人去打听他是否看到一个十三岁的小姑娘，这似乎没有多大意义。这时候我看到尤蒂特独自站在舞池的边缘，她靠在一条高脚凳上。

“阿历克斯在哪儿？”

“我打发他回去了。”

我直勾勾地盯着她。

“我让他找他的爸爸去了。也可能这会儿尤利娅到那边去了吧。”

我看着迪斯科厅红红绿绿的彩灯伴随着旋律在她的脸上闪来闪去。不到一小时之前我最大的愿望就是把这张脸捧到手里亲下去，而现在那张脸上写满了一个母亲的忧虑。不是为我女儿而担心，而仅仅是为了她的儿子。我的脑袋里又闪过那个念头：阿历克斯讲的故事有点不对头——或者我应该以后再考虑这件事情？首先时间上就不太对。他为什么在这儿晃悠那么长时间，为什么他不马上去找我们？我们遇见他时他哭了——但是他是不是看到他的妈妈才开始哭的？

“他在这儿应该能帮得上我们的。”我对她说道，“他在这儿还能给我们指指谁跟尤利娅一起跳过舞。也许他能发现点什么。”

“我觉得，他现在需要他的爸爸。他已经彻底混乱了，马克。你也看到了他是多么自责，面对你的时候。”

他的爸爸，我心里想到这里几乎要笑出声来。事实上，他的爸爸确实能更好地照料他。也许他会好好教教他怎么应付年轻女孩的反抗。

“尤蒂特，他有什么要自责的理由吗？”我问道——但是我马上就后悔了。我对阿历克斯讲述的故事版本表示怀疑。我本应该按捺住心中的疑惑，但我却没能做到，这确实不是件什么好事。现在我让他的妈妈有了警觉。以后再想戳破他的谎言就不是那么容易了。

“马克，请……”尤蒂特说道，“他还只是个孩子。尤利娅突然不见了。他也没什么办法。你也听见了事情的经过。如果是我们在的话，就不会发生这种事情。但是是尤利娅先走开的，不是阿历克斯。”

我又直勾勾地盯着尤蒂特。我在心里默数到十。我看着迪斯科厅的彩灯如何闪过她的脑门、她的面颊和她的嘴巴。这个女人难道是傻了吗？还是她比我想象中的要精明得多？我现在首先要管住我的嘴。否则我就会忍不住冲着她高声怒骂起来：你个白痴！你自己是个女人。你知道一个女人身上会发生什么事情吧。男人就应该保护女人。即使他还是个孩子！

我深吸了一口气。“你说得对。”我对她说，“我们不能过早下结论。”

还好生活中我们总是早已准备好了各种陈词滥调。身陷窘境时我们总是能随时想到它们。尤蒂特脸上的神色又缓和了下来。她翻开了她的手机。

“我要么给拉尔夫打个电话吧？”她问道，“看看阿历克斯是不是已经到那边了。不管怎么说，这样他也就知道发生什么事情了。”

我心里想，行啊。你就给拉尔夫打电话吧。他会根据自己的经历告诉你所有的女人都是咎由自取的婊子。这样就没有人需要自责了。我的目光越过尤蒂特落到了远处海浪喷涌的白色泡沫上。我现在最好一言不发地把她丢在这儿。但是思前想后，这似乎也不是什么好主意。

“你给他打个电话吧。我再到那边转转看看。”我指着远处沙滩和岩石滩之间的过渡带对她说。那里开始还只是些低矮的岩石一直绵延到大海深处，然后地势很快便变得高耸陡峭起来。在一块高耸的岩石后面恰好露出了一弯半月。

在那惨白的月光下，我突然看到我们前方几百米被岩石半掩的地方站着几个人，五六个，他们正弯腰查看沙地里的什么东西。

“拉尔夫？”我听见尤蒂特对着话筒说，“你在哪儿呢？”

那边有个人离开了人群，朝我们跑了过来。

“什么？在哪儿？”她把身子背对着我，捂住了耳朵，对着手机低语道，“为什么？为什么你没有……”

剩下的话我没有听见，我朝着那边的人群跑了过去。同时我试图截住那个朝我跑过来的男人。他穿着一条中长的白色裤子、一件白色的 T 恤和一双白色的运动鞋。这些细节是我后来回忆起来的，想到这些我才立马醒悟道：那些人和这个穿着一身白的男人同我有什么关系——而且是至关重要的关系！

“那边发生什么事了？”我对他喊道，“什么？”

“救护车！”那个男人上气不接下气地喊道，“我们得赶紧叫救护车。”

“我是医生。”我开口说。这个晚上这是第二次。

尤利娅躺在岩石间的湿沙里。当我蹲下去检查我女儿的脉象时，周围的人让了开来。我把耳朵贴到她的胸口，轻声喊着她的名字。她静静地躺在那里，她的脸颊冰冷，但是脉搏还很平稳。很虚弱但很平稳。我把胳膊伸到她的脖子下面，把她的头抬高了一点。然后我才继续把目光转到了她的下身。尽管我是她的父亲，但这时我是用医生的眼光在观察。身为医生我立刻意识到发生了什么事情。明显的迹象只有一种结论。作为父亲我不会去描述其中的细节。我这样做不是出于医生的缄默义务，而只是为了保护个人隐私。我女儿的个人隐私。

所以这一刻我脑袋里反反复复只有一个念头。

我心里在想，应该对此负责的那个人只是从生物学角度看还活着而已。他这会儿还在这附近什么地方晃悠，因为到处晃悠是人类机体的一个特点。他的心脏在跳动。心脏是台愚蠢的机器。只要心脏把血液输送到血管里，我们就能活动。但是有一天它会停止。不要等到明天，最好是今天。身为医生我能搞定它。

“爸爸……”

尤利娅睁开了眼睛，但是又立刻把眼皮合上了。

“尤利娅。”

我稍微活动了一下她的脑袋，抚摸着她的头发，把她紧紧地抱在了怀里。

“尤利娅。”我柔声喊道。

Part Two
第二部分：海岸真相

32

卡洛琳一句话也没有说。至少对我之前所担心的事情她只字未提。你怎么能让她独自去那家沙滩酒吧呢？为什么你没有马上去找她？如果你马上去找她，这件事情就绝对不会发生了。

没有，当我把尤利娅从汽车后座抱到度假屋里时，她一言未发。她只是用双手掩面——就一会儿，最多两分钟。然后她就又是她女儿的妈妈了。她轻抚着尤利娅的脑袋，在她耳边柔声诉说着安慰的话语。

然而后来她也没有指责我。当一个家庭遭遇什么灾难时，开始的几分钟乃至几小时确实是至关重要。然后就可以看出来，这个家庭的紧密性是不是强大到足以战胜这场悲剧。如果一开始有人指责，那么就会造成永远无法弥合的伤害。就如同统计学家们所说的那样，这种情况下这个家庭通常概莫能外地会走向破裂。人们应该通过克服悲剧、分担痛苦来使家庭关系变得更为牢固。但事实上大多并非如此。许多人想让苦恼成为过去，但是另外一个人却总是会对此念念不忘。

我可以理解那些选择忘却的人。我完全没有想过要把我们说成道德楷模，因为是发生的事情把我们更加紧密地凝聚在了一起。那完全不是有意识的决定，它只不过是就那样发生了。

我们站在度假屋的楼梯下面。我就那样抱着尤利娅，彻底地茫然无措。我应该把她放到楼上客厅的长沙发上吗？让所有人都能看到她？但是无论如何不能选择拉尔夫和尤蒂特的卧室，尤蒂特母亲的或者男孩子们的房间也是不能考虑的。那么最好还是我们的帐篷。首先我不想让那些好奇的目光骚扰到我们的女儿。我想同她单独待在一起。和我们。她只想和我们待在一起。

这时候艾曼纽从楼下的公寓里走了出来。她向我们招了招手。

“过来。”她开口道，“到这儿来。”

我首先把尤利娅抱到了那家沙滩酒吧。我们在那里商量我们应该怎么做。尤蒂特认为我们应该喊辆救护车，但是我完全没这个想法。我坚决地对她说，不要喊救护车。我想到了救护车那闪烁的灯光，想到了所有的人都可能聚集到担架旁，想到了救护车的鸣笛声，想到了通往医院的那段难以回避的路程。在医院那里又会有别人搅和进来。乐于助人的护士小姐们。医生。我自己就是医生。我是第一个看到现场的人。我已经做出了唯一可能的诊断。没有必要让其他人再做一次同样的诊断。

尤蒂特又建议把车开过来，我就在这里陪着尤利娅。我不得不承认她的反应确实非常迅速。就像人们所说的那样，她有一颗冷静的头脑。

我之前还非常紧张。但是她一直表现得非常镇静。她没有和我进行什么讨论。她会说，好的，如果你想这样，那么我们就这么做。当她想把一只手放到尤利娅的额头上时，我把身子转向一边避开了她，她就没有进行第二次尝试。我想尽快离开这里，离开这些怀着好奇心聚集在我们周围的人。那些投到我女儿身上的目光让我非常恼怒。已经有太多人看到她了。我对他们说，我是医生。他们尽可以走开。一切都尽在掌握之中。

不，我对尤蒂特说，我们一起离开这里。我抱着她。

我们就这样一起离开了。在路上尤利娅又一次失去了意识。我把她摇醒了。她必须要保持清醒。在另外一家沙滩酒吧里我们遇见了阿历克斯、托马斯，还有利萨。但却看不见拉尔夫和史丹利的踪影。如果人们回想一下刚才发生的事情，其实我本来也和他们待在一起来着。我首先注意到了阿历克斯的反应。他只是朝我们瞥了一眼，然后又很快看向别处。他也没有凑上来。事后我想原因应该在于我。当有人想接近一只野兽的孩子时，它便会龇着牙齿，发出低嚎。我当时就像这样的一只野兽。不，不是像一只野兽。我就是一只野兽。

现在最重要的是利萨。当她向我们跑来时，我看到了她那张惊慌失措的面孔。“尤利娅感觉不太舒服。”在她开口之前，我便抢着对她说，“你过来，我们马上回去。”

托马斯围着我们跳来跳去，嘴里还一直叫嚷着：“踢足球，踢足球！”尤蒂特猛地扯了一下他的胳膊，他便仰身摔倒在沙地里。我看见他的眼里闪着泪花，但是尤蒂特还是那样粗暴地把他拉了起来：“现在不要在这儿胡闹，托马斯。我们走，快点！”

就这样我们来到了停车场。我抱着我的女儿，尤蒂特跟在我后面，她的手里牵着利萨，然后是阿历克斯和还在一直闹别扭的托马斯。之前在从那家沙滩酒吧回来的路上，尤蒂特就对我说，拉尔夫已经开着他们自己的车回去了。史丹利依然不见踪影。

“你的车怎么了？”尤蒂特指着斜耷拉着的前保险杠问我。左前灯的罩子也凹陷了下去，有个地方被撞破了，玻璃也碎了。仅仅几小时前史丹利在停车场这儿对我说，你明天一早得马上把车子送到维修处。费用记到我的账上，能这么开心我觉得很值得。

“我们走的上面那条黑咕隆咚的路。”我说，“我们可能是在哪棵树上擦了一下。”

尤蒂特没有继续追问下去。她打开了车门，让我把尤利娅抱到了后座上，她也紧跟着上了车，然后把尤利娅的脑袋温柔地抱在了怀里。她把什么东西挪到了一边，给阿历克斯腾出了位置。这样托马斯和利萨就得一起坐到副驾驶的位置上。

“这样不行！”托马斯嚷道，“这是违法的。”

“托马斯……”尤蒂特开口道。这就足够了。尽管还倔强地抄着手，但是他还是坐到了利萨的旁边。

在我发动引擎之前，我给卡洛琳打了个电话。

“不必惊慌。没什么大事。”我在电话里对她说。这是彻头彻尾的谎言，但是我不想让她太过不安。我说得很小声，这样尤利娅就不会听到我说的什么。“没有人受伤。”我继续说道。这也是一句谎话。

“我们现在出发了。”我说完便挂了电话。

艾曼纽在她的卧室里先把床单理平，然后又把枕头摆正。当我把尤利娅小心翼翼地放到床上时，艾曼纽进了浴室，拿来了一个装满水的瓷碗和一条毛巾。她坐到了床上，浸湿了毛巾的一角，然后把它轻轻地敷在了尤利娅的额头上。

她看着我说："这是……你知道发生什么事情了吗？你知道是谁……"我摇了摇头。这时我才发现她没有戴太阳镜。自从我们到这儿来，这还是第一次。我第一次看到了她的眼睛。

"妈妈……"

我握着尤利娅的手腕说："妈妈马上就来。"

尤蒂特本来提出要照顾我们的小女儿。但是在同我交换了一下眼神之后，卡洛琳便牵着利萨的手上楼去了，尤蒂特和托马斯也跟在后面。我看出了她内心的矛盾。她当然想和尤利娅待在一起，但是在这种情况下她也不想把自己的小女儿交给一个陌生人。父母经常会因为一个孩子而忽视了另外一个。从一开始卡洛琳就遵循着她的直觉行动。虽然我也尝试过这样做，但是我做起来确实没有她那么从容。

这时我突然听见背后有一声异响。我转头看见拉尔夫站在门口。他显然刚洗过澡，头发湿漉漉地贴在头皮上。他换了另外一身衣服：白色的新短裤和一件红色的 T 恤。

"我听说……"他向上伸出一只手抵在了门框上，但没有要进来的意思，"尤蒂特刚才跟我说……"

这会儿我的女儿正躺在这里，我完全不愿意同他讲话。我其实很想对他说，赶紧滚开，别烦我们。但是我想到了将来，想到了可能的凶手。

我见过拉尔夫在海滩上的种种劣迹。我也目睹了在乒乓球台旁边时尤利娅是如何抓着她的比基尼短裤的。但从对年轻女孩垂涎三尺、喜好暴力的那个拉尔夫到眼前的这个之间的跨度确实太大了。从时间上看也不太可能。拉尔夫在同那个女孩发生冲突之后赶到另外一家沙滩酒吧，然后返回停车场，之后又开车回到度假屋。这可能吗？在这段时间内他真的可能做到这些吗？几乎不可能。当尤蒂特在第二家酒吧里给家里打电话时，拉尔夫接了电话。不对，事实上是：拉尔夫接了她的电话，他声称他在家里。我必须谨慎些，不能重复之前在阿历克斯身上犯的错误。我绝对不能轻易排除任何事情或是任何人。

我定了定神，把目光从拉尔夫那边转到了我女儿的身上。尤利娅已经睁开了眼睛。我观察她在看谁。她看了看拉尔夫，然后又眨了眨眼睛。

“你好……”她低声和他打了个招呼。

“你好，小……”我听见拉尔夫回答道。

我像检查我的病人一样观察着他的面部表情。用医生的眼光。我能一眼看出一个人是不是酒鬼，他是不是正在同抑郁做斗争，或者他是不是性生活有障碍。我很少出错。如果有人撒谎的话，我会立刻察觉。“医生，我用餐的时候喝了半杯红酒，然后就没再喝了……”我没有那么容易被敷衍。那下班之后呢？我寻根究底地继续追问道，回家前您有没有到酒馆里再喝点呢？“最多一两杯啤酒。但是只有昨天，并不是每天都这样。”您的丈夫是不是经常有点早泄啊？我问那位挂着深深的黑眼袋的女人。您在性生活方面是不是有时候对您的丈夫有所期待，但您又不知道怎么跟他开口？我听见有人独自在候诊室里高兴地吹着口哨。当他走进问诊室时，他仍然没有停下。我一分钟后就对他坦言：自杀不是没有可能的。有些人希望通过亲手结束自己生命的方式来寻求解脱。但是他们却在实施之前犹豫不决。到底采用什么样的方法好？冲向飞驰的火车，这太残忍了；在浴缸里自己割腕又有点太过血腥了；上吊太难受了，要挣扎很久才能断气；安眠药不是那么保险，人们可能把它吐出来。但是有些东西能够保证让人走得轻松些。我可以帮您搞到这种药物……

拉尔夫·迈耶尔捏了捏鼻梁，然后又用指尖挠了挠眼角。“啊，他妈的……”他嘴里嘟囔道。我从来没有忘记他是一个演员。一位特立独行的演员：“马克，你想喝点什么吗？我给你拿点喝的吧？来杯啤酒，还是威士忌？”

我摇了摇头，然后又转向了我的女儿。当我看着她的脸时，我的心里不禁松了一口气。几小时以来堵在我胸口的那口闷气终于稍微有所舒缓。我那时候就明白，这可能会是我余生里一直压在我胸口的一块大石头。

当尤利娅看着拉尔夫时，她的脸上露出了一丝虚弱的微笑。

“我想喝点东西。”她开口道，“我渴极了。有杯牛奶就太好了。”

“一杯牛奶，”拉尔夫应声道，“马上来。”

33

我们的后半辈子就从那天晚上开始了。这里我必须要补充一下：我并不是那种喜欢无病呻吟、装腔作势的人。我们整个后半辈子……我已经听厌了别人絮叨这句话。失去某个人的那些人，遭遇了不幸的那些人——永远难以忘却的不幸。尽管如此，这种表达在我看来总是有点不太真实的感觉。“后半辈子”必须是从一个饱经风霜的人的嘴里说出来才算得上是恰如其分。所有的一切都突然变得更加重要。尤其是时间。随着时间的流逝总会发生些什么。时间不会停止，但是它会放慢脚步。比如在一个墙上挂着大钟的候诊室里，人们在那儿等了很久。可当人们抬头看时钟时，人们会发现时间不过刚过了三分钟而已。感觉上的时间。就像人们所说的那样，充满各种可能性的一天“飞走了”。人们总是心怀期待的话，那一天就会变得漫长无尽。特别当人们不知道究竟在等什么的时候，这种感觉尤为强烈。人们坐在候诊室里，努力克制着自己想看时间的冲动。人们不知道自己究竟在等什么。候诊室隶属的那家医院可能很早之前就已经关门了。那里已经没有一个人影了，没有人会看你一眼。没有人会对你说：您回家去吧，您坐在这里干什么呢？

前一刻他还是一位家里有两个可爱女儿的父亲，下一刻他就坐在了候诊室里。他没有等待任何东西。事实上，他只不过是在等待时间流逝。他把所有的希望都寄托在时间的流逝上。不，并不是所有的希望，是唯一的希望。时间流逝得越快，人们就会离后半辈子开始的那个点越远。但是人们不知道它的终点在哪里。我们的后半辈子一直持续到了今天这个日子。

直到后来我还会经常回想起那第一个夜晚的每一个细节。拉尔夫拿来了那杯牛奶后就又走开了。卡洛琳来到楼下，替下了艾曼纽守在床头。她握着尤利娅的手，时不时地抚摸着她的头发。

有一件事情我不想谈论过多。这主要是出于保护个人隐私的原因。我非常谨慎地问尤利娅，我能不能看一下，是不是没有什么……尽管我是位医生，但我也是她的爸爸。“如果你不愿意，那你就直说。我们可以去这边的城里找个医生。或者去医院。”当我说到“医院”时，她咬了咬嘴唇。“不，没有那么严重。”我赶紧说道，“我们不需要到那儿去。但是我必须看一看我们是不是得做点什么。有人必须得做点什么……”

她点了点头，然后闭上了眼睛。我小心翼翼地掀开了被子。几年前有一次尤利娅在洗澡时，脚下一滑撞在了金属沿上。她流了一点血。那里也……事情并不严重，她主要是被吓到了。那时我作为她的父亲安慰了她。同时我也做了我身为一位医生必须做的事情。

我现在也试着这样去做，但是这一次完全不同。尤利娅闭着眼睛在哭。卡洛琳一边用毛巾为她擦拭泪水，一边亲昵地低声安慰着她。我尽可能少发问。我做了我必须做的事情，然后又帮她盖上了被子。

我和卡洛琳交换了一下眼神。不用说我们也知道我们心里都在想同一个问题。现在问合适吗？还是应该先让尤利娅休息一下，让她睡觉？一方面我们想让她尽快忘记那段经历，另一方面又必须尽快采取行动。

在从海滩到停车场的路上我已经问了她几次。为了不让尤蒂特听见，我当时在她耳边轻声问她：谁？到底是谁干的？是你认识的人吗？

一开始尤利娅并没有回答。她没有听见我说什么吗？最后她对我说：“爸爸，我不知道……”

我当时就没有再逼问她。她受到了惊吓，可能因此失去了记忆。

我朝卡洛琳点了点头。我们默默地达成了一致意见，这次换她问。这个问题必须由妈妈来问。

“尤利娅。”卡洛琳把身子弯向她的女儿，然后把一只手放到了她的面颊上，轻柔地问道，“你能不能告诉我们，和谁一起……你在那家酒吧是和谁一起？”

尤利娅摇了摇头。

“我不知道。”

卡洛琳摸了一下她的脸颊。

“你开始和阿历克斯在一起。然后呢？后来呢？后来发生什么事情了？”

她的眼里闪着泪花：“我是和阿历克斯一起吗？我和阿历克斯一起去了哪里？”

我和卡洛琳默默地对视着。

尤利娅又开始哭起来。

“我不知道……”她哽咽道，“我真的不知道。”

夜里很晚的时候史丹利才返回度假屋。他说整段路程他都是自己走着回来的。他没有在停车场看到我们的汽车，所以他猜想我们是把他忘了。

他和艾曼纽提出让我们待在他们的那间公寓里，他们去睡帐篷。通常这种情况下人们会推辞一下，人们会说这真的没有必要——但是这次并不是正常的情况。没有任何事情是正常的。我和史丹利一起去了我们的帐篷那里。我从那里取了点东西，这样他们也能宽敞些。一路上史丹利用胳膊搂着我的肩膀。他反复强调他觉得这件事情有多么可怕。对我们而言，特别是对尤利娅。他咒骂了几句，用英语。他又用英语诅咒说，做这种事情的男人是不会有什么好下场的。我完全同意他的观点。

他握了握我的手，从口袋里拿出香烟，然后递给了我一根。

“还有些事情……”他开口说。

我们站在帐篷前吸着烟。史丹利说他顺着我们去时的那条路，一直从海边走了回来。

“他的车还停在那里。”他对我说，“就在原地。我觉得这太奇怪了。”他回过头向房子那边瞥了一眼。“车门并没有上锁，”他突然放低了声音，“一扇车窗也被放了下来。事情很奇怪，对吧？我的意思是谁会让自己的汽车就那么停在那里呢？我查看了一下它是不是陷在那里了。但是情况并非如此，事实上它还可以继续开。”

“也许是引擎出了故障。”

史丹利摇了摇头：“不是。你想想啊，点火钥匙还插在那里呢！”

我的脖子上不由得起了一层鸡皮疙瘩，那感觉就如同人们在影院里看着银幕上的电影突然出现了令人意外的转折。

“我的天哪！”

“我可能本不应该那么做，但是我还是上了车，发动了引擎。没有问题……”

我什么也没有说。我狠狠地吸了一口手中的香烟，以至于我又咳嗽了起来。

“电影中经常会出现这种镜头，我也是那么做的。我把我摸过的所有地方都用我的 T 恤擦干净了。点火钥匙、方向盘，还有车门。然后我还四周查看了一下。车子的另外一边是十分陡峭的山坡。我本来想往下爬一段，但是我差点摔下山去，还好我抓住了一丛灌木。而且当时天色实在太暗了。我还喊了一声，然后我就走开了。”

“但是你觉得，他……”

“我不知道，马克。但是他没有离开那里，这确实很奇怪。点火钥匙还插在那里，车窗也开着。肯定有点不对头。”

我的脖子上又起了一层鸡皮疙瘩。我仿佛看见那个露营地的老板站在我的面前，他绕过他的汽车，然后突然失足摔下了山坡。

“他也可能是有点慌乱了。”史丹利好像猜出了我的心思，便安慰我道，“也许我们实在是把他吓坏了。他摸不准刚刚从那条路冲过去的人想干什么……我只是觉得你有必要知道这件事。即使是在这种情况下。恰恰是在这种情况下。”

这次换我去猜他的心思了。但是我没有说什么，我只是任他在那儿自说自话。

“马克，他们迟早会发现那辆车的。即使不是今天晚上，明天也肯定会发现。他们首先会寻找那名司机。谁知道呢，也许他现在就坐在家里。但是也可能不是……他们会发现车尾的擦痕。马克，你的车也被剐蹭了。事情还没有什么必然的联系，此外那个家伙也不知道我们是谁。但是如果我是你的话，我就不会在这个地方修车。我会赶紧离开这里。也许不是今天晚上，但至少是明天早上。”

34

尤利娅睡着了。我和卡洛琳搬了两把椅子，坐到了公寓半掩着的门前。我们默默地抽着烟。卡洛琳看了一眼她的手表。

“马克，我们必须得报警。”她低声对我说道，“尽快。也许最好是现在马上报警。还是你觉得最好是明天早上？”

“不。”我开口道。

我的妻子睁大了眼睛看着我说：“‘不’是什么意思？”

“我不想报警。我不想和尤利娅去警察局。所有的问题……我的意思是，是发生了一些事情。我们知道发生了什么事情。你和我，我们知道了。她也知道了，尽管她什么也想不起来。也许这样最好。”

“你是说真的吗！那个浑蛋可能还在这附近晃悠。人们常说，如果有罪行发生的话，应该马上行动。在最初的二十四小时之内。那个浑蛋很可能还在这附近，我们越早报警，抓住他的机会就越大。”

“当然，你说得对。完全对。但是现在我们不能带尤利娅去警察局。你不能这样对待她。我不希望那样。”

“但是我们可以去啊。我们俩当中的一个。一个去警察局，另一个待在这儿照顾尤利娅。”

“好吧。”我松口说，“我待在这儿照顾尤利娅。”

“不，我待在这儿。”

我们对视了一眼。卡洛琳擦去了脸上的泪水，她的眼里露出了坚毅的目光。

“马克，我现在不想跟你讨论她更需要谁，她的爸爸还是她的妈妈。我认为是她的妈妈。你去警察局。”

我本可以说，我们的女儿眼下更需要一位医生。她也许不是那么需要她的爸爸，但是需要一位医生，而我就是一位医生，一位坐在她身旁的医生。当她从噩梦中惊醒时，她可能会回想起些什么。但是我心里明白，卡洛琳说的是对的。尤利娅一定会紧紧地抓着她妈妈的手。她的妈妈也是一个女人。一个女人而不是一个男人，即使这个男人是她的爸爸。

“我不知道，卡洛琳。”我继续说道，“我的意思是，如果我去警察局的话，他们可能明天就会盘问尤利娅。这不是我们希望看到的，是吧？”

“那样做有什么意义呢？她现在什么也想不起来啊。”卡洛琳说道。

“你觉得这样他们就会善罢甘休吗？卡洛琳，别傻啦！他们肯定会派一大群人过来。心理医生和专家。熟悉这种事情而又善解人意的女警察们。她们知道怎么让失去记忆的强奸受害者重新开口。”

“但是这不正是我们所期望的吗？”

“什么？”

“让她恢复记忆。让她想起来究竟发生了什么事情，那个浑蛋到底长的什么样子。”

我想了一下，对于失忆我还知道些什么。关于失忆，很久以前我在大学里学过些什么。失忆经常是有选择性的，大脑封锁了一段充满创伤的经历。有时候这段记忆完全不会再恢复，虽然它就在大脑深处的某个地方，但是只有通过药物或者催眠的作用，才能将它找回。

这种记忆很少会彻底磨灭。但是大脑的这项工作做得也不是那么精细，所以它常常会把这种创伤性经历前后的记忆也一并封存。在海边尤利娅就立刻认出了我，后来也认出了尤蒂特、她的妹妹、托马斯、阿历克斯、她的妈妈、艾曼纽，还有拉尔夫。彻底丧失记忆的人甚至不记得自己是谁，他们在镜子里也认不出自己的脸，更不用说其他人了。

眼下这种情况下我不想追问尤利娅，但是看来她的记忆阻滞似乎很早便已经出现了。我是和阿历克斯一起吗？她问道。我和阿历克斯一起去了哪里？她还知道阿历克斯是谁，但是想不起来她和他一起去了另外那家沙滩酒吧。

另外还有一件事情。整个下午和晚上我都被我的女儿彻底无视了。她几乎没有回答我的问题。她几乎没有正眼看过我一回。

自从她在厨房那里看到了我和尤蒂特在一起。

但是从那一刻起，情况就有了转机。我先是在海滩上发现了她，并把她抱到了车上，然后又把她抱到了史丹利和艾曼纽的公寓这里。而当我为她检查时，她看着我的眼神里已经充满了信任。很不高兴，但是确实充满了信任。

我问自己，这是可能的吗？尤利娅的失忆是不是从昨天就开始了，或者甚至是更早，这样她是不是就不会记得看到我和尤蒂特在厨房里的事情?

我当然不能直接问她，我不会和她谈白天发生的那些可能伤害到她的事情。白天是怎么度过的? 利萨发现了从橄榄树上掉下来的小鸟。我们吃了早餐。之后我和利萨一起去了动物园。当我回来的时候……当我回来的时候，卡洛琳出去了。拉尔夫、艾曼纽和史丹利也不在。我去了楼上。在厨房里。我们从厨房的窗户那里望了出去……是的，湿衫比赛……尤利娅和利萨把一张跳板当成了时装表演的 T 台，轮流在上面秀了一把。她们让阿历克斯用水管把自己全身淋湿……我想起了尤利娅那个卖俏的姿势，想起她把头发甩向了空中，然后又把它抖散开。

等她醒了之后，我可以和她聊一下那场湿衫比赛。我在心里已经想好了一个问题：你还记得昨天你在泳池边被淋湿的事吗? 你们玩得可真开心啊! 不，开心这个词我必须省略掉。

“也许你说得对。”卡洛琳突然说道，“也许我们暂时不应该让他们寻根究底地询问她。我之前没有想到这一点。他们会不停地追问她，这可能会让她更加混乱。警察。但是那我们应该怎么做呢? 我们必须得做点什么吧! 我的意思是，我们不能就这样让那个该死的浑蛋逍遥法外吧! ”

“我们可以打电话。我们可以打匿名电话，就说这附近有个危险的强奸犯。”

卡洛琳的叹息让我意识到，我这个主意有多么愚蠢。我又想到了阿历克斯，想起了他在海边时的举动。我虽然没有怀疑凶手是他，但是我就是有种不祥的预感，我感觉他似乎隐瞒了什么。

“马克，”卡洛琳一边喊着我的名字，一边把手搭在了我的胳膊上，“你是医生。你说她的情况有多严重啊？她是不是必须去医院啊？还是现在首要的是让她好好休息？等过几天她情况好转一点，我们就回家。”

“她不必去医院。她什么都想不起来。我指的是，她知道发生了一些事情，也许也知道究竟是什么事情。她十三岁了。我让她吃了点止疼药。但是她是……她感觉……”

我说到这里便哑住了，我突然咳嗽了一下，所以嗓子眼里只发出了一个响音。卡洛琳把手放到了我的胳膊上。

“好吧。”她开口说，“那么我们就这么做吧。她应该再休息一天。明天。如果你觉得对她来说不是太辛苦的话，周一我们就回去。我们可以在后座给她铺张床。”

“我们最好明天马上……”我看了一眼我的手表，已经凌晨三点了，“我们最好今天就回去。天一亮我们就走。”

“这是不是有点太仓促了？我们都还没有合眼。对尤利娅来说……”

“这样对她来说最好。”我打断了她，“我们必须尽快离开这里。我们得赶紧回家。”

35

这是几小时之后的事情。我仍然坐在公寓门口抽着烟，卡洛琳躺到床上陪尤利娅去了，这时拉尔夫沿着阶梯走了下来。

“我觉得，这会儿这是最合适的东西了。”他胳膊下夹着一瓶威士忌，手里拿着两个放满冰块的杯子。

我们坐在一起沉默了半天。泳池另外一边的枯灌木丛里有一只蟋蟀在不知疲倦地摩擦着翅膀。周围一片沉寂，只有那蟋蟀的叫声和杯子里的冰块发出的碎裂声。东方的天空露出了第一缕曙光。游泳池底部的灯光照亮了整个池子，我茫然地看着那纹丝不动的水面。然后我又看了看那张跳板，跳板还是昨天那张跳板，但现在看起来心境却完全不一样了。露台和度假屋也不再是昨天的那个露台和度假屋了。露台、度假屋、游泳池这些东西现在都和我没有关系，我就想回家。

拉尔夫摸着他的右膝盖说：“马克，你那一脚真不赖。你从哪儿学的？在部队里，还是读大学的时候？”

从外面看没有什么异样，那不过是很普通的一只长满毛发的男人膝盖，但是它内部所有的肌肉和肌腱肯定都被拉伤了。当他沿着阶梯走下来，坐到我旁边时，我还没注意到这一点。但是很可能后面几天他都要这样跛着了。

“你后来干什么去了？”我问他，“你立刻跑回来了？”

“我还散了一会儿步。沿着海边。嗯啊，散步……就这样瘸着。一开始我还没有什么感觉，但是后来就越来越疼。”他边说边敲了敲膝盖，“我那时想，我到底在这儿干什么呢？我要回家。”

我必须承认，我之前估算时间时没有把拉尔夫的膝盖问题考虑在内。我在想，他能不能这样拖着残腿来来回回地走完到另外一家沙滩酒吧的那段路。尤蒂特给他打电话时，他可不可能已经回到了度假屋这里。但是我之前确实彻底忽视了他的膝盖问题。拉尔夫·迈耶尔为什么要拖着伤痛不止的膝盖走完一千多米的路程，跑到另外一家沙滩酒吧呢？我觉得这不仅是不可能的，而且从肉体上讲他也吃不消。

“你不能总是这么坐着。”我对他说，“否则你的膝盖就变僵硬了。”

拉尔夫伸了伸他的右腿，活动了一下拖鞋里的胖脚趾。我从眼角看见他呻吟着咬住了嘴唇。如果这只是在演戏的话，那他确实演得不错。我不排除任何可能。他的长吁短叹也可能只不过是他要的花招。这样他就能为自己洗脱嫌疑。

“我刚刚同史丹利和艾曼纽谈过了。”他又说道，“你们想在这栋房子里待多久就待多久。我们已经想到解决办法了。”

我想告诉他这没有必要，因为几小时后我们就会出发，但是我又及时地闭上了嘴。也许这样会让他松口气吧，谁知道呢。但是我不想让他太轻松。现在还不想。

“阿历克斯在哪儿？”我问道。

我没有看他，而是盯着游泳池里淡蓝色的池水，但是他的每个动作都没有逃过我的眼睛。他确实在椅子上来回活动了一下，他弯下了腰，用手摸了一下脸，然后又向后靠到了椅背上。

“他在楼上。”他边回答边把右腿搭到了左腿上。这个过程中他竟然没有露出丝毫痛苦的表情。“他睡了。你还想再来一杯吗？”他把那瓶威士忌从地上拿了起来，举到了我的杯子上方。

“好吧。他有没有再和你说什么啊？”

在回答前，拉尔夫给自己倒了一杯：“他现在很混乱。他感觉很自责。我对他说，那不是他的错，他没有必要自责。”

我深深地吸了一口气，然后喝了一口手中的威士忌。杯子里的冰块已经融化了，所以喝起来温温的而又有些寡淡无味。

为什么没有必要？也许他完全有必要感到自责吧。

我本可以这么说，但是我没有那么做。我感觉我的脸开始烫起来，这不是件好事情。我必须让脑袋保持清凉。就是字面意义上的清凉。

“不，他没有必要感到自责。”我违心地说道，“我只是觉得他是不是看到了些什么，一些他不敢讲的事情。正因为如此他才感到自责。”

“他能看到些什么呢？”拉尔夫又换了一个姿势坐了下去，然后喝了一大口手中的威士忌。接着又是一口。根据他的肢体语言来判断，他也对我隐瞒了什么。也许他只是想保护他的儿子。

我突然又想起一件事情，很奇怪我之前一直没有想到这一点。我没有对拉尔夫讲过尤利娅什么都想不起来了。也没有对阿历克斯或是其他什么人说过。除了我和卡洛琳之外没人知道。还是？我试着去回忆，谁是什么时候到的楼下，谁没有呢？所有人都尽量避免骚扰我们，都很少发问。尤蒂特……她把托马斯送上床之后，返回楼下。她打听过我们有没有从尤利娅嘴里问出更多的内容。我们回答说，她受到了惊吓，她什么都不知道。我也说过，也许她有点失忆了，这在这种情况下很常见。我们就这样低声交谈了几句。这时尤利娅半睁开了眼睛，我们就没有继续说下去。艾曼纽没有提任何问题，后来史丹利也没有。很有可能尤蒂特把我们的谈话告诉了拉尔夫。尽管如此……如果尤利娅认出了强奸她的那个人的话，拉尔夫还会这样拿着一瓶威士忌坐在我的身旁吗？

除非……我感觉血液在我的太阳穴里涌动。除非，尤利娅已经失去意识了。人们常常会读到这种女孩子的饮料里被下了迷药的报道。她们会很快醉倒，开始情绪高亢，会变得很顺从或者很麻木。她们会毫无抵抗地跟着完全陌生的男人一起离开。有时候这种酒精与药物组合的作用十分强烈，以至于她们会彻底失去意识。

我无力地抗拒着这种念头。一个男人——很可能是个成年男人——袭击了一个失去意识的十三岁小女孩。这真是太病态了，人们会这么说。这种人有病。但是这其实并不正确。这不是一种疾病。疾病总能治愈或者至少是治疗。但是这里存在着一个缺陷，一个设计缺陷。如果是一款清凉饮料爆炸了的话，就会被勒令退出市场。人们也必须这样对付这些男人。不是治疗，而是将他们回收。把整个这一批次品都彻底销毁。不是埋葬，不是火化。我们不希望它们的灰烬会混到我们呼吸的空气里。

我闭上了双眼，其实只是右眼，另外一只还一直肿着。它虽然不疼了，但是我就是睁不开它。我小心翼翼地扯了扯睫毛，用指关节轻轻压着按摩了一下合着的眼睑，但是我的左眼依然睁不开。这可不是什么好兆头。我们出发之前，我肯定还会想起些什么。你的眼睛怎么了？这期间每个人都问过我这个问题。只有卡洛琳提出要帮我处理一下，但我还是非常粗暴地拒绝了她。

我瞥了一眼身旁这位演员的庞大身躯。他坐在那里，身子前倾，把肘部撑在了膝盖上，用双手托着脑袋。再过几小时我们就要离开了。卡洛琳说过，最初的二十四小时至关重要。我必须现在就探问他。如果我晚一点再问的话，他就会把所有的事情都盘算好，那么所有的问题他肯定都能回答得滴水不漏。现在是早上五点，有些事情他已经胸有成竹了。

“那会儿你把那个女孩子拽倒后，你心里到底是怎么打算的？”我用极其平静的语气问道。

他沉默了几秒钟。

“什么？你刚才说什么？”

“我想知道，你打算揍那个挪威女孩的时候，你心里是怎么想的？”

他喘着粗气，从旁边看了我一眼。我迎上了他的目光，就像人们说的那样，我咬定他了。即使我是用一只眼睛也没有问题。

“你是想拿我开涮吧？”他咧开嘴对我笑了笑，但是我没有搭理他。

“如果一个女人或者一个女孩在那种情况下拒绝你的话，你通常都会做出那种反应吗？你都会把她们打得要送医院吗？”

“天哪！马克！到底谁把谁揍了一顿啊？你是这么说的？打得要送医院……”他又表情痛苦地摸了摸膝盖。我没有被他的诡计所蒙骗，我看穿他了。他想把责任都推到别人身上，他想借此为自己的行为开脱，但是他的如意算盘落空了。他潮湿的眼睛就如同冻结的冰面上的一汪浅水：那下面的冰层其实无比坚硬。他这种目光我已经司空见惯了。第一次是他打乒乓球准备来一记扣杀的时候。第二次是当他摔倒在地，还没有人敢嘲笑他的那会儿：他只是感觉到了疼痛，但是又无法控制自己。

“尤利娅和我说了你做过什么。”

我直视着他的眼睛。穿过水面我看到了坚冰。我感觉到了它的厚度。

“你说什么？”他又问道。

“你清楚我在说什么，拉尔夫。我见过你是怎么看女人的。所有的女人，不管她们多大年纪。今天晚上我也见过如果这些女人不顺从你的意愿的话，你会怎么反应。”

这次他没有发出任何身体语言。除非人们把这种无动于衷也理解成一种身体信号。他面无表情地盯着我。

“尤利娅对你说什么了？”

“她说你扯过她的短裤，这让她感觉非常不舒服。”

“什么？她是这么说的？我的天哪……”他用拳头敲了一下膝盖，“马克！那就是一个游戏！一个游戏而已！我们相互拉扯别人的游泳裤。阿历克斯、托马斯、利萨，还有她。她也扯过我的泳裤。我们当时笑得要死。谁失败了就得潜到池底去摸个硬币上来。天哪！那就是个游戏。现在她说……现在她说我……啊，见鬼，这都是你自己想出来的，是吧？”

我感觉我的心脏疯跳个不停。但是我不能让他瞧出端倪。开弓没有回头箭。

“拉尔夫，你觉得这很正常？一个成年男人要拽掉一个小女孩的短裤，你觉得这很正常？我的意思是，几天前我可能还会觉得这很正常。但是昨天晚上海滩上发生那件事之后，我不再这么认为了。”

他的眼睛突然变了颜色。就好像那里面的水分一下子都蒸发掉了。我看见他的白眼球里布满了红色的细血丝。

“马克，你到底想说什么？难道就因为你女儿的激素开始萌动，然后突然后悔自己参加过一个让她开心的游戏，你就要把本来毫无恶意的事情说得这么恶心？我向你保证，如果我发觉她感觉不舒服的话，我当时就会马上停下来。这点我向你保证。”

我想咽一下口水，但是我的嘴巴里干得如同戈壁荒滩一样，没有什么可以下咽的。

“你说什么？你刚才提到了激素是吧？”

“事实上本来就是这么回事！天哪，马克！阿历克斯就是她的第一个牺牲品。她先是让他如痴如狂，然后又对他冷若冰霜。接着她又跑到她的爸爸那里，就因为一个无伤大雅的小游戏而哭诉不止。你是她的爸爸，你脑袋上也长着眼睛吧！”

我从他的话头话尾里面得知了这些信息：尤利娅拒绝过阿历克斯？这是什么时候的事？昨天他们不是还黏糊着吗？看起来是在另外那家沙滩酒吧那里发生了什么变故，而对此我一无所知。这件事以后再说，现在我必须集中精力对付拉尔夫。

“你口口声声一直说是个什么无大碍的小游戏。”我反驳道，“如果尤利娅其实是个成年女人，或者真的如你所说的至少是一个激素开始萌动的女孩子，那么某些人到底有多无辜呢？或者我换个方式来说：艾曼纽。艾曼纽也参加了你们的小游戏吗？你也把她的短裤给扒了下来吗？你把她的小短裤给扯下来后，她也得潜到水底去摸个硬币吗？”

拉尔夫猛然站了起来，他坐的那把椅子摔到了地上，发出了砰的一声巨响。他摇摇晃晃地转过身，用他那根胖胖的食指指着我。他的手指离我很近，以至于几乎要碰到我的鼻子了。

一方面我感觉有点危险，我担心他会动手。另一方面我又觉得无所谓，一切都对我来说无所谓。拉尔夫喝醉了，他给了我一下，我就摔倒了。剩下的事情我也预想不到了。

“你知道吗，”他开口道，他的几滴唾沫喷到了我的脸上，“你真应该扪心自问一下，这里到底是谁在胡思乱想。这种无伤大雅的小游戏竟然会联想到那些肮脏的事情，那是你，不是我。你女儿在她爸爸那儿哭够了，就适时地扮演起了无辜的小女孩。但是她很清楚如何能把男人玩弄于股掌之间。这是我亲眼所见。我看见了她如何卖弄风骚，如何在跳板上迈着小碎步、尖叫着挑逗所有人。我也看见了她如何到处游荡。我想说的是，谁知道沙滩酒吧那里到底发生了什么事？谁知道她在那里用她的放浪手段又勾搭了谁？也许她爸爸瞎了，看不到他自己女儿的所作所为，但是每个男人都会围着她打转的。也许他只是不愿意看到这些而已。也许他希望她永远是他的小女孩。但是这个小女孩已经长大了，马克，她像其他人一样诡计多端。”

这下是我站了起来。我表面上很平静。我的椅子也没有摔倒。但是我的心里却做好了一切准备。拉尔夫比我高大、强壮。我可能会吃亏。

但是在这之前我会让他吃点苦头。我保证会让他终生难忘。我不是什么英雄，但是我非常熟悉人体的弱点。我知道踢打哪里更有杀伤力。

“你再说一遍！”我尽量控制我的声音，但是没有完全做到，“你说尤利娅到处游荡是什么意思？你是想说这是她咎由自取？就像所有的女人到头来都是咎由自取？因为她们就是那样到处游荡？”

我们头顶的窗户突然打开了。厨房的窗户。

“你们能不能小点声？”尤蒂特对我们说，“你们喊得那么大声，邻居们全都要听见了。”

36

我们驱车开过几条狭窄的海滨小径朝着北面的高速公路驶去。利萨坐在我旁边打着盹，安全带松垮垮地系在她的身上，她的脑袋抵在车窗上似乎很不舒服。我从后视镜上看到卡洛琳和尤利娅也睡着了。我们让尤利娅躺在了后座的睡袋下，她的脑袋靠在卡洛琳的怀里。当我把她从度假屋里抱出来时，她醒了一会儿，但是在过去的两小时里她就没再动过。

在这个炎炎夏日的早晨，尽管路上没有多少车，但是带着一只伤眼驾驶还是让我感觉很吃力。我很难判断出正确的距离。远景视角受到了限制，这我在大学里学过。但是我从来没有真正理解那是什么意思，但是现在我清楚地明白了。这跟人们仅仅把一只眼睛闭上一会儿是不一样的。因为眼睛一段时间内仍然会回忆之前的空间维度，不用半天，世界就会变成一个平面。就像一张照片一样的平面。没有移动目标的远景。人们能相信的只有自己的经验。人们知道汽车的大小，知道一辆汽车开始看起来很小，然后变得越来越大，那么很可能是它开近了。

这会儿天已经放亮了。耀眼的阳光照射在柏油路面上。我很想戴上太阳镜，但我又担心这样一来视线会受到阻挡。我下了高速公路，开到了一家加油站。尽管我们的汽油还很充足，但是我必须搞点东西来填饱肚子，咖啡、小面包或者来个巧克力条。我停车时，卡洛琳往前颠了一下，然后她睁开了眼睛。

“我得上趟厕所。”我对她说，“我还要去买点吃的、喝的东西。你想要点什么吗？”

她拿起了睡袋，把它卷到了一起，然后把它垫到了尤利娅的脑袋下面。她揉了揉惺忪的眼睛，然后摇了摇头。

我对她轻声耳语道：“你怎么看？我们当然可以一直开下去，但是我觉得这样可能不太好。我的意思是，我们应该在哪里好好休息一下。这样开一整天的话我肯定坚持不住。如果我们就这样一直开回家的话，会不会发生什么更严重的事情？我们可以在哪儿找个小旅馆待一晚上。在海边或者在山里。再做点令人愉快的事。这样以后她回忆起来就不会只是些痛苦的事情。”

我在过去的两小时里就思考过这件事情。现在我的血液里还残留着酒精，我的脑袋也是昏昏沉沉的，我这样开下去真的没有问题吗？我必须守护我的家人。我随时都会打瞌睡。我熟悉这种症状。人们眨了一下眼睛，突然所有的东西都不见了：山丘上的广告牌，种满丝柏的乡村别墅，钢丝网围栏后面瘦弱的驴子。人们睡着了，即使只有三秒钟时间。一眨眼工夫那些广告牌和那头驴子就消失了。报纸上会出现一则简短的报道。在第二页上。荷兰家庭……冲出了护栏……车祸现场……

我十三岁时，我爸爸总会带着我开车。一开始是在一个停车场，但是很快就跑到一般的公路上了。有人不喜欢开车。但是我却很享受这件事情。很可能就是那时的经历为我的这种癖好奠定了基石。

有一天下午，我们行驶在威鲁维国家公园的一条弯弯曲曲的狭窄公路上。我握着方向盘，我爸爸坐在我旁边，我妈妈则待在后座上。我们驶近了一个急剧的左转弯。我还处于那种几乎所有东西都是自己刚上手的阶段。这时候开车其实是最危险的，因为人们很容易走神。我看到了对面开过来的车，但是一切都太迟了。当我把方向盘向右急转的时候，车子飞离了公路。我们从一个小斜坡上冲了下去，我开始还避开了几棵树，但是后来还是撞到了一张野餐桌上。爸爸下车检查了一下，然后他把车子又开回了公路上。

我以为就这样了，但是他竟然停了下来，然后下了车。

他对我命令道："现在还是换你来开。"

我尖声说："我不知道……"我已经是汗流浃背，就像刚洗过澡一样。

我刚才已经下定了决心：我以后再也不想开车了。

"就现在。"我的爸爸对我说，"否则以后你永远都不敢再开了。"

在我们离开度假屋的头几小时里我就想到了这件事。我想到了尤利娅，想到了中断的假期对她来说可能意味着什么。我们已经走了一百多公里，我们已经离那里足够远了——但是我们还有很长一段路要走。回到家的话，亲戚朋友肯定会用各种问题纠缠她。不管是回答还是回避可能都会让她很不舒服。现在我们还是四个人。也许最好还是先维持这种状态。

"我不知道。"卡洛琳说。我们俩看着我们睡梦中的女儿们。我用一只手抱着我妻子的肩膀，然后抚摸着她的头发。

“我也不知道。”我开口说，“这只是我的一个想法、一种感觉。但是老实说，我真的也不知道。所以我才问你。你决定吧。”

两小时前我唤醒了卡洛琳。“我们必须离开这里。”我对她说，“我以后再跟你解释。”我们没有跟史丹利和艾曼纽告别，“我们把帐篷留在这儿吧。我们现在真的也用不到它了。”我们谁也没有再见过。所有人都在睡觉。可能拉尔夫还醒着，但是当我发动了引擎准备上路时，他也没有从房子里出来。

我正准备拐入大街时，我看到后视镜里有动静。我踩下了刹车，又回头看了一眼。尤蒂特的母亲站在阶梯上面。她招手想让我们等一下。然后她走下了阶梯。我听见她好像在喊什么。我加了一下油门，驶离了那里。

37

这家小旅馆位于山里一条小溪旁，溪水里还搭着一架水车。山谷那个方向有几头棕色的奶牛在树丛间悠闲地吃着草。人们可以听见它们脖子上的铃铛叮当作响。蜜蜂嗡嗡地叫着在花丛间飞来飞去，淙淙的溪水哗啦啦地从石头上流过。地平线的山顶处还堆着皑皑白雪。

第一天尤利娅待在房间里没有出去。她醒过来时只想喝水，但是没有喊饿。我和卡洛琳轮流陪在她的身边。第一天晚上我和利萨去了餐厅。她问我她姐姐怎么了，我回答说我以后再跟她解释。女孩子长大了的话，就可能会遇到这种问题。

“她来例假了吗？”她问道。

当第二天一早醒来时，我感觉我的眼睛跳疼得厉害。我进了浴室，对着镜子看了看。我的眼睛已经肿得有一个鸡蛋大小了，上面还有些明暗相间的斑痕。结痂了的黄色脓水将睫毛粘在了一起。它就好像一处发炎的溃疡一样突突地跳动、震颤着。其实它就是一种溃疡。手指的溃疡如果不及时处理的话，那么它就有可能发展成败血症，严重的情况下甚至要截肢。如果角膜承受的压力过大，那么它就可能撕裂。脓血就会涌出来。到那时候什么措施都挽救不了这只眼睛。

“你待会儿得把尤利娅带到楼下。”我对卡洛琳耳语道，“我不希望她一直待在这儿。”

我把一条毛巾捂到了眼睛上。

“我能为你做点什么吗？”

我摇了摇头：“如果你能多陪陪尤利娅，那就是帮我的大忙了。”

当卡洛琳和蔼但是很坚定地把尤利娅从被子里赶出来时，她竟然没有丝毫的反抗。后来——几天之后——我才明白，当我看到这一幕时我心里有多么不安。卡洛琳把窗帘拉了起来，用欢快的语气对她的两个女儿说：“来，我们去舒舒服服地吃个早餐。今天天气真的不错。”

我躺在床上，仍然把毛巾捂在眼睛上。卡洛琳把尤利娅的衣服塞到了她的手里，然后把她推进了浴室。紧接着我听见了淋浴声。一刻钟之后水声还没有停下。

“尤利娅？”卡洛琳敲了敲浴室的门，“你没事吧？你需要帮忙吗？”

我们对视了一下。毫无疑问，她眼睛里流露出的慌乱和她从我那只健康的眼里看到的慌乱如出一辙。利萨从她的床上爬到了我的床头。我紧紧地把她抱在怀里，温柔地用手捂住了她的耳朵，然后我对着卡洛琳唇语道：“门……推门试试。”

“尤利娅？”卡洛琳又敲了敲门，然后转动了一下门把手。她看着我，摇了摇头。她的下嘴唇开始颤抖，她的眼睛里突然泪如泉涌。“不要！不要这样！”我用唇语对她示意说。

“爸爸？”利萨突然开口道。

“什么事啊？”

“爸爸，过会儿我能给托马斯打个电话吗？”

这时候浴室里突然安静了下来。

“尤利娅？”卡洛琳迅速地擦拭了一下眼里的泪水，然后又敲了敲门。

“妈妈？”浴室的门打开了一道缝。从床上我看不到我大女儿的脸。“我马上就洗完了，妈妈。”

我从卡洛琳的小化妆盒里找到了一根针，我把它在打火机的火苗上烧热了。洗脸池的边上我已经准备好了所有的东西：药棉、纱布、碘酒和一支装好了紧急止疼药的注射器。只要还能忍住，我就不想给那只眼睛上麻药。这种情况下疼痛是唯一的最佳顾问。它会告诉我，我能深入多少。一个溃疡就是一个装备精良的要塞，一个健康躯体里的敌对桥头堡。或者说更像是一个恐怖分子的老巢。一小股武装分子把一大群人劫持为人质——妇女和儿童。恐怖分子身上挂满了手榴弹和炸药包，如果强攻的话，他们就会引爆它们。我用左手的中指扒开了眼睑，小心翼翼地把针扎了进去。一不留神我的眼睛就会废了，那就不是溃疡这么简单了。如果出现多名人质伤亡，那么救援行动就算是失败了。那根针刺进去几乎没有遇到什么阻挡，更不用说是疼痛了。我用那只健康的眼对着镜子判断，针到底扎进去有多深。这时突然从打开的窗户那里传来了说话声。我听出那是利萨的声音，但是听不清她在说什么。也许这会儿她们正坐在我们房间正下方的那个露台上。我没把针拔出来，便向旁边迈了两步，轻轻地关上了窗户。这时我感觉我的手指上有点黏黏的。从镜子里我看到血从我的脸上吧嗒吧嗒地滴到了洗脸池里。我拔出了那根针，然后挤了挤肿胀的眼睑。更多的血水涌了出来，喷到了我的 T 恤和地板砖上。但是流出来的不仅有血水，还有一些像芥末一样的东西。早就过了保质期的芥末。它发出了一股熏天臭气，那气味闻起来像是经过发酵的淡海水，像是腐烂了的肥肉。我的肠胃开始痉挛起来，一摊胆汁随着脓血一起灌到了洗脸池里。但是我心里却在暗自庆幸。我用力挤了一下，终于有了疼痛的感觉。疼痛分两种。警告危险的疼痛和卸下重负的疼痛。这次的疼痛属于第二种。我打开了水龙头，把最后一点脓血从溃疡里挤了出来。直到我用了差不多一米的厕纸把眼睛清理完毕之后，我才敢往镜子里看了一眼。这简直就是个奇迹。我的眼睛，它又恢复了。完好无损而且清澈明亮，就像贝壳里的珍珠一样闪耀着光芒。又能见到我，它看起来显然非常高兴。

十分钟后我同我的家人又聚到了一起。铺好桌布的桌子上摆着一个咖啡壶、牛奶、一篮子羊角包和法棍面包，还有黄油块和果酱。奶牛脖子上的铃铛在叮当作响。一只蜜蜂消失在一朵鲜花里，花朵被它压弯了腰。阳光温暖着我的脸庞。我微笑了一下，我对着远山微笑起来。

“我们今天要不要做一次小小的徒步旅行啊？”我问道，“我们看一看这条小溪会流到哪里去吧！”

我们后来还是开始了这次徒步旅行。那条小溪消失在山坡下的一片松树林里。在一个浅水处我们踩着石头跳到了对岸。当我们来到一道瀑布跟前时，利萨嚷着要游泳。我和卡洛琳看了一眼尤利娅。

“好啊。”她微笑着说道，“我就待在这里。”

她用胳膊环住了膝盖，盘腿坐在了一块大石板上。她的笑容有点不太对头。她只是为了不扫我们的兴致而强颜欢笑。

“你是不是想回旅馆啊？”卡洛琳抢在我前面问道。其实，我本来打算问尤利娅，她是不是想马上回家。

“不，没有必要。”她回答说。

卡洛琳叹了口气，看了看我然后说：“你是不是累了？你要不要躺一会儿？”

“我坐在这里感觉很舒服。你们看，树丛间的阳光多漂亮啊。”

她眯起了眼睛抬头向上示意，那里的阳光穿过树冠形成了一条条光纹。这时利萨已经脱光衣服，跳进了水里。“哦，水好冰啊！”她喊道，“你也来吧，爸爸。来吧！”

“尤利娅？”我疑惑地看着她。

她又笑了起来。我的身子突然感觉发软，它是从膝盖开始的，然后继续向上蔓延，一直透入胸腔和脑袋。我找了一块石头坐了下来。

“你是不是想回家了，宝贝儿！如果是，你就直说。那么明天我们就马上回去。”

我觉得我应该让我的声音听起来正常点，至少不那么低沉，那样她就绝对不会猜出我的心思。

尤利娅眨了眨眼睛。笑容从她脸上消失了。紧接着她咬了咬嘴唇。

“是的，”她开口说，“如果你这么认为的话。”

38

我们就这么做了。一大早我们就出发了，将近半夜的时候我们回到了家里。利萨进了自己的房间，想再玩一会儿。尤利娅去洗了个澡——又是至少一刻钟——然后她便躺到了床上。

卡洛琳打开了一瓶红酒。然后她手里拿着两个酒杯和我们在加油站买的黄油块躺到了我的身旁。自从我们离开度假屋以来，这还是我们第一次单独待在一起。

“我们现在怎么办？”她问道。

路上我们几乎没有说话。尤利娅大多数的时候都在车里睡觉，利萨总是用她的iPod在听音乐。这样我就有了足够的时间来思考所有的事情。

“暂时什么都不做。”我回应说，“我觉得这是最好的办法。”

“但是我们要不要陪她去医院看看？或者是不是无论如何都应该去找找专家？”

她把最后一个单词尽量一带而过。她知道我是怎么看那些专家的。对我医学水平的质疑会让我变得非常敏感，尤其是如果这种怀疑来自我自己的妻子。这一点她心里很清楚。

我回答说：“你知道吗，如果现在送她去检查，这对她来说可能不会有什么好处。你要相信我，她确实没有留下什么后遗症。关于心理方面现在还不好说。她什么都想不起来。医院的人会提出各种各样的问题来追查每一个细节。专家就是这样。在我们这儿她还能找到安全感。在我和你这儿。在她妹妹那里。我真的觉得现在最好的办法就是让她静一静。我们应该让一切都留待时间来解决。”

“但是她什么都想不起来，这正常吗？我的意思是，即使那段记忆很痛苦，但是把事情搞清楚是不是对她来说更好呢？如果有些事情就这样一直埋在心底，那才真的是有害吧？”

“这我们不知道。这没有人知道。有些人经历了一些可怕的事情，但是始终把它埋葬在心底，然后也能很正常地生活。当然人们也可以通过催眠或者其他类似的手段来唤醒记忆，但是这样却有可能让人彻底崩溃。”

“但是我们总该知道到底发生了什么事情，是不是啊？也许不是现在马上，但是我们必须得把这件事情搞清楚啊。”

“我们真的想知道吗？”我把我的空杯子递给了她，然后她又给我斟满了。

“只要一想起来，我就会觉得很难受。人们应该让这种浑蛋一辈子都待在监狱里。就应该把牢房的钥匙丢掉……”

“我当然也想知道发生了什么。但是我们不能随便冒险，否则就会对她造成更大的伤害。无论如何至少暂时先这样吧。”

在溪边散步时，我陪尤利娅走了一会儿。我若无其事地提了一下泳池边的那个下午，那场湿衫比赛：“我站在厨房的窗户那里也看到你们了。我当时就忍不住开怀大笑起来。”而尤利娅只是皱起眉头陷入了沉思。就好像她是第一次听说这件事情一样。“那是什么时候的事？”她问道。

“马克……”卡洛琳把她的杯子放到了床头柜上，然后握住了我的手腕。

“嗯？”

“你觉得……你觉得……我的意思是，我们在海边谈过这件事情。你觉得拉尔夫真的会做出那种事情吗？”

我没有马上回答，而是故意装出一副思索的模样。我深深地叹了口气，用指节又按摩了一下我的左眼。它已经不疼了，只是还有点瘙痒。

“我也考虑过这件事。”我对她说，“但是其实可以把他排除。大部分时间我都和他在一起，之后他很快就回去了。我从头到尾估算过。从时间上看太仓促了——两家酒吧之间跑个来回。而且是在膝盖受伤的情况下。”

“是的，我也看见他瘸着腿。”卡洛琳应和道。

“发生什么事了？”

“我们放鞭炮了，有一个在离他很近的地方爆炸了。他崴了一下，把膝盖给扭伤了。”

我把眼睛眯了起来。我听见卡洛琳的牙齿碰到酒杯边缘的声音。

“我其实只是想知道，你相信不相信他。”

我没有回应她。

“马克？”

“嗯？”

“我问你话呢。”

“对不起，你刚才问我什么？”

“拉尔夫，他有没有这种可能？”

这次我毫不犹豫地回答了她。

“绝对不可能。”

几天之后尤蒂特拨通了我的手机。她向我打听事情的进展，然后询问了一下尤利娅的状况。我坐在卧室的长沙发上。尤利娅在地板上翻看着杂志。利萨去了她的一个朋友那里。卡洛琳去买东西了。我站起来去了厨房。

“情况还好。”我对她说。

“我总是想起你们。啊，马克，这一切对你们，对尤利娅来说都确实太可怕了。事情发生在我们这里。拉尔夫也为此感到心力交瘁。他让我衷心地问候你们。还有史丹利和艾曼纽。他们明天就飞回美国去了。”

在沉默中我听见了一个熟悉的响声。

“你在哪儿呢？”

“我坐在游泳池边上，脚在水里。”

我闭了一会儿眼睛。然后我走到门旁，看了一眼墙角那里。尤利娅仍然趴在地板上翻看着杂志。我把门关到只留下一道缝。

“托马斯总是问起利萨。他非常想念她。”

“是吧。”

“我也是，我也想。”

我没有说话。我打开了水龙头，从水池那里拿了一个杯子，放到了水龙头下面。

“我也想念你，马克。”

39

学校假期结束前一周，我的诊所已经开始营业了，但是我却没有一丁点激情。我以前就从来没有多少干劲儿，但现在它更像是彻底干涸了一样。尽管我对人体感觉很厌恶，但我一直以来还是把这个工作做得不错。很少出现投诉。真的病情特别严重的话我会亲自把他们转诊给专业医生。没什么大碍的人我会给他们开点药，而对于绝大部分没有任何症状的人，我会做一个耐心的听众。整整二十分钟我都会让他们看到一张善解人意的面孔。在这次度假结束后，这一切都不复存在了。

我就是再也做不到了。不到五分钟，那原本和谐的氛围便开始出现了裂痕，因为病人突然止住了话头，很多时候往往是一句话说到一半便停了下来。“什么事啊，医生？”“没事啊，怎么了？”“我不知道，您的表情好像是不相信我一样。”

以前我会让我的病人说足二十分钟。然后他们就会一脸轻松地回家去。医生给他们开了药，医生会细心为他们治疗。“请您跟我的助手再约个时间。那么我们三周后再见。”

但是我再也没有这种耐心了。

“您什么问题都没有。”我对那个已经是第三次出现在我诊所里的男人说。他总是对我抱怨说头晕。“绝对没有问题。您身体很健康，您应该为此感到高兴。”

“但是医生，当我起床时……”

“您到底有没有听见我说的什么啊？明显没有听吧。否则您应该听见我说什么了，您没有任何问题。什么问题都没有！劳驾您回家去吧。”

一些病人再也没有在我这里出现。他们通过信件或者电子邮件通知我，他们在“附近”新找到了一位家庭医生。我清楚他们住在哪里。我知道他们在撒谎。但是我没有去理会他们。我的工作日程上出现了越来越多的空缺。二十到四十分钟。我本可以到街上去走走，或者到拐角的那个小酒馆去喝杯咖啡，吃块小面包。但是我还是待在我的问诊室里，倚靠在椅子上闭目养神。我心里在盘算，多少个月后我的病人就会跑光了。想到这里我本应该感到惶恐，但是事实上并非如此。我想到了事物的繁衍经过。人生。人死。他们从农村搬迁到了城市。农村的人口数量不断减少。首先放弃的是肉贩，然后面包房也关门大吉了。到处游荡的野狗占据了灯光昏暗、空无一人的大街。然后最后一个居民也去世了。狂风肆虐，耷拉在铰链上的谷仓大门发出咯吱咯吱的声音。太阳升起来，又落下去，但是它的光芒不会再给任何人迹带来温暖。

在脑袋清醒的时候，我很少考虑我的经济状况。这个问题其实并不需要思考太久，因为最终的解决方案已经是明摆着的事了。富人区里的一个蒸蒸日上的诊所是非常值钱的。一个新入职场的家庭医生会为了得到我这样的一个诊所而去犯罪杀人。如人们常说的那样，大多数情况下这种交易都会秘密进行，那将会是近乎天文数字的一大笔钱。额外租金。

公开进行当然是不允许的，但是这不是问题。我可以登一个广告。当我对那个刚出大学校园的毛头小伙子说出金额时，他可能仅仅会因为这种交易方式而心存顾虑。但是他的眼睛里会闪烁出贪婪的目光，他会忍不住流口水的。我会对他说："但是您得早点做决定，为这件事而来的人都快踩破我家的门槛了。"

但是我自己也不能等太久。一个病人不太多的诊所还是一个金矿，但是如果完全没有病人的话就一文不值了。我仔细考虑过，靠着这笔进项我们可以生活个三五年。然后我就得另谋生路了。随便找个清闲的岗位。厂医。或者完全不相干的工作。人生的一次巨大转折。加那利群岛上的酒店医生。踩到海胆的游客。阳光二度灼伤。橄榄油反复加热而导致的腹泻。也许这种改变对尤利娅来说也是件好事。离开熟悉的环境，一切重新开始。至少在头脑清醒的时候我是这样想的。有时候当下一个病人走进我的问诊室时，我的这种头脑清醒的状态还没有结束。

"您为什么会想到艾滋病感染？"我问那个同性恋电视滑稽演员。他便开始絮叨起我完全不感兴趣的各种聚会来。我试着让我的思绪飘到一片海滩那里。金黄色的沙滩和波光粼粼的蔚蓝大海。在酒店的问诊工作结束后，我会到海边散步。"他曾经把精液射到您的嘴里了吗？"我问道，"您最近一段时间做过口齿护理吗？"如果牙龈发炎的话，病原体可能会通过精液进入血液循环系统。我站在蔚蓝的大海中，让海水漫过了我的腹部。我已经准备好扎到水里去。我的下半身已经十分冰冷。如果往水下潜的话，人们就会感觉越来越冷。但是人们又浮到了水面上。

海水灼痛了眼睛。人们从上唇舔下来的鼻涕里掺杂着海藻和牡蛎的味道。他环顾了一下四周，寻找他之前下水的地方。人们这时候首先想到的是要马上冲洗。这个滑稽演员有些发福，但是一个月之后就没有人会认出他来。骨瘦如柴。没有比这更合适的词了。艾滋病毒会从内部蚕食人体。对承重墙展开了锤击。整栋建筑都摇摇欲坠。三层天花板上的泥灰开始纷纷脱落。就如同发生了地震一样。高层建筑有时候会比黏土茅屋更容易垮塌。那个滑稽演员并不是一点机会都没有。他本应该好好刷牙。他应该及时到牙齿保健医生那里去。

我总是假装在认真倾听，在做记录，但是暗地里我总是不停地偷瞄他背后墙上的那个挂钟。我把那个钟挂在那里，为的就是不必再去看我的手表了。还要多久？刚过去还不到四分钟。现在我就什么都不想听了。不想知道更多的细节了。他现在已经离开了该有多好啊。他现在已经死了该有多好啊。濒死的动物会蜷缩到角落里去。比如说一只猫会躲到水池下面的洗涤剂后面去。七八个月之后我可能才会读到他的讣告。他这种身份的话可能要整幅版面。河道拐弯处的公墓那儿会有上千名宾客参加他的葬礼。悼词。音乐。电视里播出一条讣告。回顾一下他最出色的表演。还有脱口秀中的一些无聊回忆——然后就是永远少不了的默哀。

我笑了笑。一个安慰的微笑。“啊，不会那么严重的。”我安抚他说，“传染的概率是非常低的。即使是真感染了，现在也没有治不了的病。您也有过未经防护的肛交吗？”

我提问时十分注意分寸的拿捏，恰恰如同一个毫无偏见的家庭医生一样。家庭医生必须要超然偏见。我正是如此。这一点我可以坚决保证。但是超然并不代表一无所知。肛门穿孔的情况下，机体组织受到极其严重的损伤。出血不是例外而是常态。这不是偏见，这是事实。自然界的万物都有其存在的意义与作用。如果我们把我们的阴茎插进另一个人的屁股里才是原本的目的，那么屁眼就会长得再大些。换句话说，屁眼那么小，为的就是不让我们把阴茎插进去。就如同火焰的热度就是提醒我们不要把手放到那上面太久。我打量着这位濒临死亡的滑稽演员。我本可以为他检查一下。我本可以针对他肿大的淋巴结说点什么。事实上他腹股沟的腺体确实有些肿大，但是这并不一定意味着什么。一方面，我很愿意用一个看似安慰的消息让他陷入不安。但另一方面我完全没有兴趣去看他那裸露的皮肤、长满毛发的屁股或者是——不，不！决不！——剃得精光的阴茎。我从抽屉里拿出了一张检查血液的表格，随意地画了几项——胆固醇、血糖、肝功能。我看了一眼我的手表。我当然可以看墙上的挂钟，但是我想发出一个明确的信号：问诊时间已经结束了。“如果您现在能马上去检测室的话，我们几天后就能知道更确切的结果了。”我说完便引导他出了门口。我坐回了椅子上，合上了眼睛。我尝试着重新去想象那片大海。蔚蓝、洁净的大海。这时突然有人敲门。我的助手开门把脑袋伸了进来。“发生什么事了？”她问道。“怎么了？”“刚才那个病人，”她继续说道，“他号叫着跑出去了。估计他再也不会来了。你应该为他……嗯……”

我盯着我的助手问道：“他说什么了，莉丝贝特？”

我的助手突然脸红了：“他说……你应该为他，嗯，为他舔屁股。

这真是太过分了。”

我深深地吸了一口气：“我还想活命呢，莉丝贝特。那个男人可能得了艾滋病。如果一个没戴头盔的人骑着摩托车撞到了一棵树上，并因此丧命，那是他咎由自取，这种人不用指望从我这里获得理解。”

40

我对尤蒂特在电话里说的话没有做出什么回应。几天之后，她甚至又打了一个电话过来。

“你们的帐篷还在我们这儿呢。”她说。

我其实很想对她说，你就把它在花园里烧掉吧。我们永远不会再用到它了。

“只要我一有时间的话，我就过来取。”我回答说。

电话那边沉默了一会儿，然后她问尤利娅怎么样了。她的声音让我感觉她其实对这个问题并不感兴趣，但是她觉得好像有义务问一问。所以我便随便应付了她一下。事实上她也就没有继续问下去。又是一阵沉默。我原本期望她会说她想念我，想见到我。但是她并没有这么做。

“假期最后几周里，拉尔夫一直无精打采的。”她又开口说，“他现在还一直这样。如果我追问他，他就摆摆手让我打住。我有点担心，马克。我想你能不能在他不察觉的情况下，帮他看一下啊？因为他不想到医生那里去。”

我一直感觉好像我们还仍然待在那个度假屋里。尤利娅与以往相比还是变得越来越沉默寡言。她每天都会洗两三回澡——很少少于一刻钟。

身体上都一切恢复正常了，这一点我自己后来又确认了一遍。这一次我也是明确地问她，是不是更希望让别的医生而不是她自己的爸爸来检查。但是她回答说，她坚决不愿意找别的医生。

我和卡洛琳约定，再等几个月如果还是没有好转的话，再求助于外界的力量。学校那边我们也暂时没有告诉他们。

“你可以让他过来一下。”我对她说，尽管这其实恰恰是我最不期望发生的事情。我试着去想象一个无精打采的拉尔夫是个什么样子。我心里本来盘算着想问她，阿历克斯是不是也总是对任何事情都提不起兴趣，但最后还是放弃了。

“我觉得——也许还有一个办法，你过来取一下帐篷，然后顺便问一下他的情况。”

“好的，这样也行。”

我听见她在电话里如释重负地松了一口气。

“能再见到你真的太好了。”她又开口说，“我觉得能再见到你真的太好了。”

毫无疑问我这时候应该说“我也是”，但是让这话听起来有点可信度对我来说可不是件容易事。我闭上了眼睛，想象着尤蒂特在海边的样子。当这没有奏效时，我又开始想象她在泳池边上淋浴时的情景：她把湿漉漉的头发撩了起来，对着灯光眯起了眼睛。

“我也是。”我费了九牛二虎之力才说出了这句话。

几周之后，尤蒂特的母亲突然给我打了个电话。那天早上我们出发时，我看见她从度假屋的阶梯上走了下来，从那以后我们再没有任何联系。我从来就没有想起过她，这一点我很确定。

她问我们最近怎么样，特别是尤利娅怎么样。我应付了她几句。我没有告诉她，尤利娅还没有想起那天晚上的事情。我想尽快结束谈话，所以回答得非常简洁。

“情况大致就是这样。”最后我准备就这样结束谈话了，“我正学着尽快适应这种生活。尤利娅必须学着适应这种生活。”

我只听见我一个人在说话。话从我的嘴里涌了出来，但是我完全没有经过思考。一串一串的套话，没有别的。我以为她会挂电话的，但是没想到她又说道：“还有一件事情，马克。”

我的诊所里这时恰巧很安静，一个病人刚走，下一个还没有来。我不知道是因为她的语气，还是因为她突然用我的名来称呼我，反正我站了起来，走到了诊室虚掩的门边，透过门缝往外窥视了一下。我的助手坐在她的桌旁，在病历卡上写着什么。我轻轻地把门合上了。

“嗯？”

“其实是……我不知道我应该怎么说，或者我是不是应该说。但是这件事情堵在我胸口好久了。自从那天晚上开始。”

我发出了一个声音。当人们想让电话另一头的人明白，他还在认真听着，那么他就会发出这样的一个声音。

“我犹豫了很久，因为我不想武断地下结论。你肯定也不想这样。但是另一方面我又觉得把这件事情一直这样藏在心底，似乎也是极不负责任的。”

我点了点头。我突然想起来她其实是看不到的，所以我又对着话筒嗯了一声。

“那天晚上你们去了海边之后，我很早就躺到床上去了。我还读了一会儿书，然后就把灯关上了。不知道是夜里什么时候，不知道是几点钟，我突然醒了。我想去趟厕所。夜里我经常这样。”她停了一下，然后又接着说道，“房子里很黑。我猜想那时你妻子在你们的帐篷里，艾曼纽在楼下她住的那间屋子里。还没走到浴室，我就听见砾石路上有辆车开了过来，然后它停在了门前。车门被砰的一声关上了，过了一会儿就有人上楼来了。当时不知道为什么，我马上回到了自己的房间。我听见有人进了我隔壁的浴室。然后洗衣机开始转了起来，紧接着我听见了淋浴声。”

拉尔夫。他是第一个回去的。独自一人。没有带尤蒂特和他的儿子。这样她的故事就和事实完全一致了。

“过了一会儿我听见厨房里有动静。我又等了一会儿，然后就起来了。是拉尔夫，他站在水槽边喝着啤酒。他看到我时吓了一跳。我跟他说，我要去洗手间，尽管其实我之前已经去过了，但是他并不知道。”

在海边时，一个装着玛格丽特的玻璃杯撞到了他的牙齿上。那个挪威女孩还狠狠地给了他几个耳光。也许他的衣服上染上了血迹。

“浴室的洗衣机在转动。”尤蒂特的母亲继续说道，“我透过盖子朝里面看了看，但是看不清里面是什么，泡沫太多了。我觉得很奇怪。我的意思是，一般情况下人们回到家里会把脏衣服丢到洗衣篮里，不会深更半夜地开洗衣机。”

41

那大约是十月中旬，拉尔夫·迈耶尔突然在一个早晨出现在我的诊所里。一如既往地没有预约。他没有问他来得是不是不是时候。他也没有问他是不是可以坐下来。他就那么径直坐到了我写字台对面的椅子上，然后理了理头发。

“我……我必须跟你谈谈。”他说道。

我屏住了呼吸。我感觉我的心脏都要跳到嗓子眼了。这可能吗？难道在不安中煎熬了两个月，现在他终于要开始坦白他的罪行了？我说不出我将会如何反应。我是不是会抓着他的衣领，把他从写字台上面拽过来，然后叫嚷着把一口唾沫啐到他的脸上。我的助手可能会冲进来。也许她会马上打电话喊警察过来？也许我会表现得十分平静。如人们常说的那样，面如秋水。我这样做就好像我对他的忏悔完全不屑一顾。紧接着我会给他注射一针毒药，把他送上西天。

“你们最近怎么样？”他问道。

一个强奸犯正准备供认自己非礼了一个十三岁小姑娘的恶行。我决计不会期望从这样一个人的嘴里听到这个问题。但是我还是得提防着点。也许这只是他的一个诡计。

“还好。”我回答说。

“谢天谢地！”他又理了理头发。有那么一会儿我怀疑他是不是完全没有听我在说什么。然后他接着说道：“你们应对这件事情的方式让我感到非常惊叹。尤蒂特跟我说过。尤蒂特跟我说过你们有多坚强。”

我用难以置信的眼神直勾勾地盯着他，但是我又努力让自己立刻换了一副神情。他应该没有看到我脸上呆滞的表情。

“我遇到了一些必须秘密处理的事情，这让我感到非常苦恼。”他继续说道，“所以我就来找你了。”

我把眼神从他身上移开了，然后努力摆出了一副完美的专注表情。

“我今天在这里说的话，一句都不能传出去。”他边说边用力挥了一下手。我笑了笑。我的心脏仍然在跳得很厉害。微笑可以平复紧张的神经，作为医生我很清楚这一点。我又笑了一下。

“尤其不要让尤蒂特知道。我的意思是，尽管是她催着我来找你的，但是如果真的有什么严重的事情，我还是不希望她知道。”

我点了点头。

“我的身体有点不太对头。”他说，“也许没什么大碍，但是尤蒂特总是喜欢小题大做。我不希望她担心。”

无精打采的，尤蒂特是这么说的。假期最后几周里，拉尔夫一直无精打采的。

“你过来看看是对的。”我对他说，“大多数的情况下都没有什么问题。但是我们最好还是要谨慎行事不是。你到底有什么具体症状？”

“这个嘛，首先我总是感觉很疲惫。其实从夏天那会儿就开始了。

我对什么事情都提不起兴趣。任何事情。这种情况我从没有过。但是好吧，我觉得，也许前段时间我太过劳累了。但是自从最近两周，我这里……”他站了起来，解开了皮带，不管三七二十一地就把裤子扒了下来，“这里……”他用手指指着一个位置说，“三天前它还是现在的一半大小。它摸起来非常硬，如果我用手按它的话还会疼。”

我知道我的手艺。瞟上一眼已经足够了。绝对没有错。

拉尔夫·迈耶尔这周必须去医院。最好是今天。也许现在也已经太迟了，但是这是他唯一的机会。

我站了起来。

“我们到隔壁去看看。”我对他说。

“这是什么，马克？是我认为的东西吗？”

“你先跟我来。我必须仔细检查一下。”

他把裤子又提到了屁股上，蹒跚着跟在我的后面。我让他躺到治疗床上去。

我把一根手指放到了那个肿块上，轻轻地按了一下。它没有陷下去，摸起来确实非常硬。

“能感觉得到吗？”

“这样感觉不到，但是如果你再用点劲按的话，我就会两眼直冒金星。”

“我们还是暂时不管它。确实也完全没有什么必要。百分之九十的可能就是个脂肪瘤。就是一种皮下赘生物。细胞组织有点混乱。虽然会有点不舒服，但是完全没有必要紧张。”

“那么不是……不是我之前所认为的东西？”

“听着，拉尔夫。谁也不敢打百分之百的保票。但是即使是百分之一的可能，我们也要去排除。”

“嗯？”

他的目光从我的脸上转到了我正在捋手套的手上，转到了他腿边的棉垫上，我在那垫子上面已经摆好了一把手术刀。

“我取出一小块来，然后把它送去检查。几周之后我们就会知道得更多。”我对他说。

我给那个肿块和它周围几厘米的地方消了消毒。然后我举起刀切了下去。首先是表面，然后深一点。拉尔夫发出了一个奇怪的声音，他在急促地喘息。

“是有点不舒服，但马上就过去了。”我又说道。

几乎没出什么血，这证实了我先前的诊断。我继续切了下去，直到我感觉碰到了健康的细胞组织。这样我的目的就算是达到了。恶性细胞会进入整个血液循环系统，然后扩散到全身。病灶转移或者扩散……一句话，这正中我的下怀。我启动了一项迁移工程。用不了多久，肿瘤细胞就会在其他器官里扎根。那些我们仅用肉眼无法察觉的地方。

我刮了一点细胞组织到一支玻璃试管里，但我不过是做做样子，其实我又接着把刀尖继续向下扎。我又像煞有介事地往一个标签上涂鸦了几笔，然后把它贴到了那支玻璃试管上。我把一块药用纱布敷在了他的伤口上，然后用两截胶带把它固定了一下。

“你可以穿上衣服了。”我对他说，“我给你开个药单。还是我以前给你开过的那些药。有时候长时间度假之后，我们会觉得很难回到正轨上来。”

在问诊室的门口那里，我伸出手跟他握了一下。

“哦，对了。”拉尔夫说，“我差点忘了。你们的帐篷。尤蒂特让我把你们的帐篷给带过来了。它就在车上。你跟我去取一下吧。”

我们站在了敞开的后备厢跟前。我的手里提溜着我们的帐篷。

“我马上要回到摄影机前了。”拉尔夫说，“你还记得我们和史丹利聊过的那个剧集吗？《奥古斯都大帝》。他们已经开始拍摄了。”

“史丹利最近怎么样？”

他好像没有听见我的问题。他的鼻子上方，两条眉毛之间皱成了一团。他摇了摇头。

“我还能去吗？”他问道，“拍摄工作要持续两个月。如果我现在半途而废，那么对所有人来说都将是一场灾难。”

“那当然啦。你不用太担心。一般不会有什么事的。我们就耐心等待检查结果吧。时间还很充裕。”

我一直站在那里，直到他的汽车消失在街角那里。不远处有个垃圾桶。我把那顶帐篷塞了进去，然后转身回到了诊所里。

候诊室里空无一人。我在治疗室里把那支玻璃试管对着灯光看了看。我打量了一下那里面的东西，然后把那个小管子丢到了治疗床旁边的垃圾桶里。

42

我本以为拉尔夫的病情会发展得很迅速，但事实并非如此。他为了拍摄《奥古斯都大帝》去意大利待了两个月。回到家之后他便给我打电话询问检查结果。

“我还没有得到医院那边的任何消息。”我对他说，“我估计他们是没有发现什么问题。”

“他们会通知你的，是吧？”

“原本应该是这样的。无论如何明天我都给他们打个电话问问吧。你最近感觉怎么样？”

“挺好。只不过我总是感觉很疲倦，但是每当这个时候我就会服一片你给我开的那个特效药，然后就会感觉棒极了。”

“我明天给你电话，拉尔夫。”

他总是感觉很疲倦，这让我感到很欣慰。我给他开的是苯丙胺，这样就能帮他抑制疲惫，并让病毒在他体内自由蔓延。但是这次侵袭过程似乎比一般情况下持续的时间要久一些。我心中不免产生了一丝怀疑。难道我搞错了？

当我第二天给他们家打电话时，接电话的是尤蒂特。

“是检查结果出来了吗？”她急切地问道。

我一时语塞，竟不知道该说点什么：“我觉得……”

“是的，如果情况很严重的话，你就会瞒着我的。你不是这样安慰过拉尔夫吗？他对我说没有什么大问题。是不是这样的啊？”

“我对他说，可能没有什么大问题。但是保险起见，我把标本送去检查了。”

“然后呢？”

我把眼睛眯了起来，然后对她说：“我今天打过电话了。你完全没必要这么担心。”

“真的吗？我的意思是，如果有事的话，你就别瞒着我，马克。”

“没什么问题，一切都非常正常。到底是什么事让你总是这样忧心忡忡的啊？”

“他总是很容易犯困。尽管他吃得、喝得跟以前一样多，但是他的体重却下降了。”

“那个肿块怎么样了？”

“它还没消下去，但是也没有长大。我当然不是每天都查看，但是有时候我会摸一下看看，不是特别明显，你明白的。”

体重下降是个好消息。即使那个肿块没有变大，这也符合病情的发展。敌对力量建立了一座桥头堡，它们正在那里组织进攻。一开始还只是些有限的指挥活动。暗地里的秘密行动。刺探工作。侦察地形，铺平道路。这样大部队就不会遭遇太大的阻力。

“可能就是个脂肪瘤。”我接着对她说，“没什么大的危害，但如果他嫌它碍事的话，我可以把它切掉。”

“这个不需要在医院处理吗？”

“那他可有的等了。这就是个简单的小手术。让他随便什么时候过来一下，也不需要预约。”

利萨有时候会问起托马斯。尤利娅却从来没有提起过阿历克斯。

“你当然可以给他打电话啊。”我们对利萨说，“你问问他有没有兴趣过来玩。”但是随着学校生活的开始，她提起他名字的次数越来越少。她身边的朋友让她逐渐忘却了假期里的这个玩伴。尤利娅这边给我们的感觉是，她对男孩子完全不感兴趣，特别是可能会让她回忆起痛苦过去的那个男孩。其实“回忆”这个词用在这里并不是十分恰当。对于夏天发生的事，尤利娅只能回忆起一些残缺不全的断片。她也想起了阿历克斯，但是到什么地步，这我们不知道。我们也从不去追问她。对我们来说这样可能最好。

拉尔夫再也没有来过我的诊所。我分散了他的恐惧，他显然对于为了美容而来去除个肿块没有多大兴趣。这本身是件好事。可能这样疾病发作就需要更长的时间。

新的一年刚开始时，我们又收到了一封首映式的邀请函——契诃夫的戏剧《海鸥》。我们直接把它丢到了一边。为了和迈耶尔一家尽可能地保持距离，我们开始推行置之不理的策略。我有意地强调“我们”，是因为卡洛琳和我完全站在同一战线上。

很长时间以来，这是我们第一次到外面吃饭。在喝第二瓶红酒时我抓住了机会。

“你知道我为什么不想去参加那个首映式吗？”

“因为你在剧院里总是会得过度换气综合征？”卡洛琳举起酒杯对我笑着说道。

“是的，这样说也对，但是其实还有另外一个理由。我本来其实不想跟你说，因为我觉得这件事会自然而然地不了了之。但是事实却并非如此，恰恰相反。”

这是真的。尤蒂特会时不时地给我打电话，但是每次我看到手机屏幕上显示的是她的名字的时候，我都会把手机推到一边不予理睬。她给我的语音信箱留言时，我也不会回复。我嘱咐过我的助手，不要把尤蒂特·迈耶尔的电话转接给我。我让我的助手告诉她我正忙着给病人诊治，晚点我会给她回过去。但是事实上我从来没有这样做过。

她给我家里打过两次电话，两次都是卡洛琳接的。我从卡洛琳的答话中可以判断出电话那头是尤蒂特。是的，还好……最近好多了……我不在家！我对我的妻子示意道。

“另外还有一个原因，我不希望在首映式上又碰到尤蒂特。”我继续说道，“你可能没有觉察到，这个女人总是不停地纠缠我。从在度假屋那会儿就开始了。”

我盯着我的妻子。她看起来一点也不感到吃惊。相反，她似乎觉得这很好玩。

“你笑什么啊？你觉察到了没有，那个尤蒂特想要纠缠我，这很明显。”

“不要生气嘛，我完全没有嘲笑你的意思。但是每次有女人想要跟你调调情的时候，你总是马上会觉得她们想要从你这里得到点什么。尤蒂特是个喜欢勾三搭四的女人。我觉得她这么做只是因为缺乏安全感。”

我不否认，卡洛琳的反应让我很有些失望。对她来说那只是一次无伤大雅的调情。她完全没有领会我的意思。我觉得我说得已经很清楚了。

“她总是拨打我的手机啊，卡洛琳。然后说什么她很想念我，想再见到我。”

卡洛琳笑着摇摇头，然后使劲地喝了一大口酒。

“啊，马克，她只是需要点关注。遇到拉尔夫那么个驴脾气，这就更不奇怪了。毕竟你是个医生——她很可能想让你为她检查一下。”

“卡洛琳……”

“如果我破坏了你的美梦的话，那我道歉，但是那是你自己的错哦。尤蒂特跟所有的男人都这样。我自己就亲眼见过。她跟史丹利也是如此。咯咯地笑笑，用手摸摸头发，表情忧郁地坐在跳板上，让脚在水里摆动一下……这都是保留节目。我只是很奇怪，你竟然当真了。顺便说一下，她在他身上可比在你身上成功得多啦。”

我用难以置信的眼光盯着她。

“你为什么这么看着我？噢，马克，你有时候可真天真啊！你以为这种女人就围着你一个人打转呢。像尤蒂特这种女人很清楚自己在干什么。我本来其实想跟你说的，但是我只不过忘记了。有一天下午在游泳池边上，你们都到村庄里去了。拉尔夫、你，还有孩子。艾曼纽觉得不舒服，所以就躺到床上去了。他们两个人已经暧昧很久了。我到楼上去拿点喝的。当我从窗户那儿往外看时，我看到史丹利把腰弯向了躺椅上的尤蒂特。他从头到脚地在舔她——而且是非常彻底地。我下楼时故意把杯子搞得叮当作响，这时候他们才又乖乖地躺到他们自己的椅子上去了。但是一眼就看得出来……史丹利的游泳裤里，你明白了吧。然后他马上跳到了水里。”

《海鸥》的首映式之后大约一周，在报纸的文化板块有一则简短的报道：

契诃夫的戏剧《海鸥》因为主角生病而取消所有演出。

那下面还有几句话：“……拉尔夫·迈耶尔……另行通知……”里面当然没有说到底因为什么疾病。我已经拿起了话筒，然后我决定还是再等等。

尤蒂特第二天给我打了个电话。

“他从上周开始就一直躺在医院里。”她对我说道，然后她把那家医院的名字告诉了我。我送病理标本去的也是同一家医院——那家我没有把病理标本送过去的医院。

我把手机紧贴在耳边。我正坐在问诊室的写字台旁边。下一位病人——今天的最后一位病人——一小时以后才到。她的名字又出现在手机屏幕上，这次我接了。

我问了几个问题。关于症状的。医生建议的治疗方案。她的回答证实了我先前的诊断。拉尔夫的身体进行了长时间的抵抗——比通常情况下的时间要长——但是现在他再也撑不住了。疾病已经越过了几个阶段，特别是还有希望治愈的那个阶段。我想到了战壕。相互连接在一起的一排排战壕，它们一个接一个地被跨越过去了。因为尤蒂特没有提及那份病理标本，所以我主动说起了它。

“很奇怪，那时候他们确实什么都没有发现啊。”

“马克？”

“嗯？”

“你最近怎么样？”

我看了一眼墙上的挂钟。还有五十九分钟我就会送走我的下一位病人。“就那么回事吧。”我回答说。

我听见她叹了一口气：“你再也没有给我打过电话。我给你留信息，你也从来不回。”

我没有说话。我想到了那份病理标本，想到了装着从拉尔夫大腿上取下来的血肉块的那支玻璃试管，那支被我丢到垃圾桶里的试管。

“前段时间我确实有点忙。”我开口说，“当然还有尤利娅的事情。我们正尝试着回归正常的生活，但是这确实不太容易。”

真的是我把这些句子排列到一起的吗？现在只有我一个人，加上尤蒂特也看不到我的脸，这让我说起谎来感觉稍微轻松一点。为了能够更好地集中精神，我把眼睛也闭了起来。

“我真的很希望能再见到你。”我最后说道。

我们就这样又建立起了联系。卡洛琳那边我就实话实说。我对她说，我和尤蒂特·迈耶尔去喝个咖啡。拉尔夫的病情把她急坏了。一开始我们就随便约在哪家咖啡馆的露台上碰头，后来则是越来越频繁地到她家里。我只剩下几个病人，我可以毫无顾忌地离开一小时或者更久。阿历克斯和托马斯在学校里。我不想掩饰什么，我们常常是直奔主题，大多数的情况下我们甚至还没走到卧室便开始了。事后我们有时会一起去医院看望一下拉尔夫。第一次手术没有取得预期的成果，专业医生认为第二次手术也几乎没有希望会让病情有所好转。所以他们建议选择别的治疗方式。更艰难的治疗。他可以自己决定，是想选择住院治疗还是门诊治疗。

“你是不是更愿意待在家里？”尤蒂特问他道，“我可以每天开车送你到医院。”她说这些话时并没有看我，她坐在床边的一张椅子上，她的手放在被子上，就在她丈夫的手旁边。

“在家你肯定能感觉更舒服点。”我开口说道，“但是也可能治疗起来会很不方便。特别是夜里。医院这边设施要更齐备些。”

最后选择了一个折中的办法。拉尔夫还是待在医院里，但是周末在家里度过。然后我每周又会有一两次被尤蒂特邀请去喝咖啡。

不知道是因为平时总是迷迷瞪瞪的，还是因为药物的作用，或者是因为那些常常令人非常不舒服的治疗，总之，拉尔夫从来没有提起过去年十月份我给他做的第一次检查。当有一次我单独和他在一起的时候——尤蒂特去医院的小卖部给他买报纸了，我适时地打开了话匣子。

“很奇怪病情会发展成这样。”我对他说，“之前诊断是个无害的脂肪瘤，几个月之后就变得这么严重。”

我把椅子朝床边移了移，但是我感觉到他并没有明白我在说什么。

“我曾经有一个病人，他慌慌张张地跑到我的诊所里去了，因为他觉得自己得了心脏病。症状相符：胸部刺痛，嘴巴发干，手冒虚汗。他的脉搏超过了每分钟两百下。我用听诊器为他检查。您昨天有没有吃过奶酪火锅？我问道。他睁大了眼睛看着我。您是怎么知道的？您还不停地在喝白葡萄酒吧？我跟他解释是怎么回事。化了的热奶酪，冰冷的葡萄酒。全部的东西在胃的底部凝固成了一大团，然后无法从胃里排出去。大多数的情况下人们当晚就会去看急诊，但是他一直等到第二天早晨九点才来到了我的诊所里。”

拉尔夫睁开了眼睛。

“这个故事还没完。”我接着说道，“我让那个男人回家了。他当然感觉非常轻松。但是两周之后他竟然死于心肌梗死。愚蠢的意外！如果有人把这件事写到一个小说里或者把它拍成电影，那绝对没有人会愿意掏钱的。但是这是一个真实的故事。奶酪火锅和心肌梗死没有任何关系。”

“这种情况人们称之为倒霉。”拉尔夫边说边有气无力地笑了笑。

我观察着被子下面他身体的轮廓。还是那副身体，只是这里和那里看上去有些下垂。就像生日聚会之后第二天有点松弛的一个气球。

“是啊，太他妈的倒霉了。”我应和说。

尤利娅慢慢有了点起色。无论如何我们感觉是这样的。她越来越频繁地把她的闺密带回家里；有时候不用我们问她，她就会和我们讲讲学校里发生的事情；她又开始笑了。虽然还是没有完全放开，但她毕竟开始笑了。其他时候她又会长时间地把自己锁在房间里。

“可能是年龄的关系。”我说。

“也可能最严重的问题是我们永远无法分清哪些是年龄的关系，哪些……哪些是其他的原因。”

有时候我会在尤利娅没有察觉的情况下观察她的脸、她的眼睛、她的眼神。她的眼神跟一年多以前完全不一样了。不再那么悲伤，而只是越来越严肃。就像人们常说的那样，越来越内敛了。卡洛琳说得对。但是我也不知道是长大了的原因还是因为海边发生的那些她再也回忆不起来的事情。

43

这个暑假我们是在美国度过的。我们想来点不一样的体验。跟在海边（或者游泳池边）不一样的假期。事实上与其说是一次度假，不如说是一次旅行。好好散心，丰富阅历，放空自己的一次旅行。

一次旅行尽管不一定会让尤利娅“康复”，但是它总会有些清洁效果的。也许这之后我们就会掀开我们人生的新一个篇章。

芝加哥是我们此行的第一站。我们乘坐电梯到了西尔斯大厦的顶层，俯瞰着整个城市和密歇根湖。我们乘着敞篷双层巴士做了一次环游。早晨我们在星巴克吃早餐。晚上我们去了一家餐馆，那里的意大利菜做得非常棒——尤利娅的最爱。但是即使在那儿她耳朵里也总是插着 iPod 的白色耳塞。她并没有把自己完全封闭起来：当服务员把意大利水饺端到她面前时，她会感谢地笑一笑；她把头靠在卡洛琳的肩膀上，抚摸着她的胳膊。她就是不怎么说话。有时候她会随着她听到的歌曲哼唱几声。通常这种情况下我们应该说点什么。“我们正坐在桌边吃饭呢，尤利娅。你难道不能晚点再听音乐吗？”但是我们觉得，她应该做点让自己开心的事。新的人生篇章现在可能还言之过早。

我们租了一辆汽车，白色的雪佛兰迈锐宝。我们驾车一路向西行驶。

周围变得越来越荒凉、越来越空旷。当看到第一位牛仔和第一群美洲野牛时，利萨激动得欢呼雀跃，但是尤利娅还是一直戴着她的耳机在听音乐。我们使劲冲她高喊，她才听见我们。“你看啊，尤利娅。”我们喊道，“那上面的岩石上。一只秃鹫！”然后她就把耳塞摘了下来，接着问道：“什么？”“一只秃鹫。那里。啊，现在飞走了。”恶地国家公园里到处是警告人们要小心响尾蛇的牌子。在拉什莫尔山那儿我们拍了些那四个巨大的美国总统石雕像的照片。事实上是利萨在拍照，我们把相机给她了。我自己从来没有耐心做这种事情。当孩子们还小的时候，卡洛琳还喜欢拍照，但是后来她也放弃了。但是利萨对此确实很感兴趣，她九岁的时候就开始拿起相机了。起初她主要是在假期里拍拍蝴蝶和花朵，后来她便开始重点拍家人。

尤利娅尽了自己的最大努力。每次当利萨把照相机对准她时，她都会露出一个微笑。但是她这样做其实只是为了我们。就好像她因为自己的忧郁而感到非常自责。我们在考斯德州立公园那里租了一个小屋，待了几天。有一天她对我们说：“对不起，我最近总是不在状态，没有陪你们好好玩。”她说这话时我们正坐在小屋前的桌子旁，烤架上的牛排和汉堡在吱吱作响。“不要傻了，尤利娅。”卡洛琳说，“你是我们最可爱、最棒的女儿。你就做能让你开心的事。这本来就是我们度假的目的。”

利萨站在烤架前，翻动着烤肉。“那我呢？”她喊道，“我也是你们最棒、最可爱的女儿吗？”

“当然啦，”卡洛琳说，“你也是。你们两个。你们是我最珍贵的宝贝儿。”

我看着我的妻子。她咬着嘴唇，擦了擦眼睛。“我去看看还有没有红酒了。”她开口说。

“这儿还有红酒，妈妈。”利萨又喊道，“这桌子上面就有。”

到了戴德伍德时我们在凯文·科斯特纳开的杰克斯餐厅里吃饭。一个钢琴家不停地在钢琴上演奏着乐曲，那声音吵得我们几乎无法交谈。尤利娅在听她自己的音乐，她随便吃了两口便把盘子推到了一边。在科迪那里我们看了竞技表演。在黄石国家公园里我们还看到了更多的美洲野牛，还有麋鹿之类的。我们在一个地方停了下来，许多车都沿着那条狭窄的公路停在那里。很多人拿着望远镜在观察着河对岸山顶上的什么东西。“一头熊。”有个人说道，“它刚刚消失在一棵树背后。”我们在老忠实泉那里静候着，那是一口间歇泉，每隔五十分钟它就会喷出泉水。“噢！”当泉水喷涌出来时，利萨欢呼道。尤利娅则面带微笑随着音乐的节拍晃动着脑袋。

我们转而南行，在那里我们见到了第一批印第安人。我们驱车穿过纪念碑山谷，然后把车子停在了一个几乎空无一人的停车场上，那停车场的上空还飘荡着一面美国国旗。人们可以在一辆银色的房车旁边买到当地原居民做的纪念品。“你跟着一起下去看看吧。”卡洛琳对尤利娅说。但是尤利娅揉了揉眼睛，摇了摇头。“我要不要坐到你那边去？”尤利娅问道。

到了凯恩塔我们才得知整个纳瓦霍地区都是禁酒的，哪里都买不到一滴酒。无论是饭馆里还是超市里。“在美国中部就有点像在伊朗。”

卡洛琳边说边喝了一口手中的可乐。

在科罗拉多大峡谷的第一个观光点那里尤利娅突然热泪盈眶。那时我和她单独待在一起，卡洛琳和利萨的身影刚刚消失在小砖屋厕所里。我们站在一个没有围起来的岩石尖上，离大部分的游客队伍有些距离。“你看啊。”我指着一只猛禽喊道，可能是一只老鹰，它展开着翅膀，从离我们不到五米的地方静静地滑翔而过。“你想回车上去吗？”我看着她，这时我才发现她没有戴她的耳塞。她没有出声，而只是任由眼泪淌过她的脸颊。

“我再也看不到任何美好的东西了。”她哽咽道。

我不禁脊背发凉。我把我的手小心翼翼地伸向了她。自从我最后一次为她做检查以来——大约八周之前——她总是避免和我有任何的肢体接触。我本以为这可能会自然而然地成为过去，但是事实并非如此。当我伸出手时，她立刻躲开了——这次旅行期间我还从来没有碰过她。“你也不需要这样啊。”我对她说，“你现在也没有必要一定要觉得它多美好啊。”

我握住了她的手。我们就那样在那里站了一会儿，然后她向下看了看，看见了她的手握在她爸爸的手里，然后她把它抽了出来。她转身朝着那个小砖屋走了过去，这时卡洛琳和利萨恰好从里面走了出来。当她看到她的妈妈时，她加快了脚步。最后一段她甚至飞奔了起来。然后她扑到了她妈妈的怀里。

我们晚上是在威廉姆斯过夜，这个小城位于著名的66号公路旁边。我们坐在一个墨西哥风味餐厅的露台上吃晚饭。我和卡洛琳喝的是玛格丽特酒。我们刚开始吃餐前小吃，这时候一个牛仔揣着一把吉他站到了离我们桌子几米远的一个箱子上面。当那个牛仔弹他的第一首助兴曲时，我打量着尤利娅。那个墨西哥卷她碰都没有碰。她把耳塞从耳朵里取了下来。她看那个牛仔的眼神跟那天下午在科罗拉多大峡谷时如出一辙。

那家宾馆在一条铁路线旁边。我倾听着每半小时一班的火车轰隆隆地开过。它们从很远的地方就开始鸣笛，那声音听起来就像是迷了路的动物在深夜里发出的嚎叫。都是一列列长得望不到尽头的火车。我试着去数有多少节车厢，但是从来没数到超过一半。我想到了科罗拉多大峡谷和那个唱歌的牛仔。想到了尤利娅的泪水和她在那家墨西哥餐厅时的眼神。

“马克，”我感觉卡洛琳的手绕在我的脖子上，“怎么啦？”

“你已经醒了？试着再睡会儿吧。”

她的手移到了我的脸上，她的手指在抚摸我的脸颊：“马克，究竟怎么啦？”

“没事。我在听火车的声音呢。那边，那边又来了一辆。”

卡洛琳偎依在我的背上，她把一只胳膊伸到了我的脑袋下面，用另外一只紧紧地抱住了我的胸部。“不要那么难过。我的意思是当然你可以难过。我也很难过。但是你没有觉察到吗？她已经不再是一直听音乐了。她对周围的世界又有了些反应。刚才在餐厅那儿。已经有进步了，马克。”

信者得福，我非常想这么说。但我其实并没有为之所动，而是继续数着那些火车。“我觉得我现在可以睡着了。”我开口说。

在拉斯维加斯时我们整天大部分时间都待在特罗皮卡纳酒店的某个游泳池旁边。我和卡洛琳就那样把一杯杯的玛格丽特酒灌到了肚子里。遇上饮料减价的欢乐时间，我们有时候会连点四杯。我们随意把几美元丢进自动游戏机里面。当夜幕降临时，我们就会沿着赌场旁边灯光闪烁的大街溜达。在贝拉吉奥酒店门前，我们观看着音乐喷泉如何表演水上芭蕾。然后玛格丽特的酒劲就开始发作了。我听见我脑袋里的嗡嗡声，我不敢再去看我的大女儿。卡洛琳牵着她的手。每喷出一个水柱时，利萨都会兴奋不已。“噢！”“啊！”然后她还会拍照。我给我们每人买了一份冰激凌、一杯可乐。但是那杯可乐也没有缓解我口干舌燥的感觉。

“也许我们应该干点别的。”后来当我们躺在床上时，卡洛琳温柔地对我说。孩子们在隔壁，有她们自己的房间。我盯着电视，里面正放着一场扑克比赛。

“嗯？”我应了一声，然后把从小酒吧带回来的那罐百威啤酒一饮而尽。

“我们还是不要太慌吧。”卡洛琳说，“我们也许都高估我们自己了。一下子经历太多对她也不是件好事。”

我的眼睛有些灼热感。“该死的。”我说道。

“马克！除了这样整天绷着每根神经，你真的就不能干点别的了？这关系到我们的女儿。是她的痛苦。不是我们的。”

“什么？”我意外地说得非常大声，我擦干了眼里的泪水，“这你还真说到点子上了。我点玛格丽特的速度可不如你。这样你就省心了。你应该看看。你听听！外面那股子热闹劲儿。今天下午当你又哧哧地笑着把那整盘爆米花打翻在地的时候，我对利萨眨了眨眼睛。我的意思是，尤利娅什么都没说。但你觉得看到自己的妈妈整天喝得烂醉，她会感到舒服吗？”

“你有点头脑不正常了吧。尤利娅已经不是小孩子了，她知道她妈妈喝几杯会开心点。否则她就不会一直抓着我的手。你就是另外一回事了。你喝醉了的话，整个人都变了。所以她就会真的害怕你了。”

我感觉我的心里空荡荡的，就好像我的身体内部突然形成了一个真空一样。“如果她害怕我，那就是你的错！”我从床上爬了起来，把那个啤酒罐扔到了墙上，“因为你一心只想着扮演那位和蔼可亲的妈妈。那个可爱的好妈妈总是能理解她被强奸了的女儿。你跟我一样清楚，去年夏天之前她烦透了你的那一套，像是她必须什么时候到家之类的。那时候她总是喜欢我多过喜欢你。该死的，这种感觉太令人厌恶了。有时候我觉得你暗地里肯定很高兴，因为你终于可以关怀你被强奸的那个女儿了，她现在是那么娇小、可怜，而又值得同情。但是她不是个小孩子了，卡洛琳。你不能再这样去讨好她了。你这样会让她变得更可怜。”

这时候隔壁突然传来了有人敲墙的声音。我们吃惊地对视着。

“静一静！”我们听见了利萨的声音，“我们都没法睡觉了。”

最后一周我们在戈拉塔租了一间公寓，这个地方位于太平洋海滨城市圣塔芭芭拉的郊区。我们坐在码头上吃螃蟹，利萨在给那些大海鸥和信天翁拍照，它们大胆地落到了木头桌子上，啄食我们吃剩下的食物残渣。我们在商业街上闲逛。尤利娅买了一件衬衣和一双耐克鞋。当她把她的妈妈拖进一家家时装店时，我大多数时候都等候在外面。

有时候她会大笑起来。是真的开怀大笑。回到公寓后她会长时间地站在镜子前，试穿买来的衣服。“它真的很合适吗？”她问道，“肩膀这里是不是有点太紧了？”

当她穿着她的新衣服在露台上摆出各种造型时，利萨会为她拍照。尤利娅把腿搭到了阳台栏杆的一个水平木条上，戴上了她的新太阳镜，把它别在了头发上。利萨蹲在那里。“现在朝太阳那边看一下。”她说道，“现在朝着我这边……是的，这样……就这样……不要动。”

最后那几天里有一天我们又去吃了一次墨西哥菜，那家餐馆离海边不远，院子里还种着棕榈树和仙人掌。

“来一杯玛格丽特？”我问卡洛琳。

“我觉得，一杯还是可以的。”她边说边朝我眨了眨眼睛。

后来在城市的主干道上出现了一支游行队伍。我们的女儿在人群里钻来钻去，想要看得更清楚一点，而我们就待在人行道上——片刻也没有让她们走出我们的视线。

“我们真的挺过来了。”我开口说。

我的妻子把头靠在我的肩膀上。我从脸颊上感觉到了她头发的温度。

“是的。”她喃喃地回应道。

44

我们回到家几周之后的一个星期天，我把利萨在美国拍摄的照片拷贝到了笔记本电脑上。我没有按照正常的顺序来看，而是从最后一张开始回看。尽管我自己不愿意承认，但其实我是害怕看到拍摄于旅行刚开始时的照片，准确地来说，是害怕看到那时尤利娅的照片。我快速地翻看着在拉斯维加斯赌场拍摄的照片。然后出现的是墨西哥餐厅里那个唱歌的牛仔的照片。我和卡洛琳把玛格丽特酒端到了唇边，对着镜头开心地挥着手。下一张照片镜头对准了尤利娅，她的前面摆着那盘她碰都没碰过的墨西哥卷。我强迫自己去看我女儿的眼睛。我看到了她那令我感到恐惧的眼神，但是除此之外还有些别的东西。在度假屋那件事情之前，尤利娅的眼神完全是另外一个模样。无拘无束。其实是完美无瑕，我马上纠正自己道。我就这样看着我女儿那完美无瑕的目光，并试着放松自己的思绪。我很确定，一旦开始思考，我就一定会迷失自我。

我闭上眼睛用指节使劲地揉着我的眼睑。半分钟，也许更久。然后我又睁开了眼睛。突然我发现了另外一些其实不容易被忽视的东西。尤利娅一直是一个很漂亮的女孩。这样一个无拘无束的女孩总是会招来一些成年男人尾随的目光。但是在这家墨西哥餐厅的露台上，她看起来就完全不像是之前那个无拘无束的女孩了。她的眼神也说不上是悲伤，倒更像是严肃。尤利娅已经十四岁了。她对着相机时不再像一个小女孩，而更像是一个少女，一个经历过风雨的少女，懂事的少女。岁月让她变得更有风韵。她从一个常见的漂亮小女孩蜕变成了一个真正的美人。

我点击鼠标继续翻看更早的照片。我眼前出现了到处长满仙人掌的荒凉景色，加油站和汉堡王快餐店，还有望不到尽头的一列列货车。有一张照片是卡洛琳、尤利娅和我在科罗拉多大峡谷的一个景点拍的，我们一起坐在野餐桌旁。尤利娅在这之前一定刚刚大哭过。我再也看不到任何美好的东西了，她泣不成声地说。但是从她的表情上我已经意识到，有些事情正在悄悄地改变，这种变化肯定在威廉姆斯的露台上就已经发生了。我又向前翻了几张照片，一张是在拉什莫尔山脚下，在巨大的美国总统石雕像前，尤利娅用探究的目光看着镜头，就好像她在寻找些什么一样。或许她是在寻找她自己，我现在想。

那里的照片就这么多，接着映入我眼帘的是芝加哥的摩天大楼，从西尔斯大厦俯瞰密歇根湖的景致。至少我本来是这么想的，但是其实还有一些其他的照片。一张施普霍尔机场指示牌的特写，指示牌上显示着我们将要搭乘的那趟航班的信息（KL0611 - Chicago - 11.35 - C14），紧跟着是一张鲜花的照片，一种我不认识的花。相机屏幕显示这张照片的编号是六十九。还有六十八张就到头了……我继续点击：一只停在白色围墙上的蝴蝶；一头棕色的奶牛，它的鼻子上拴着一个大大的鼻环。

我突然有一种不祥的预感。数码相机可以拍摄几千张照片。利萨最少在美国拍摄了三百张，还有六十九张上一个假期的照片。在度假屋里。

而这中间却明显一张都没有。

几张照片之后我看到了我自己的脸，那是在山里的一个小酒店的早餐桌旁。我的眼睛里还滴着血水，那天早上我刚自己对着镜子把它处理了一下。我犹豫了一下是否应该把它删除。这些照片是我不愿意看到的。或者更确切地说，这些照片的存在改变了我对于度假照片一般意义上的认识：当人们知道拍摄这些照片之后发生的事情，那么人们就不再会觉得这些普通的度假照片是那么普通了。无忧无虑的度假照片，万里无云的天空。我十三岁的女儿趴在游泳池里的一只绿色充气鳄鱼上。我开心的女儿——那时候还是。

但是那些拍摄于美国的照片唤起了我的好奇心。我想亲眼印证一下这是不是事实：尤利娅一年前还只是一个小女孩，而现在，她已经长大了。

我继续向前翻看照片。我看到了尤利娅和阿历克斯一起挤在一张躺椅上听着尤利娅的 iPod，他们每个人的耳朵里各塞着一只白色的耳机。拉尔夫正在把剑鱼剁成块。拉尔夫、阿历克斯和托马斯正在打乒乓球。在一个人迹罕至的海滩那里，尤利娅和阿历克斯将自己浸在齐腰深的海水里，尤利娅在对着相机挥手，阿历克斯将手臂环在她的腰上。卡洛琳躺在浴巾上睡觉。尤蒂特端着一个装满了玻璃杯和一大壶红色柠檬汁的托盘。我也看到了我自己，我忘我地跪在沙滩上挖出了一条水渠。然后出现的是几张在泳池那里拍摄的照片，那天下午的湿衫比赛。我盯着一张尤利娅在跳板上的照片看了许久。她像一个经验丰富的摄影模特一样摆出了一个姿势，然后眯着眼睛看向镜头，这时从浇花园的水管里喷出的水在她的腹部四处飞溅。她的动作让这张照片看起来很专业。但是这只是玩票性质的专业，一年前她能够熟练地模仿报纸上的女孩子们，一年后，她对此已经不再感兴趣。

接下来的一张照片让我的心脏突然开始狂乱地跳动起来。我站在厨房的窗户那里，尤蒂特就站在我的身旁。我们相对凝望，谁都没有看向镜头。在我们身后能看出还模模糊糊站着第三个人，那是尤蒂特的母亲。我踌躇了好半天，我的食指一直悬在删除键上方，迟迟没有按下。但是又有谁知道，这期间有谁已经看过了这些照片。利萨肯定看过，很有可能她已经把它们传到了她和尤利娅共用的那台电脑上。一张被删除的照片会比一张本来其实没什么的照片更容易引人注意。我又更加仔细地看了看。尤蒂特和我，我们离得很远，人们其实看不出来我俩是如何看着对方的。

其中一张照片上是那只从树上落下来的小鸟。它将自己藏在纸箱最里面的那个角落里，旁边摆着水碗和抹布。人们恰好能看出来这只小鸟在瑟瑟发抖。接下来的几张照片是夜里在帐篷里拍的，那时我和卡洛琳都已经睡着了。借着台灯的灯光，尤利娅用手指在帐篷布上做出了各种形状的指影——一只兔子，一条蛇。我一直勇敢地坚持看到现在，但是很快我感觉我的眼睛开始湿润起来。我加快了点击鼠标的速度。

还有一些在游泳池旁边拍的照片。尤利娅仰卧在躺椅上露出了性感的大腿。尤利娅在游泳池边上。在几张照片里她一会儿把浴巾当成围巾绕在脖子上，一会儿又把它变成了披肩。一系列这样的照片。看了好一会儿我才终于恍然大悟。

尤利娅不停地在变换造型。她穿着不同风格的衣服摆着造型，也就是说，她这样做让人看起来就好像她每张照片上的穿着都不一样。我突然发现，她从来都不看镜头，不看摄影师，不看利萨。

尤利娅在往另外一个人那里看。

我继续快速地翻看。最后那三张照片上可以看到那个她朝他摆姿势的人。当她站在游泳池旁边淋浴时，他蹲在她的面前。她弯着一条腿，摆出了一个妩媚的姿势，太阳镜就别在她湿漉漉的头发里。她用挑逗的眼神看着那位跪在她面前的摄影师。而他则把照相机端在自己的面前。

史丹利·福布斯咧着嘴露出一副坏笑，是他在给我正在淋浴的女儿拍照。第二张照片上尤利娅解开了她那身比基尼的上衣，她不知羞耻地把手捂在胸前摆出了一个淫荡的姿势。第三张照片上她手里拿着一支香烟，然后把烟圈吹向了那位摄影师的脸上。

“利萨，你能过来一下吗？”

我的小女儿这时正躺在我们卧室里的床上观看着《南方公园》的DVD。她对我嘘了一声，但是当她看到我的脸色时，她立刻把电影暂停了，然后从床上爬了起来。

“你们这是在干什么？”我一边让她看那几张泳池边上的照片，一边尽可能心平气和地问道。我几乎能听到自己的心跳声。

“那是史丹利拍的。”利萨开口说。

“是啊，这我看到了。但是你们这是在干什么？他在干什么？”

“他在给尤利娅拍照。他说，她会是一个非常棒的摄影模特，他想给她拍一个系列，然后他会把它们在美国展出。我记得他说是会刊登到《时尚》杂志上。他也给我拍了些照片。”

我感觉有点喘不上气来。

“你说什么，利萨？”

“爸爸，究竟怎么了？你为什么这样看着我？他也给我拍了一个系列啊。不少流行杂志总是需要一些漂亮年轻女孩的照片。艾曼纽也是这样啊。一开始他给她拍了许多照片，然后她就出名了。”

“利萨，你看着我。现在你不可以对我说谎。他给你拍了些什么样的照片？什么样的一些？”

“爸爸，你不用那么大惊小怪吧！我和尤利娅跟他约在 Facebook 上碰头。我们已经把最近的几张照片也传给他了。他非常喜欢。”

“等等，最近的几张照片？什么最近的照片？”

“我们在美国拍的照片啊，爸爸。他总是问我们有没有拍新照片，所以我们就把度假时的照片发给他了。当然只是我们俩的。嗯，好吧，主要是尤利娅的，因为我给她拍得最多。史丹利非常出名，爸爸。他说，我们得有点耐心，但是不久之后我们俩肯定都会成模特的。在美国，爸爸，在美国！”

45

我等了一会儿，但是没有等太久。加利福尼亚现在是早上九点。在度假屋那会儿史丹利把他的电话号码给了我。如果我什么时候到圣塔芭芭拉附近的话……事实上几个月之前我是去过圣塔芭芭拉附近，但是这中间发生了太多事情。为了尤利娅，也为了我们全家人，我觉得最好不要和那位电影导演联系。

这边时间下午五点时，我拨通了他的号码。圣塔芭芭拉那边现在是早上八点。史丹利·福布斯越是昏昏欲睡，这种意外的效果就会越强烈。

“史丹利……”他立刻把电话接了起来，可惜听起来完全不像是昏昏欲睡的样子。

“马克。”我开口说，“马克·施洛瑟。”

“马克！你在哪儿呢？好久不见！你在这附近吗？”

“我知道那些照片的事了，史丹利。那些你给我女儿拍的照片。”

电话那头沉默了几秒钟。比通常国际长途出现的延迟时间要长一点。

“啊，真是可惜。”他说道，“她们想给你们一个惊喜。特别是尤利娅。”

现在轮到我沉默了一会儿。

“马克？你还在吗？听着，现在，你知道我的主页，你上去看一下。

那上面你可以看到我从我在泳池边拍摄的照片中选出来的几张。”

“我给你打电话其实是因为另外一个原因，史丹利。我想知道，那天晚上拉尔夫差点揍了那个女孩之后，你去干什么了？那之后我再也没见过你。你回来得非常晚。你还在海边晃悠了半天吗？史丹利，也许你去找你的哪个模特去了？”

这不是个好办法，我不应该这样直接质问他。我应该给他下个套。史丹利·福布斯是一个成年男人——一个下流的老东西，我心里想——他用做模特这种模棱两可的许诺来诱惑未成年的小女孩让他拍照。单单是这就够他吃几年牢饭的了。

“马克啊！”他又说道，“你难道还不相信我吗？”

我没有出声。我在等他不打自招。我心里想，我也许该把这次对话录下来。

“你听着，马克。我明白尤利娅的事情让你心力交瘁了，但是这一切已经过去了。尤利娅和利萨把你们最近美国之行的照片发送给我了。我已经帮她们两个人在这里的一家经纪公司报了名。他们非常感兴趣，现在他们更是因为这些新照片，特别是尤利娅的照片而感到非常兴奋。其中有几张……我猜想你也看过。尤利娅坐在一家餐厅的露台上。她的眼神。游泳池边上拍的那几张照片感觉还少点什么。但是她那会儿看着某人的感觉……还有那张在科罗拉多大峡谷拍的照片。她看着——我应该怎么描述……我几天前给她发过一封电子邮件。其实最好是她能直接过来拍照。我也可以到你们那儿去照，但是光线，这你明白的。这里的光线完全不一样，这是我在摄影棚里永远做不到的。我觉得她不敢问你们。她担心你们会反对。但是你们就放心地把她交给我吧，马克。或者你们就一起来待几天。你或者卡洛琳。或者你们俩。我的房子足够大。它不是紧挨着海边，但是从这里可以听到海浪声。我家里也有游泳池。其实你夏天的时候为什么不过来一下呢？从照片上看，你们就在这附近。圣塔芭芭拉的那次游行？我和艾曼纽当时也在那里。”

我本来还想问问史丹利，他那个晚上从午夜到凌晨两点到底去了哪里——但是我突然不想这么做了。史丹利提到了科罗拉多大峡谷的那张照片和那张在威廉姆斯的墨西哥餐厅的露台上拍的照片。他和我的看法相同。

“利萨呢？”我听见自己问道。

“噢，是的，当然。利萨。你们把她一起带着吧。但是我们私下里说：她还得再等上一两年。这不一样。她年纪还太小了。应该说得以后再议了。”

46

我看了一下史丹利主页上的照片。我大女儿的照片。总共有十张。非常漂亮的照片。特别是尤利娅站在淋浴器下，头顶上别着太阳镜的那张。可以看见喷洒的水珠在她湿漉漉的头发上方形成了一道小彩虹。

那上面还有其他女孩的一些照片。他给这个系列命名为《少女模特》。一个女孩泡在花园中的按摩浴缸里，花园里种满了棕榈树和仙人掌。在浴盆的一边摆着一瓶香槟和两个杯子。成团的泡沫盖住了镜头里那个女孩的上身，只是一张半身照。从拍摄角度可以看出来，摄影师本人这时也在浴缸里。

我重新打量了一番才认出了艾曼纽。我估计照片上的她最多十五岁。

还有被命名为《荒漠》《落日》《亲水》《旅行》的其他几个系列。我浏览了一下几张骆驼和金字塔的照片，然后是一组落日。《旅行》这个系列是按照时间和地点分类的。那个海滩的名字引起了我的注意，去年我们就是在那里度假的。有几张史丹利已经让我在他的数码相机上看过：附近的教堂和城堡；在矮墙上或者雕像前搔首弄姿的艾曼纽。有些照片我没有见过：海鲜市场上的螯虾、鳐鱼和各种小虾；泥沙里的贝壳和水母；洒满面包屑的一条白色桌布——然后我看到了我自己。我们所有人都坐在堆满了美味佳肴的桌旁：拉尔夫、尤蒂特、卡洛琳、艾曼纽、阿历克斯、托马斯、尤蒂特的母亲、尤利娅和利萨。我们朝着镜头摆着姿势。

紧接着是度假屋里的几张照片：正在把剑鱼剁成块的拉尔夫；正在弯腰查看盒子里的小鸟的利萨；游泳池边躺椅上的尤蒂特；一个我不认识的男人穿着短裤和一件无袖衬衫，叉着手对着镜头咧嘴笑着；下一张照片里他手里握着一根浇花园的水管，水柱正从那里面喷涌出来；然后又是这个男人开心地站在我的两个女儿中间，他把他的胳膊搭在了她们的肩膀上。这样照片我看得非常仔细，他个子很矮，甚至比尤利娅还矮几厘米。

我又点回了第一张照片。这个星期天我第二次把利萨喊了过来。

"这是那个给我们修水箱的男人。"她回答说。

我们一起看着那些照片。所有三张照片上都可以清楚地看到他上臂的文身，一只雄鹰利爪里抓着一颗滴血的心脏。

"他非常友好。"利萨说，"他拿自己的矮个子开玩笑。他总是站在尤利娅的旁边，晃着脑袋。我们不太听得懂他说的什么，他好像说他们那里所有的荷兰女孩都比男人要高。"

我想了一下。星期五早上我和卡洛琳去了租赁办公室那里。那个长得很难看的女孩说，维修工可能当天下午会来。那之后我和卡洛琳去买了点东西。我们不想马上回去，所以我们就逛得很从容。我们到市场上去溜达了一圈，然后还吃了点东西。我想不起来，我们回去的时候，供水是不是已经正常了。但是第二天是星期六，男孩子们用水管把我们蹦床上的女儿给淋湿了，也就是说，那时候一切都已经恢复正常了。

然后那天晚上在海滩那里。在饭馆的洗手间里我也遇见了那个维修工。我眼前又浮现出他汗湿的胳膊上的那个文身。当时他另外一只胳膊上的挠伤引起了我的注意。厕所外面他的女朋友在餐桌旁边哭肿了眼睛。也许他们刚吵过架。也许她等了他很久，而他到了之后就随便编了个烂理由搪塞她。谁知道呢，也许是她闻出了他身上的香水味；也许她发现了他胳膊上的挠伤；也许她马上明白了，那只可能是一个女人的指甲留下的。

一个女孩的指甲，我纠正了一下自己。

47

紧接着的那个星期一，那名电视滑稽演员坐到了我的问诊室里。就是一年前喊着让我舔他的屁股，说自己永远不会再来了的那个滑稽演员。我的助手把一天的病人都登记在一个单子上，但是我没有仔细去看那上面的名字。其实我从几个月前就没有再看那个单子了，就像人们说的那样，我给自己带来了点“惊喜”。坐到我对面后他便开口对我说：“我之前一直在另外一位医生那里。但是怎么说呢，他对我有点太过和蔼了。各方面都比您和蔼。”

我打量着他那张长得还不赖的圆脸蛋，他看起来还很健康，很明显艾滋病毒还没有造成太大的伤害。

“嗯，我很高兴，您……”

“还有件事情。”他打断了我的话头，“一件让我感觉很头疼的事情。我不清楚您知不知道。有些人总是做些稀奇古怪的事情，就为了表明他们对同性恋多么宽容，证明他们把这当成了世界上最正常不过的事情。这真是太扯淡了——我的意思是，如果这真的那么正常，那我就不用花五年时间才鼓起勇气对我父母坦白！当有一天那个男人放肆地在我面前鼓吹，在这个城市里有同性恋这种东西是多么美妙的一件事情时，我确实被他激怒了。其实我作为同性恋所憎恨的是那些肥得像猪一样的男人，他们屁股上捆着一根皮带就在游行花车上忘乎所以地上蹿下跳。但是那些人，那些宽容的人完全不明白，同性恋跟这种东西其实毫无瓜葛。”

我沉默着点了点头，然后挤出了一丝微笑。墙上的挂钟显示，已经过去五分钟了，但是这不重要。我反正有的是时间。

“您知道吗，我们大家都是平等的，这确实是好极了。至少文件里面是这么说的。但是正因为如此，人们才不用觉得这太棒了。有人经常犯这种错误。他们担心让别人感觉受到歧视。所以当一个坐在轮椅上的人讲一个笑话时，他们会笑得特别大声。但其实那个笑话很艰涩难懂，更不用说是好笑了。这种人慢慢地就会染上一种无法治愈的疾病。当他们自己讲笑话时，他们会唾沫横飞。但是我们还是会跟着一起附和着笑笑。这到底算怎么回事呢，马克？您是有一个儿子、一个女儿吧？”

“两个女儿。”

“如果她们其中一个或者两个都是同性恋，你会觉得这非常好吗？”

“那我会希望她们能开心吧。”

“马克，算了吧！您就不要说这种陈词滥调了。我正是因为这个原因才回到您这里的，就因为您从来不掩饰您的想法，您的憎恶。也许憎恶这个词太过分了。但是您明白我的意思。我说得对不对啊？”

我又笑了笑。这次是真的笑了一下。

“是吧，我心里什么都明白！尽管如此，比起在那些鼓吹同性恋好极了的人那里，我感觉在您这儿更舒服些。您觉得这是为什么呢？”

“也许你自己并不觉得这好极了。”我回答说。

那个滑稽演员突然纵声大笑，但是马上又严肃了起来。

“关键就在于这个‘好极了’。对我父母来说，他们很难接受这一点，接受我的男朋友。就像您说的，他们希望我能开心。但是他们肯定不会觉得这好极了。没有人会觉得这好极了。一个父亲或者一个母亲对他们的儿子或者女儿说，他们觉得这好极了。他们的儿子或者女儿幸运地不是异性恋者，他们对此感到很高兴、很轻松。您有听说过这种事吗？我的意思是，我是滑稽演员，这种事情当然也在我的滑稽短剧中出现过，否则我自己也不会这么看重这件事情的。”

“是的，”我说，“我明白。我有什么能为您效劳的呢？”

他深深地发出了一声叹息。“我的前列腺，”他说，“最近只流出来几滴。我想……好吧，您明白我在想什么。”

那个滑稽演员躺到了治疗床上，我看着他那毛发丛生的屁股，然后又不由自主地想到了艾伦·赫茨尔教授。“我只说一遍。”赫茨尔教授在一次课上说，“如果上帝的旨意是让一个男人把他的阴茎插进另一个人的屁股里，那么屁眼就会长得再大些。我说这是‘上帝’的旨意，但是我也可以说这是‘生物学’的必然。万物背后都有其法则，有其规律。不能吃的东西闻起来臭气熏天，尝起来会让人恶心反胃。疼痛感会阻止我们把自来水笔插到眼睛里去。”接着赫茨尔教授把眼镜摘了下来，足足有一分钟他一句话都没有说，而只是默默地扫视着整个教室，“我不想进行什么道德审判，每个人都有自由选择自己生活方式的权利。但是如果把一根勃起的阴茎插到另一个人的屁眼里，那么这个人就会感觉疼痛难忍。疼痛感会警告说：不要！还没有造成太大伤害之时，赶紧把它抽出去。身体一般会听从疼痛感的这种要求。这就是生物学。我们不会从七楼跳下去，除非我们想把我们的身体破坏掉。”

我甚至突然回忆起了艾伦·赫茨尔教授紧接着说了什么。想到这里，我竟忍不住热泪盈眶。

“一个孩子身上的所有东西都要小一些。所有东西。这也是生物学。小女孩不会怀孕。这一点就像超过四十岁的女人一样。生物学在警告说，把手拿开。从生物学角度看，同一个还没有性成熟的小女孩进行性交活动是没有任何意义的。她身上的洞口也太小了。那里有处女膜挡着。一个生物学赠送给我们的最好礼物。人们几乎都希望有上帝存在。”接着教室里爆发出一阵哄堂大笑，只有一小部分人不为所动，“让我们回到那根坚硬的阴茎那里，那个勃起的男性部位。如果它想强迫进入一个狭小的洞口的话，那么疼痛就在所难免。疼痛感会高呼，不要！可能那个小女孩也会喊，不要！我们的社会是这样规定的：如果一个男人侵犯一个小女孩——或者小男孩，那么他就会被关进监狱。我们的社会道德对此可以说是容忍度极低，所以那些恋童癖的人往往即使在监狱里也不安全。入室抢劫犯和杀人犯都觉得自己比他们更有道德底线。事实上确实如此。这是一个自然反应。他们的反应和我们所有人应有的反应一样。当生物学还是强有力的法则的时候，我们所有人就会做出这种反应。杀死他！杀死这个下流的东西！让这个怪胎去死！”

教室里突然静得出奇。就像那句俗语所说的，连一根针掉在地上都听得见。我们都屏住了呼吸。

“对于道德上的这种进退两难的窘境，我也没有什么别的建议。”

赫茨尔继续说道，“我只是希望你们能认真地考虑一下，而不是毫不犹豫地就把今天的这些道德准则当成唯一的真理来供奉。所以最后我想给你们举一个小例子，到下周之前你们可以把它好好琢磨一下。”

这期间我站在治疗床前愣了半天，但却什么都没有做，这肯定让那个滑稽演员觉得很奇怪。我把手洗了一下，然后戴上了橡胶手套。是该给他做检查了。我必须把手指插进他的肛门来按摩前列腺。但是思绪还是止不住地涌现出来。为了争取时间，我已经把一只手放到了那位滑稽演员毛发丛生的半边屁股上。

赫茨尔教授还说过：“如果一个成年人强迫与一个孩子发生性关系，那么我们会认为这是不正常的，是变态的。这种人必须接受治疗。这时候就会出现一个进退两难的窘境。你们仔细想一下。哪些治疗是必要的呢？根据统计学来看，在座的有百分之九十一的人会被异性吸引，百分之九的人会喜欢同性。不到百分之一的人有恋童癖倾向。那么我就可以荣幸地认为，今天在座的各位很有可能都并没有这种嗜好。”

教室里又是一阵大笑，这次的笑声多少有点勉强，听起来就好像是在故作轻松。

“但是让我们反过来想一想。我们假设我们自己的性取向是被禁止的。我们因为同异性的成年人发生性关系而被逮捕了。我们被判了几年监禁或者被关进了一个封闭的设施里面。这期间心理医生或者精神科医生会找我们谈话，他们一定要让我们相信我们必须积极接受治疗。这样他才会给上级写报告，报告里会说，我们不再会对社会构成危害；我们已经不再会被异性所吸引。但其实我们自己很清楚。我们知道这种事情是完全不可能的，没有人能够‘治愈’我们。我们只不过想尽快出去，然后再次对异性施暴。”

我的手在那个滑稽演员的屁股上动了动。我想不起来赫茨尔教授接着在课堂上说了什么，但是他肯定讲过如何“治愈”恋童癖。我只记得他提到过一个盛满贝壳的锅。

他最后说道：“现在我说下我刚才准备说的那个例子。桌子上有一锅做好了的贝壳。味道鲜美的新鲜贝壳。我们学过，煮过之后还没开口的贝壳是不能吃的，因为这会让我们生病。这些贝壳自己染病了，有些甚至已经死了。尽管是这样，我们还是会把它们撬开吃掉吗？因为心理医生向我们保证过，这些贝壳又是可以食用的了，难道为了把它们最终塞到嘴里，就得让我们在监狱里同心理医生交谈上两年？还是我们就索性把它们丢掉？今天就到这里，我们下周再见。”

那个滑稽演员转过头看着我。我从他的眼睛里看到了惊恐。

“马克，”他开口说，“怎么了？”

我想对他笑一笑，但是弄疼了自己。我的咽喉里发出了咔嚓的一声。“应该怎么办呢？”我回应道。

事实上我对男人毛发丛生的屁股并不感兴趣。对此我感到很厌恶，就像一盘子烂肉，只要看上一眼就能让人反胃：它在说，把手指拿开！就如人们所说的那样，我“很正常”。我想到了那些女人，不仅仅是卡洛琳或者尤蒂特，是所有女人。赫茨尔教授教过我们，这是生物学。一个有生殖能力的男人努力地压抑着自己对多个女人的渴望，这就如同一个同时踩下了油门和刹车的司机。汽车最开始会发出橡胶的焦煳味，最后它就停了下来或者起火了。生物学教导我们应该让尽可能多的女人受精。赫茨尔的思想尝试。如果我的性取向被社会打上了病态的烙印，那么我还能够让医生相信我已经痊愈了吗？我认为可以。但是只要我重获自由，二十四小时之内我就有可能回归以前的老习惯。

我并不觉得自己比那些被小女孩吸引的男人更高尚。事实上所有的男人都喜欢小女孩。这也是生物学。我们会从繁殖的角度去观察她们：她们能否在预期的时间内保证人种的存续？

但不同的是，人们会不会屈服于这种诱惑。警告标识已经存在：在小女孩身上所有的标识都代表着“停止”。把手拿开！不克制自己的人就会带来伤害。

“我觉得你坐起来会好点。”我对那位滑稽演员说道。

他把裤子提了起来，但是仍然坐在治疗台上，然后他把一条白色的手绢递给了我。

“给你，刚洗过。”他眨着眼睛对我说。

“对不起。”我擦了一下鼻涕，“如果您能再来一次……我也可以给您开个转诊单。”

“如果您觉得有必要谈一下的话，我有时间。”

他张开了胳膊。我打量着他那张圆圆的脸庞。我跟他讲了那件事，讲了所有的事情。我只省略掉了几个细节。为了将来，为了我将来的打算。

“您还一直不知道，那可能是谁干的？”当我检查完时，他开口问道。

“不知道。”

“妈的。做这种事的人，人们应该把他……”

他没有继续说下去，但是其实他也没必要说下去了。我想到了那锅贝壳，想到了那些没有煮开的贝壳。

48

拉尔夫床边的滑轮桌上放着那个装着毒鸡尾酒的酒杯和一杯喝了一半的水果酸奶，勺子还插在杯子里，再旁边是一份早报和他最近读的一本《莎士比亚传》。从书签来看，他还没有读到一半。他让尤蒂特带两个儿子离开房间一会儿。

他们离开后，他招手示意我到他的床头。

“马克。”他抓住了我的手，把它拽到了床上，然后把他的另一只手也握在了我的手上面。

“我想对你说，我感到很抱歉。我多么希望没有……我多么希望从没有……”他停了一下继续说道，“对不起，我只想对你说我真的很抱歉。”

我打量着他那张消瘦但同时又有些浮肿的脸。他的眼睛，现在它们还可以觉察到我，但是一小时之后它们就可能什么都觉察不到了。

“她……还好吧？”他问道。

我耸了耸肩不置可否。

“马克。”他说道。我能感觉到他手上传过来的力量。他已经没有太多力气了。“你能告诉她……你能替我把刚才对你说的话转达给她吗？”

我将目光转向了别处，没费多大力气我就将手从他的双手中挣脱了出来。

“不行。”我回答道。

他深深地叹了口气，合上了眼睛，然后又睁开了。

“马克，我犹豫了很久要不要跟你说这件事情。我觉得也许我是最后一个能跟你说这件事的人了。”

我盯着他问道：“你在说什么呢？”

“马克，我说的是你的女儿，尤利娅。”

我不由自主地瞄了一眼房门，然后又看了看他床头的酒杯。拉尔夫注意到了我的视线。

“我最后还是决定把真相告诉你。现在可能有点迟了，但我也是前不久才刚得知这件事的。准确地说是几周前。”

半秒钟之前我还以为，他知道了我和尤蒂特的事，她向他坦白了一切，然后他要祝福我们两个。但是他直接提到了我的女儿，尤利娅。

“阿历克斯本来求我不要跟任何人泄露这个秘密。他知道我将不久于人世，所以他才对我说出了实情。他说，他只是想寻求一丝安慰，如果他总是这样把这件事藏在心底，他会发疯的。他的妈妈毫不知情。只有他。还有尤利娅。”

我回想到了海边的那个夜晚。想到了我和尤蒂特在另外一家沙滩酒吧那里碰到他时，他表现出来的举动。那时候我就觉得他隐瞒了什么，他并没有说出真相。

“你还记得那个维修工吗？屋顶的水箱堵了，我们没有水用的时候，他来过一次。”

我不禁露出一脸愕然的表情，因为我听见拉尔夫继续说道：“那个维修工。租赁办公室的那个。一个矮个子的男人。大约三十岁。”

“是的，我想起来了……他来过……因为自来水的事。他怎么了？”

他费力地吸了一口气。那声音听起来就像是正在漏气的气垫床发出的一样。“尤利娅那天晚上约了和他见面。”他接着说道，“同那个维修工。我不知道他们是什么时候约好的，可能是哪次他去度假屋的时候。或者也许是在村庄里或者海边的时候。反正他们约好了仲夏夜庆典那天在另外一家沙滩酒吧碰面。阿历克斯曾试着阻止过她，他觉得这件事情很可疑。我的意思是，她对那个人完全不了解，这对他来说就已经够严重的了。他还只是个孩子，她对他说，她更喜欢真正的男人。就这样，那天晚上……半夜的时候……阿历克斯最终还是陪着尤利娅一起去了。我刚才也说过，因为他觉得这件事情很可疑。然后就发生了那件事情。马克，那个男人威胁阿历克斯说，如果他对他的父母泄露这件事情的话，他就会对他不利。如果我那时候知道这事情的话……那个不中用的东西从来就没有开口提起过！”

“但是……但是怎么尤利娅……”

“等一下，我还没说完。发生那件事情之后，在海滩那里，尤利娅让阿历克斯发誓绝对不泄露半点消息。”

“但是我那时候发现……当我发现她的时候……”

“她感到非常羞愧，她觉得所有的事都是她自己的错。她觉得，你和卡洛琳，你们永远不会原谅她这么轻浮的行为，你们永远都不会再信任她。你们永远不会再允许她单独到什么地方去。所以她想到了那个主意，她故意装作好像失去了意识，什么都回忆不起来了。”

半小时之后，我和尤蒂特站在了走廊上。阿历克斯和托马斯到医院的食堂去了。尤蒂特对我说，她非常高兴我能陪在那里。我安慰她说，他会走得很“安详”的。然后默兹兰医生走了过来，谈起了一份他们从来没有收到过的病理标本。他请求尤蒂特允许他们进行尸体解剖。

默兹兰离开后，尤蒂特对我说：“这确实太奇怪了。你真的想不起来了吗？我还记得你说过，检查结果是负面的。”

“确实很奇怪。”我开口道，“那个傲慢的浑蛋搞得好像是我把病理标本弄丢了一样。他们怎么不先管好自己呢？”

“但是你刚才说你想不起来这件事了。你为什么这么说啊，马克？我有点不太理解了。是不是有什么事啊？你和拉尔夫之间发生什么事了？你们刚才聊了些什么？跟这件事情有关系吗？”

“听着，尤蒂特。我觉得我们这段时间最好不要再见面了。也许只是一段时间。我的意思是，可能是比较长的一段时间。我会尽我可能地帮助你，但是我现在必须先整理一下我自己混乱的生活。发生太多事情了。太多你一无所知的事情了。所以眼下我也顾不上你了。”

49

两天之后我接到了默兹兰医生的电话。接到电话时我正在诊所里接诊一位女作家，她因为过度酗酒看起来要比她的实际年龄大二十岁——比她最后一本书上那张经过修饰的肖像画看起来也还要老上十八岁。

“我能晚点给您回过去吗？我正在接诊一位病人。”

“这恐怕不行，施洛瑟医生。我们要谈的是一件非常严肃的事情。”

最近几年，岁月的痕迹在这位女作家的脸上迅速蔓延开来。红酒榨干了她的皮肤。它看起来就如同地下水位一样在不断地下降。这里马上会变成荒原，动物迁徙，花木枯萎凋谢，烈日与狂风肆虐。地上开始出现裂缝，冲蚀，风沙会不断将地表磨光。

“您这几天找到我那时候送检的那份病理标本了吗？”我问道，“它就这么凭空消失了，这真是太奇怪了。”

电话的另外一头传来了一声叹息。当专家们要给区区的一名家庭医生解释一个他不太理解的复杂问题时，他们就会发出这种叹息。

“我们还没说到这儿呢，现在要说的还不是这个问题。昨天的尸体解剖毫无疑问地表明，有人，我们只能假设是您，施洛瑟医生，从迈耶尔先生的大腿那里取出了一块病理标本。”

“这一点我早就说过啊。”

“请您让我把话说完，施洛瑟医生，问题在于提取出了太多的病理标本。切割的面积太大了。每位医生都应该清楚，即使是有一丝这种严重疾病的潜在可能，最好的处理办法就是最开始什么都不要提取。人们应该首先确定白细胞的数值，之后再进行活组织检查。这属于医学院学生第一学期就应该知道的基本常识。”

“我之前以为，那只不过是一个脂肪瘤。”我开口说，“从迈耶尔先生的饮食习惯来看这也不是完全没有可能的。”

“因为你的极端处理方式，病毒细胞极有可能进入了血液循环系统。从那一刻起，迈耶尔先生可以说就再也没有任何机会了。所以我立刻把这件事情上报给了主管机构。通常情况下需要几周或者几个月，但是从这件事的严重性和我们医院的声誉考虑，我们决定把它优先处理。”

“优先处理？”

“医师公会的纪律委员会。希望您下周二九点钟能准时到那儿。”

我对那个女作家促狭地眨了眨眼睛，做出一副无辜的模样。

“下周二……但是这周五就是葬礼了。我想……”

“施洛瑟医生，我希望你明白我说的话了。我不认为那家人会在意你缺席葬礼。等我们把检查结果告诉他们之后，他们就更不会了。”

“你们什么时候会通知他们？真的有必要这么急吗？不是还没有判决嘛。如果情况确实如此，不也要等到下周二才裁定。医师公会肯定会经过深思熟虑之后再下结论的。”

我很清楚，一大堆问题会向我扑面而来。一堆神经错乱的人会不停发问。但是我没有神经错乱。我本不应该当着一个病人的面说出医师公会这个词。

电话另外一头又传来一声深深的叹息。

“我们有义务通知所有相关的人员。我们会给他们发邮件。这至少需要一天。剩下的我们也无能为力了。你就把这当成同事之谊吧，马克。”

50

“赫茨尔。艾伦·赫茨尔。”

那个人的声音一点都没有变。即使他不通报他的名字，我也能根据那个声音从几千人当中认出我以前的生物医学教授。

“赫茨尔教授，您最近一切都好吧？”

“这句话应该我来问你吧，马克。你是一个人吗？你说话方便吗？”

尽管我的诊所里这时候已经人满为患——候诊室里有四个病人在交谈，填表——但是我还没有兴趣干活儿，所以把他们晾在了一边。

“我是一个人。”

“很好。你不要见怪，马克，我就直奔主题不跟你绕弯子了。我建议你先听我说，然后等我说完，如果你有问题的话，你再问。就像以前一样。你不反对吧？”

“好的。”

“很好。这个嘛，自从我离开学校之后，我干过几份不同的工作，这我就不跟你啰唆了。失意的人可以去洗厕所。虽然我还没有落魄到那种地步，但我确实干了几年跟我的专业技能毫不相干的工作。事实上这期间我的理论早就被公众所广泛接受了，但是我不觉得有人会因此而向我道歉。尽管如此，他们近几年还是向我提供了一些说起来更适合我的工作。就这样，从大约两年前开始，我就在为医师公会做咨询工作。”

艾伦·赫茨尔教授说到这里停了一下。我放弃了想要发问的念头，然后还是把听筒紧紧地贴在耳边。

“很好。我只是给他们提供建议，我没有决定权。有时候我会接触到一些别人看不到的东西。几天前有一份案宗摆在了我的书桌上，马克。我立刻认出了你的名字。家庭医生。你没有继续深造，我总是觉得很惋惜，你其实是块学医的好料子。明天早上九点。真相大白的时刻。我仔细地研究过你的案宗，毕竟一个我当年的学生要在医师公会为自己辩护这种事情并不是每天都有。我刚才说‘仔细地’，但其实这完全没有必要。我马上就瞧出端倪了。你现在仔细听着，马克。我现在问你几个问题。最好你只用是或者不是来回答。很显然我们的谈话是建立在相互信任的基础上的。只有你跟我实话实说，我才能帮你。为了我自己，我也不想知道多余的事。我希望你明白我说的话了。”

“是的。”我回答说。这时候我的护士从门缝里把脑袋伸了进来。她指着候诊室方向对我做出了一个询问的表情。我用嘴唇对她示意说：“出去。”她马上就明白了我的意思。

我本以为，赫茨尔教授这时候又会说“很好”，但是这次我错了——当然也可能是我听漏了。

“马克，不用我告诉你，你也知道家庭医生并不能进行活组织检查。如果有严重的疾病嫌疑那就更不能了。准确地说，我们现在面对的不是一次医疗事故，而是一起精神紊乱事件。家庭医生可以做做去除胎痣或者脂肪瘤之类的工作，但是如果是一件没有把握的事的话，他就不会碰它。而这件事情当中这个原则并没有被遵守。更严重的是，细胞组织是通过一种粗暴的方式被清除的，这就更加速了疾病的扩散。是这么回事吧，马克？”

“是的。”

“而病理标本就压根儿没有被送到实验室去。这当然有可能是你因为疏忽而把它遗失了。但也可能是，你忘记把它送去检查了。该怎么说呢，马克——只回答是或者不是。你把它忘记了吗？”

“是的。”

赫茨尔教授深深地叹了口气，但听起来更像是如释重负的感觉。我听见了纸张的窸窣声。

“你的坦诚让我感到很高兴，马克。现在让我们谈谈那位病人。那位已经去世了的病人……拉尔夫·迈耶尔。一个演员。我从来没有听说过他，但这并不重要。我大多数时候都待在家里。我会读读书或者听听音乐。好吧，回归正题。是发生了什么事吗？为什么你会期望能更早一天摆脱这个病人？我的意思不是说让他到别的家庭医生那儿去，不，不是字面上的意思。他应该从这个地球上消失？他现在确实也是躺到棺材里去了。你做这件事的时候是这么想的吗，马克？”

“是的。”

“发生了一些事情，这让你觉得拉尔夫·迈耶尔不应该再待在这个世上了。这种可能性是存在的。我们每个人都可能对我们周围某个人产生过这种想法。即使我们不过是凡人。你可能有你的理由。事实上，我现在要问你的跟明天在医师公会那里的事情和程序没有任何关系。只是出于我个人的兴趣，因为我对你感兴趣，但是总体上来说也是对人类这个物种感兴趣。你当然有权利拒绝回答这个问题。我不想窥探你的隐私，你有一个妻子和两个正在成长的女儿，我只知道这么多。我的问题很简单。拉尔夫·迈耶尔的去世跟你的家人有关系吗，马克？”

我犹豫了一下，然后回答说：“是的。”赫茨尔教授显然感觉到了我的犹豫，因为他又问道：

“我再说一遍，如果你不想回答的话，我也完全能理解。我并不会怪你。这件事情跟你的家人有关，跟你的妻子有关？”

我又犹豫了一下。我内心一方面希望结束这次对话，而另一方面又不希望仅仅用是或者不是来回答，它希望能向我以前的生物医学教授道出实情。

“不是。”我开口说道，“其实，一开始……不是，真的不是。”

“我并不喜欢不懂装懂——但是我觉得这也不是没有可能的。我猜可能是你的哪个女儿。她们现在多大了？应该是一个十四岁，一个十二岁吧，对吗？”

“是的。”我本想把所有的事情都告诉艾伦·赫茨尔教授，但这完全没有必要。他已经全都知道了。

“马克，”他继续说道，“你现在可能更想谈谈你内心的想法，而不是想象什么对你有益，什么对我们有益。但是我们真的应该就局限于谈谈事实。所以我再次坚定地请求你，只用是或者不是来回答我的问题。

我这里曾经收到一个间接同医师公会有关的卷宗。案件涉及的是一个男人，他强奸了一个十二岁的小女孩。他信誓旦旦地声称，她也觉得‘好极了’。他们所有人都这么说。我们做医生的当然更清楚。这是一个次品。一件有缺陷的产品被撤出了市场。无论如何都必须这么做。但是好吧，我说远了。是这么回事吧，马克？请只回答是或者不是。”

“是的。”

“然后你就做了你必须要做的事情。你做了每个父亲应该做的事情。”

“是的。”我又回答道，尽管赫茨尔教授这时并没有问我什么问题。

“很显然，在医师公会那里你不能这么说。他们对父亲的正常本能可不感兴趣。我可以拿疏忽做理由，但是事实明摆在那里。这不是简单的歇业几个月就能完事的，马克。很有可能会吊销你的医师执照。情况可能更严重，我的意思是刑事处罚。你肯定不希望你的家人，尤其是你的女儿遭受这种事情吧？”

“怎么办？”我问道，“我究竟该怎么办？”

艾伦·赫茨尔教授又大声地叹了一口气。

“首先你明天早晨不能出现。否则只会让一切变得更糟。我个人建议你彻底消失。没有别的意思。去国外。换作我的话我今天就决定，马克。你同家人商量一下。收拾好你的随身物品。随便找个地方从头开始。我可以为你引荐，到时候再联系我。我可以帮助你。但是眼下我无能为力。”

打完电话后，我茫然无措地在写字台旁边坐了半天。我本可以让我的助手把病人打发回家。我需要时间来思考。但另一方面当我听着病人漫无边际、毫无意义的唠叨时，我也可以思考。甚至思路更清晰。

我按了一下对讲器。

“莉丝贝特，让第一位病人进来。我准备好了。”

我必须要表现得很正常。我必须保持这种正常的假象。我看着墙上的挂钟。十点十分。时间还很充裕。

但是当我的第一个病人刚坐下来时，问诊室的门口那边就传来了一阵骚动。“医生，”我听见我的助手在喊，“医生！”我听见了椅子倒地的砰砰声，紧接着传来另外一个声音。

“你在哪儿，你这个畜生？”那个声音尖叫道，“你给我滚出来，你这个胆小鬼！”

51

我翻看着文件，假装在寻找什么。这其实不是拉尔夫·迈耶尔的医疗档案，而是我从柜子里随便掏出来的某个人的档案：不太厚，也不太薄。

“这里写着，”我开口说，“拉尔夫去年十月来过我这里。他不想让你知道这件事。他不想让你做无谓的担心。”

我看着尤蒂特，但是她马上把目光转到了一旁，露出了一脸鄙夷的神情。然后她一边气呼呼地喘着粗气，一边用手指敲打着椅子的扶手。

“开始我也以为不会有什么事情。大多数情况下都是如此。好吧，他说过他总是很疲倦。但是这也可能是其他原因引起的啊。他工作得太辛苦了。他总是有那么多事情要做。”

“马克，你就省省吧，不要拿道歉和那些托词来糊弄我了。默兹兰医生把一切都告诉我了。本来是不允许你做那个手术的，你就别再说了。除此之外，医师公会还不知道你给他开的那些抑制症状的烂药吧。我是有一次在他箱子的夹层中偶然发现的，那时我才察觉他一直在吃那种药片。然后他就跟我坦白了一切，他跟我说了，是从谁那里得到的这种药片。”

“尤蒂特，他总是很累，非常累。他面临着两个月的拍摄工作。我对他说过，他不应该透支他的健康。那些药只是给他那两个月用的。”

我感觉我又控制住了局势。就像人们常说的那样，一切又尽在我的掌握之中。“透支健康”这种通常情况下我从不使用的表达就印证了这一点。我看了一眼墙上的挂钟。我们现在已经在这里坐了一刻钟。我听见外面有一些模模糊糊的声响，诊所的门被砰的一声关上了。现在所有人都走了，外面十分安静。

“尤蒂特，为什么现在突然会发生这种事？”我问道，“为什么你要当着我的病人和助手的面骂我是凶手？我觉得是因为那个默兹兰说的那些胡话，所以上周五你才在葬礼上那样对我。但是现在看起来你好像真的是全都相信了。说得委婉点，最近几个月尽管你对拉尔夫还是有那么点担心的，但我去喝咖啡的时候可是从来没有听你诉过苦哦。”

尤蒂特突然号啕大哭起来。这我失算了。我现在真的没有时间来安慰她了。我想赶紧脱身，我必须和卡洛琳好好谈谈我们该怎么办。几天之后秋季假期就开始了，我们本来计划四个人一起去洛杉矶。我必须说服卡洛琳提前出发——我当然不会跟她提起我和艾伦·赫茨尔教授的谈话内容。

“你现在可能不再需要我了，马克，”尤蒂特抽泣道，“你说过，我们不应该再见面了。你就是这么跟我说的。最近发生太多事情了，所以眼下我也顾不上你了。你这话对我来说无异于晴天霹雳啊！你怎么能这么铁石心肠呢？拉尔夫那时候才刚去世了半小时不到啊。”

我难以置信地盯着她。我听错了吗？不用一分钟我就能看出一个人在想什么，对此我总是感到很自豪。但是即使是拥有天马行空的想象力，我也认为这是完全不可能的。我看着她。她泪流满面的脸上写满了委屈与不满，深深的不满。这种不满是与生俱来的，没有什么，确实没有任何东西可以驱走这种不满。昂贵的咖啡机、馈赠的礼物、房屋的扩建……用不了多久这种不满又会慢慢浮现。它就像洇湿了的墙面，人们可以给它挂上新的壁纸，但是过了一段时间之后就又会出现褐色的灰斑。

人们能做的事情并不多。人们可以抑制这种不满一时，比如说用兴奋剂，但是最终它会更疯狂地涌现出来。

只有给她注射上一针，才能驱除尤蒂特脸上的这种不满。一劳永逸。

我想到了在海滩上那会儿，当拉尔夫把那个锅子轰上天的时候她的那种反应。她因为噼里啪啦的鞭炮声而斥责拉尔夫。她唠叨说可能会因此而无法从租赁办公室那里拿回押金了。我想到了卡洛琳对我讲的那件事情，有关史丹利和尤蒂特在泳池边的事情。

我必须做我现在必须做的事情。我站了起来，绕过了我的写字台，把手搭在了她的肩膀上，然后低头把身子弯向她，直到我们的脸贴到了一起。

我估计到了她脸上的温度，湿润但是温暖的脸庞——然而她的眼泪却是冰冷的。

“亲爱的尤蒂特啊。”我轻声唤道。

52

我和尤利娅待在游泳池旁，卡洛琳和利萨一起到圣塔芭芭拉购物去了。史丹利在好莱坞有一个新的项目要谈，艾曼纽回到了她自己的房间。

尤利娅趴在棕榈树荫下的一个气垫床上。我坐在躺椅上翻看着我从屋里面取来的杂志——最新一期的《时尚》《名利场》和《海洋车道》。确实如同史丹利在电话里说的那样，人们真的能听见从远处的大海那边传来的浪涛声，偶尔还会有火车鸣笛的声音。史丹利的房子和大海之间有一个没有栅栏的铁路交叉口。但是我感觉现在听到的火车鸣笛声和一年前在威廉姆斯听到的完全不一样，但是也可能这只是我自己的想象。

我打量着尤利娅。她睡着了吗？她的脑袋旁边摆着她的 iPod，但是她并没有戴耳塞。家里现在已经是秋天了，而这里只有在阴凉处才能勉强忍受住热浪。

在我出发之前我一直在考虑给医师公会打个电话，解释一下我为什么周二没有出现。但是电话一直没有人接。然后周五我又自己打了个电话，从一位女秘书那里我得知，现在所有的事情都“被推迟到秋季假期之后了”。“您叫什么名字啊？施洛瑟医生……对头，我找到了。电脑里显示您的名字旁边有一个红色的箭头。这意味着您的事情会被优先处理。但是最早秋季假期结束后的那周才能确定。您还会接到传唤的。”

第二天我们就飞往了洛杉矶。史丹利本来提出要接我们，但是我拒绝了他的好意。我们开着租来的汽车穿过了 1 号公路，不到两小时之后我们就到达了圣塔芭芭拉。

开始几天里我们几乎什么都没有做。我们在游泳池边伸着懒腰，漫无目的地在购物街上闲逛。我们又去码头那里吃了螃蟹。

“我还是会忍不住想起那个时候。”第三天史丹利终于对我打开了话匣子。当时我们坐在海边一个海鲜店里。太阳刚刚落山。卡洛琳、艾曼纽、尤利娅和利萨都到海边散步去了。史丹利从冷凝器里取出了一瓶白葡萄酒，然后把我们的杯子斟满了。“去年的仲夏夜庆典。你还记得在酒吧里跟那个女孩发生的事情吧？拉尔夫，他当时和那个挪威女孩厮打到了一起。然后我们便失去了联系。之后又发生了你女儿的那件事情……怎么说呢，我真的常常会想起这些事情。那个暑假之后拉尔夫就病了，一病不起。一年之后他就去世了。我不是医生，我不明白医学上的事情，但是你可以为我解释一下吧。”

我没有说话，而只是微笑着喝了一口手中的酒。

“你知道吗，马克，我们去年拍摄了《奥古斯都大帝》那部片子。我给艾曼纽也安排了一个小角色。她扮演皇帝的一个私生女。几天之后她就找我说，她不想演了。她不能忍受拉尔夫对待她的那种表现和他看她时的那种眼神。拍摄期间，还有平时。然后我就找拉尔夫谈过，我让他明白了他不能再那样做。他说他只是开开玩笑，艾曼纽的反应太夸张了。但是他以后确实没有再犯。当然我也嘱咐过艾曼纽，我让她在拍摄工作之外不要和他有任何联系。”

史丹利这是在套我的话呢。即使不是和盘托出，也要多多少少讲点了。我差不多喝了一整瓶葡萄酒。我心里在想，一个美妙的故事，我可以编一个美妙的故事。

“拉尔夫在这方面确实很混乱，”史丹利继续说道，“在同女人交往方面。好吧，这一点我们也亲眼见识过了。就我来说，我觉得他去世这件事情本身没什么。我只是有点好奇罢了。尽管我觉得不可能是他把尤利娅……他被你那一脚伤得几乎无法走路，这你知道吧？但是这不是关键。也许他对你来说是个罪人。然后你做了点什么。也许当天晚上还……”

差不多是这么回事，我差点把这句话说出口。

“让你的想象力自由驰骋吧。”我对他说。

史丹利盯着我看了一会儿，然后他便哈哈大笑起来。

“非常好，马克！不，真的。不用说了。你已经给了我一个非常好的答案了。”

下午的时候我们还一起看了史丹利在度假屋拍的照片。我之前随口向他打听了一下，除了他主页上的他还有没有拍别的照片。

我们坐在他的书桌旁，因为阳光太刺眼，所以他把百叶窗放了下来，然后我们就点击着鼠标开始浏览那些照片。

卡洛琳和艾曼纽待在泳池那里。利萨和尤利娅靠着桌子站在史丹利的右边。而我则坐在他左边的一个凳子上。

当那个维修工的照片出现在屏幕上时，我不动声色地观察着尤利娅的反应；在一张我之前没有见过的照片上，他们面对面站着，尤利娅把手放在他的头上比画着两个人的身高差距。两个人都在大笑。

我一直等着尤利娅向旁边看，看我。几周以来我一直在等待这个目光，等着她看我的眼睛。但是随着时间的推移我越来越怀疑这种事情会不会发生。

如果这个时候她朝我看一眼的话，我们两个人就都会知道。这对我来说就足够了。但是她没有这么做。她只是哧哧地笑着，然后催促史丹利快点点鼠标。

“看！”利萨喊道，“这就是那头驴子！”

我们几个都看着她。

“露营地的那头驴子！那头可怜的驴子！是吧，爸爸。”

我弯腰看了一下，确实是一头把脑袋伸出木栅栏的驴子。

“你可能是在那个小动物园见过它。”史丹利开口说，“你把那只小鸟送到那里去的啊。和你爸爸一起。”

“但是那个时候这头驴子还没有到那里！”利萨嚷道。

“你怎么知道这和你见过的是同一头驴子呢？”我立刻问道。

“这是个人都看得出来啊！”利萨接着说道，“那儿还有只美洲驼呢。你也给那只美洲驼拍照了吗，史丹利？”

史丹利伸手揽住了我的女儿。

“我没有给那里的一只美洲驼拍过照啊，小宝贝儿。”他开口说，“但如果是你说的，那么那里就肯定也有一只美洲驼。”

“爸爸，你也一起到水里来玩吧！”

我睁开了眼睛。尤利娅刚把一只脚踏上了跳台。因为我正对着太阳，所以我看不清她的脸。

“好吧。”我回应说。

史丹利给她拍了很多照片，在花园里，在海边。明天日程安排上有一个外景拍摄，随行的还有一个服装管理员和一个化妆师。史丹利说，虽然都还没有敲定，但是肯定会有很多杂志社感兴趣的。然后他列举了几个著名的时尚和影视杂志。他也给利萨拍了一些照片。

“你现在多大了？”他问道，“十二岁？非常好。也许你还得再稍微等等，但是也有可能突然有哪家杂志恰好需要你这样的人。”

自从我们到达美国之后，我就尽可能不再去想那个维修工。即使偶尔想到了，也不是把他看作一个人，而是把他当成贝壳家族中的一个生物。这时候尤利娅走到了跳台的中间。我又努力尝试着不去想那个维修工。我成功了。我朝我的女儿微笑了一下。

“爸爸，快来。”

我作势起身，但是又坐了回去。我要等着她走到最前面。

她把脸转向了我。那一刻终于过去了，这让我感到很欣慰。它已经成了过去。我的女儿现在正站在跳台上，这才是未来。

我们对视着。我先是从她身上看到了那个小女孩，然后我从她身上看到了那个女人。然后她们重叠到了一起。

图书在版编目（CIP）数据

夏日尽处 /（荷）荷曼·柯赫（Herman Koch）著；尹岩松译 . —长沙：湖南文艺出版社，2019.2
书名原文：Summer House with Swimming Pool
ISBN 978-7-5404-8651-8

Ⅰ. ①夏… Ⅱ. ①荷… ②尹… Ⅲ. ①长篇小说—荷兰—现代 Ⅳ. ①I563.45

中国版本图书馆 CIP 数据核字（2018）第 217329 号

著作权合同登记号：图字 18-2018-168

上架建议：畅销 · 外国文学

XIARI JINCHU
夏日尽处

作　　者：[荷] 荷曼 · 柯赫
译　　者：尹岩松
出 版 人：曾赛丰
责任编辑：薛　健　刘诗哲
监　　制：蔡明菲　邢越超
策划编辑：刘宁远
特约编辑：李乐娟
版权支持：辛　艳
营销支持：张锦涵　傅婷婷　文刀刀
版式设计：利　锐
封面设计：尚燕平
图片来源：视觉中国
出版发行：湖南文艺出版社
（长沙市雨花区东二环一段 508 号　邮编：410014）
网　　址：www.hnwy.net
印　　刷：北京嘉业印刷厂
经　　销：新华书店
开　　本：880mm × 1270mm　1/32
字　　数：240 千字
印　　张：11
版　　次：2019 年 2 月第 1 版
印　　次：2019 年 2 月第 1 次印刷
书　　号：ISBN 978-7-5404-8651-8
定　　价：46.80 元

若有质量问题，请致电质量监督电话：010-59096394
团购电话：010-59320018